OETINGER TASCHENBUCH

Anna Seidl wurde 1995 in Freising geboren, wuchs u. a. in Budapest auf und zog schließlich mit ihrer Familie nach Bayern. Schon in der Grundschule erzählte sie gern Geschichten und fing auch bald an, sie aufzuschreiben. Mit ihrem Jugendbuchdebüt »Es wird keine Helden geben« stellt sie nun ihr schriftstellerisches Können unter Beweis. Die Autorin lebt mit ihren Eltern und ihren Geschwistern in der Nähe von Aschaffenburg.

Anna Seidl

Es wird keine Helden geben

Oetinger Taschenbuch

MIX
Papier aus verantwortungsvollen Quellen
FSC® C014496

Das für dieses Buch verwendete FSC®-zertifizierte
Papier Danube liefert Salzer Papier, St. Pölten, Austria.
Der FSC® ist eine nicht staatliche, gemeinnützige Organisation,
die sich für eine ökologische und sozialverantwortliche
Nutzung unserer Wälder einsetzt.

1. Auflage 2016
Oetinger Taschenbuch GmbH, Hamburg
Januar 2016

Covergestaltung: Cornelia Niere
Druck: GGP Media GmbH, Pößneck
ISBN 978-3-8415-0402-9

www.oetinger-taschenbuch.de

FÜR MEINE ELTERN.

Weil ihr immer an mich geglaubt habt,
selbst wenn ich es nicht tat.

Alles wird damit beginnen, dass ich verschlafe. Würde mein Freund mir keine SMS schreiben, würde ich nicht pünktlich zur Schule kommen.

Aber schließlich werde ich doch noch rechtzeitig dort sitzen. Ich werde dort sitzen, wenn es passiert. Und ich werde mich an einen anderen Ort wünschen, so weit weg wie nur möglich. Bis zu diesem Augenblick werde ich denken, dass die Lateinschulaufgabe das Allerschlimmste ist.

Dann ändert sich alles.

Aber wisst ihr, das Problem ist, dass man all das vorher nicht weiß. Es ist nicht wie in den Filmen, wo alle schon wissen, was geschehen wird, weil sie die Vorschau gesehen haben. Und es gibt auch keine Helden. Denn in der realen Welt denkt man nur an sich.

Es ist nicht mal so, dass ich mich frage: *Was wäre, wenn?* Denn es passiert einfach. Man kann daran nichts ändern. Oder doch?

Ist es die gerechte Strafe für das, was wir getan haben? Und alles – der ganze Tag, die letzten Wochen, das letzte Jahr, mein ganzes Leben – wird erneut in meinem Kopf ablaufen. Ich werde mich fragen, ob mein Leben nur eine einzige große Lüge war.

Angst wird mein ständiger Begleiter sein, die Einsamkeit mein bester Freund.

Deshalb erzähle ich es euch. Denn ich möchte euch etwas verständlich machen. Ich möchte, dass ihr versteht.

Der ein oder andere von euch wird es grausam finden. Einige übertrieben. Und andere werden einfach nur entsetzt sein.

Und ihr alle werdet euch dabei irren.

1

Man kann die Angst riechen. Man kann nach ihr greifen. Aber niemand wagt es, sich zu rühren. Wir halten alle den Atem an.

Er ist unter uns. Wir können sie hören, die Schüsse. Sie sind laut. Viel zu laut, um in meine Welt aus Schule und Spaß zu passen. Mitten in der Pause ging es los. Ich hab ihn nicht gesehen. Ich weiß auch nicht, wer es ist. Meine beste Freundin Joanne und ich wurden gerade von den Lehrern runter ins Erdgeschoss geschickt, da rennen plötzlich alle los. Und dann: *Bumm*. Und noch mal: *Bumm*.

Klar weiß ich, wie eine Pistole klingt. Ich bin schließlich genauso fernsehverseucht wie der Rest dieser Schule. Aber in echt ist es anders. Das Geräusch ist zwar dasselbe, aber zehntausendmal lauter.

Im ersten Moment bleiben wir stehen, Joanne und ich. Dann rennen wir auch. Alle, die im oberen Stockwerk sind, rennen. Die Lehrer, der Hausmeister, die Schüler. Ich kann Philipp Schwarz sehen, der eine Klasse über mir ist. Vor ein paar Jahren stand ich ein bisschen auf ihn. Er wirkte auf mich immer so perfekt. Ich kann auch Lisa Schmidt sehen. Über sie weiß ich eigentlich nichts. Auch sie rennen.

Das alles sehe ich. Aber ich *begreife* nicht.

Niemand hier begreift wirklich. Und wie sollten wir auch? Wir sind *Kinder*, allesamt, egal, ob wir dreizehn oder dreißig Jahre alt sind. Denn so etwas haben wir noch nie erlebt. Ich verrate euch ein Geheimnis. Mein erster Gedanke war einfach nur: *Scheiße, ich muss hier weg*. Dabei dachte ich nur an mich. Nicht an meine Lehrer und Mitschüler, nicht mal an Joanne. Im ersten Moment dachte ich nur an mich. Und ganz ehrlich? Ich weiß, dass es den anderen auch so ging.

Hier gibt es keine Helden. Denn es ist kein Film. Blanke Realität. Joanne, Philipp und ich verstecken uns auf dem Jungsklo. Philipp erscheint mir gar nicht mehr so toll. Er ist nur noch ein Nervenbündel, das vor mir auf dem Boden kauert und schnell atmet.

Nervenbündel sind Joanne und ich auch. Meine Hände sind ganz nass vor Schweiß. Ich zittere am ganzen Körper. Und da ist diese blanke Angst. Sie schnürt mir die Kehle zu. Drückt gegen mein Herz, als wolle sie es zwingen, nicht mehr zu schlagen. Daran erkenne ich, dass es echt ist.

Ich bin zum Sterben noch nicht bereit. Ich bin gerade mal fünfzehn Jahre alt, habe seit fünf Monaten meinen ersten Freund und besuche erst die neunte Klasse! Es gibt noch so vieles, was ich gerne machen würde. Und sterben gehört nicht dazu!

Ein weiterer Schuss lässt mich zusammenzucken. Ein dumpfer Aufschlag auf dem Boden, ein Schrei, Schritte. Er kommt näher.

Es ist seltsam. Man sollte meinen, dass er rennt, es eilig hat. So ist es nicht. Seelenruhig und in gleichmäßigen Abständen hört man seine Schuhe auf dem Boden hallen. Fast so, als würde er nur zum Physiksaal gehen. Und nicht verängstigten Menschen das Tor zum Himmel freischießen. Oder zur Hölle. Oder zum Nichts.

Vielleicht könnt ihr es euch vorstellen, wie es ist, auf dem kalten Fußboden in einer stinkenden Toilette zu kauern. Vielleicht könnt ihr die Kälte spüren, die den Körper erfasst, ihn zittern lässt, sodass man ihn nicht mehr unter Kontrolle hat. Vielleicht könnt ihr die Stille hören, diese Totenstille, wenn jeder den Atem anhält und einfach nur hofft, dass es einen anderen trifft und man selbst verschont bleibt. Vielleicht könnt ihr das wirklich. Vielleicht auch nicht.

Ich habe gedacht, ich könnte es. Ich habe mich geirrt. Leider muss ich erleben, wie es sich wirklich anfühlt. Angst kann man nicht riechen, habe ich früher immer gedacht.

»Miriam«, Joanne flüstert meinen Namen nur. Sie deutet mit einem Kopfnicken auf eine der Kabinen. Sie will, dass wir uns darin verstecken. Die Schritte werden immer lauter. Er ist da, ganz in der Nähe.

Ich bin selber überrascht, als ich nicke. Ich hätte nicht gedacht, dass ich noch nicken kann. Ich berühre Philipp am Arm, aber er bebt am ganzen Körper und schüttelt meine Hand ab. Joanne und ich blicken uns einen Moment lang an.

Ihre Augen spiegeln meine Gefühle wider: Schrecken, Verständnislosigkeit, Angst. Und ich begreife, dass es nicht gut ausgehen wird. Nicht für alle von uns. Dass er schon welche angeschossen hat, vielleicht sogar schon *erschossen*. Und dass er es noch mit weiteren tun wird.

Tränen der Panik steigen in mir auf. So fest ich kann, kralle ich meine Fingernägel in den Arm. Doch der Schmerz macht mir nichts aus. Vielmehr ist er erleichternd. Denn er vertreibt, wenn auch nur für einen kurzen Augenblick, die bösen Gedanken.

Ein seltsames Geräusch lässt Joanne und mich hochschrecken: Philipp, der anfängt zu weinen und zu kreischen. Entsetzt bedeuten wir ihm, still zu sein. Jedoch zu spät. Die Schritte bewegen sich auf unsere Tür zu.

Wir zögern nicht. Glaubt mir, ihr würdet auch nicht zögern. Schnell und geräuschlos rennen wir zu einer Kabine. Wir stellen uns aufs Klo und gehen in die Hocke, sodass er nichts von uns sehen wird. Hoffe ich zumindest. Dann lehnen wir die Tür so an wie die anderen Kabinentüren. Wir halten die Luft an.

Ja, wir lassen Philipp einfach zurück. Und ja, die Folgen sind mir bewusst. Ich weiß, dass das seinen Tod bedeuten könnte. So herzlos es auch scheinen mag – würde ich bleiben, würde ich mein Todesurteil unterschreiben. Hier denkt jeder zuerst an sich. Es gibt keine Helden. Die sind eine Erfindung der Filmindustrie.

Die Sekunden scheinen sich zu dehnen. Feige, wie ich bin, schließe ich die Augen, kneife sie ganz fest zu, auch wenn das nichts besser macht. Joanne greift nach meiner Hand und drückt sie so fest, dass sich die Knochen verschieben. Ich lausche den Schritten.

Sie werden immer lauter, kommen näher – dann bleiben sie stehen. Als die Tür aufgestoßen wird, zucken wir zusammen. Philipp liegt immer noch am Boden. Wir können ihn von hier aus nicht sehen. Aber wir können ihn hören. Er scheint nicht einmal zu merken, dass wir weg sind. Er scheint gar nichts mehr zu merken.

Es zieht sich ewig. Niemals hätte ich gedacht, dass sich eine Sekunde wie eine Ewigkeit anfühlen kann. Dann fällt der Schuss. Ein Schrei. Der Geruch von Schießpulver in der Luft. So ähnlich wie an Silvester. Nur anders. Intensiver, beißender. Joanne und ich zittern. Trotzdem gibt keine von uns beiden einen Laut von sich.

Erst überleben, dann trauern.

Noch ein Schuss. Wieder geben wir keinen Mucks von uns. Stille. Doch dann das Schniefen einer Nase. Das Auf-

und-ab-Laufen des Mörders. Er weint. Er weint! So, als wäre er selbst ein Opfer!

Weiterhin halten wir die Luft an. Er kann uns noch entdecken. Und ich will nicht so enden wie Philipp. Am Boden liegend, einige Mitschüler hinter mir, die sich nicht trauen, einen Ton zu sagen.

Er geht. Ich kann es kaum glauben, wollte mich schon vom Leben verabschieden, aber er geht. Verschwindet einfach. Vielleicht kommen wir hier raus. Lebend.

Wir warten noch. Eine Minute oder so. Ist schwer zu sagen. Das Zeitgefühl ist mir entglitten. Jetzt mache ich mich von Joanne los und merke, dass ich in der rechten Hand überhaupt kein Gefühl mehr habe. Joanne hat ihre Abdrücke auf meiner Hand hinterlassen. Vorsichtig bewege ich sie. Dann bewegen sich auch meine Füße wieder. Ganz leise öffnet Joanne die Tür der Kabine.

Und da liegt er. Weiß im Gesicht. In seiner eigenen Blutlache. Seine braunen Haare wirken stumpf. Seine Augen glasig. Sein Mund zu blass.

In einem Buch habe ich gelesen, dass Tote friedlich aussehen. Dass man meinen könnte, sie schlafen einfach nur. Philipp wirkt genau so, wie er auch ist: tot. Gewaltsam ermordet. Opfer eines Psychos.

Augenblicklich wird mir schlecht. Tränen brennen hinter meinen Augen. Aber sie fließen nicht. Dafür fühle ich mich zu taub. Zu erstarrt. Fast selbst wie eine Tote.

Joanne neben mir schluchzt leise auf. Sofort presse ich meine Hand auf ihren Mund. Ich kann ihren Sabber an meiner Hand spüren. Ich nehme sie in den Arm und schaukele sie ruhig hin und her, so, wie man ein Baby in den Schlaf schaukelt. Ein einziges kleines *Schsch* ist alles, was mir über die

Lippen kommt. Es hallt zwischen den gekachelten Wänden des Raumes und kommt mir viel zu laut vor. Wenn die Stille dir das Leben rettet, definierst du neu, was laut und was leise ist.

Ich sitze auf dem Boden und halte Joanne im Arm. Was kann ich sonst auch tun? Ich lege den Kopf nach hinten und stelle mir vor, ich wäre im Wald. Die Bäume rauschen, und ich kann die Tiere hören. Alles ist so, wie es sein sollte.

Das beruhigt mich ein wenig.

Bis zum nächsten Schuss. Er lässt mich hochfahren. Er wurde direkt im Gang losgelassen, hallt durch alle Wände.

Wahrscheinlich wäre es klüger, sitzen zu bleiben. Trotzdem stehe ich auf, gehe leise zur Tür. Joanne folgt mir nicht. Sie bleibt schwach am Boden liegen. Wie eine Tote.

Ich öffne die Klotür nur einen Spaltbreit. Dann, ganz langsam, nicht wissend, was mich erwartet, strecke ich den Kopf raus. Und was ich sehe, ist tausendmal schlimmer als alles andere an diesem Tag.

Denn der Junge, der da am Boden liegt, dieser Junge ist Tobi. Mein Freund. Der süße Typ, der mir heute Morgen eine SMS geschickt hat, dass ich nicht verschlafen soll, weil Montag ist. Tobi ist der Junge, mit dem ich mein erstes Mal hatte, der mir zum ersten Mal *Ich liebe dich* gesagt hat.

Dort am Boden liegt Tobi. Tobi, der mir beim Volksfest einen Teddybären schießen wollte, aber mir dann doch ein Schaf brachte, weil die Punkte für den Bären nicht reichten. Tobi, der mir jeden zweiten Samstag Frühstück gemacht hat, wenn wir in dem Wohnwagen seiner Eltern übernachtet haben. Tobi, der mir beim ersten Date Pizza backen wollte, und am Ende waren wir beide nur so mit Mehl bekleckert. Tobi, der nur meine Hand nehmen muss, um mich zu trösten. Tobi, der mich nur anlächeln muss, damit ich mich wunderschön und unbesiegbar fühle.

Es ist dieser Tobi, der da am Boden liegt. Es ist *mein* Tobi.

Er sieht mich. Obwohl er etwa zehn Meter weit weg liegt, kann ich seine grünen Augen erkennen. Stumm fleht er mich an. Bettelt, ihm zu helfen.

Und ihr habt eine Vorahnung, was jetzt kommt, oder? Ihr könnt die Szene schon vor euch sehen. Ich, Miriam Brand, stürme auf ihn zu, ich mache den Jungen mit der Waffe auf mich aufmerksam, um meinen Freund zu retten. Ihr seht vor euch, wie ich mutig mein Leben für ihn riskiere. Alles tue für die Liebe zu diesem Jungen.

Wozu soll ich lügen. Ich bleibe dort, wo ich bin. Ich ertrage es nicht, Tobi in die Augen zu sehen. Ich wende mein Gesicht ab. Ich kann nicht mit ansehen, wie mein Freund sterben wird. Ich kann auch nicht mit anhören, wie er laut und panisch keucht. Wie sein Atem aber gleichzeitig immer schwächer und unregelmäßiger wird. Ich kann ihn nicht retten. Genauso wenig kann ich wieder die Tür schließen und mich zu Joanne setzen. Ich kann gar nichts mehr.

Bumm. Gelähmt höre ich den nächsten Schuss. Ich sehe zwei Mädchen, die durch den Gang laufen. Ein weiterer Schuss. Ich vernehme den Aufschlag eines Körpers. Der Körper dieses Kindes, das erst in die fünfte Klasse geht. Kann ihre Freundin schreien hören. Sie flieht. Rennt ins nächste Klassenzimmer und knallt die Tür zu. Der Amokläufer geht weiter den Gang entlang, ist jetzt fünfzehn Meter von mir entfernt.

Da, einfach so, ruft Joanne meinen Namen.

Der Amokläufer wirbelt herum …

… und blickt direkt in meine Augen.

2

Es dauert nur eine Sekunde. Nur eine Sekunde, bis er den Schuss abfeuern wird. Aber ich werde euch erzählen, was mir in dieser einen Sekunde durch den Kopf gegangen ist:

Zum ersten Mal sehe ich ihn von vorne. Und ich kenne ihn, den Amokläufer. Es ist Matias Staudt. Er geht in die 9c, in meine Parallelklasse.

Wisst ihr, es schockiert mich nicht, den Amokläufer zu kennen. Es schockiert mich, dass es Matias Staudt ist. Denn Matias hatte Freunde. Gut, er war in der Klassenhierarchie ziemlich weit unten, aber er hatte zwei sehr gute Freunde in der 9c. Dachte ich zumindest. Ich habe nie sehr auf ihn geachtet.

Matias ist für mich einfach nicht … interessant gewesen. Er ist ein Muttersöhnchen. Und wirklich gut sieht er auch nicht aus. Er ist ziemlich klein, etwas zu dick und hat ein paar Pickel zu viel im Gesicht. Also habe ich ihn weder als Freund noch als Typen beachtet.

Ich weiß, dass er ziemlich auf mich steht. Er hat sich sogar einmal getraut, mich zu fragen. Er wollte mit mir auf so einen langweiligen Abschlussball vom Tanzkurs gehen. Natürlich habe ich ihn ausgelacht. Ich weiß auch, dass Tobi Matias Staudt mit ein paar von seinen Kumpels ziemlich gedisst hat. Sie haben ihm im Sportunterricht die Klamotten versteckt und an die Tafel *Matias das Schwein* geschrieben, so ein Zeug eben.

Und jetzt bin ich am Ende meines Lebens angelangt. Plötzlich spüre ich den kalten Wind, der um mich herumweht. Ein paar Fenster stehen offen, es regnet herein. Mir fällt auf, dass sich unter der Fensterbank ein Mädchen aus der Elften versteckt. Angstvoll sieht sie mich an. Ich reagiere nicht. Ich fühle mich tausend Jahre älter als sie.

Ich spüre wieder meinen ganzen Körper, auch die Hand, die Joanne so fest gedrückt hat. Erst jetzt bemerke ich, wie sehr sie schmerzt. Erst jetzt fällt mir auf, dass mein linker Arm an der Stelle, an der ich meine Nägel hineingebohrt habe, blutet und schmerzt.

Als würde ich nun, am Ende meines Lebens, erst richtig aufwachen.

Ich bereue, meinen Dad heute nicht umarmt zu haben. Es hätte mich nur fünf Sekunden gekostet. Ich bereue, meine Oma gestern nicht noch zurückgerufen zu haben. Ich bereue, dass ich meiner Mutter nicht gesagt habe, wie sehr ich sie dafür hasse, dass sie meinen Dad und mich verlassen hat. Ich hätte letzten Winter einen Schnee-Engel machen sollen, egal, ob es kindisch ist oder nicht.

Ich werde es nie wieder können. Und dieses Wissen tut verdammt weh.

Ich werde niemals wie geplant meinen sechzehnten Geburtstag feiern können. Ich werde niemals heiraten, nicht irgendwann als alte Frau auf der Terrasse sitzen, neben mir mein ebenfalls alter Ehemann, um uns herum unsere Enkelkinder.

Ich sehe all die Bilder vor mir, Philipp, tot auf dem Boden. Laufende Kinder, überall laufende Kinder. Das Mädchen, das zu Boden stürzt. Joannes Gesichtsausdruck beim ersten Schuss. So überrascht, so verwirrt. Mein Freund, verblutend, zehn Meter vor mir. Er beobachtet uns jetzt, und ich kann die Angst erkennen, die er verspürt. Ich schäme mich. Weil es Angst um *mein* Leben ist, nicht um sein eigenes.

Ich fühle mich leer. In dieser Sekunde verschwindet die Angst. Und macht Platz für etwas noch Schlimmeres. Gleichgültigkeit. Ich werde sterben. Und es ist egal. Alles ist egal. Ob ich lebe … oder sterbe. Ob ich Schmerzen haben werde oder nicht. Jetzt ist es vorbei. Ich warte auf den Schuss. Ich hoffe nur, dass er Joanne nicht entdeckt. Wenigstens eine von uns beiden soll leben.

Das alles durchfährt mich in einer einzigen Sekunde. Einer einzigen, doch so wichtigen Sekunde. Denn obwohl sie nur eine von vielen Millionen Sekunden ist, die ich erlebt habe, kommt es mir vor, als dauere sie so lange wie mein ganzes vorheriges Leben.

Ich höre den Schuss. Und dann einen zweiten und dritten. Etwas streift mein rechtes Bein. Ich habe erwartet, dass ich zu Boden gehe. Tue ich nicht. Aber Matias stürzt, zwei Schüsse im Körper. Ich glaube, er ist tot. Er ist tot. Tot, genauso wie Philipp.

Joanne kommt zitternd aus ihrem Versteck. Gemeinsam stehen wir da, während ein Spezialkommando durch die Tür stürmt. Es sind Sanitäter und bewaffnete Polizisten. Zumindest glaube ich, dass es Polizisten sind. Sie tragen schwarze Kleidung, Knieschützer und schwere Helme, die Motorradhelmen ziemlich ähnlich sehen. Aber das ist es nicht, was wirklich angsteinflößend ist. Es sind die Waffen. Überall. Ich bin verwirrt.

Sie beugen sich über Tobi. Legen ihn auf eine Trage und

bringen ihn weg. Irgendjemand versucht, mit Joanne und mir zu reden. Zeigt auf mein verletztes Bein, meinen blutenden Arm. Ich schüttele einfach nur den Kopf.

Und dann renne ich der Trage nach, ignoriere mein protestierendes Bein. Er lebt noch. Ich hab's gesehen. Seine Brust hebt und senkt sich.

Ich renne an vielen Leuten vorbei durch das Schulhaus. Bis ich zur Tür komme. Da sehe ich gerade noch, wie die Sanitäter mit Tobi verschwinden. Ich will ihnen folgen und – pralle zurück.

Es ist schrecklich. So etwas habe ich nicht erwartet. Journalisten, so viele Journalisten, mit ihren Mikrofonen und Kameras. Sie filmen uns! Filmen uns, als wäre es einer von diesen bescheuerten Blockbustern, die im Fernsehen laufen.

Fassungslos bleibe ich stehen. Dann renne ich zu dem Krankenwagen, in den sie Tobi schieben. Ich bin schon fast da, als ein Reporter mich aufhält. »Hey, Kleine! Erzählst du mir, was da drinnen passiert ist? … Hey, warte mal!«

Ich ignoriere ihn. Ist mir doch egal, was er will. Es gibt jetzt Wichtigeres.

»Es dauert nur …«

»Hey, was machen Sie hier? Bleiben Sie hinter der Absperrung, und lassen Sie die Kinder in Ruhe!« Ein Polizist stellt sich neben mich und verscheucht den Reporter. Mit den Augen suche ich den Parkplatz ab. Aber der Krankenwagen ist schon weg. Tobi ist einfach so weg.

Ich will weinen. Da ist dieser Druck. Überall. Und ich weiß, dass die Tränen all das rausschwemmen könnten. Aber es geht nicht. Ich lasse mich einfach fallen. Sitze auf dem Asphalt und starre vor mich hin.

Aus der Schule kommen immer mehr Leute. Kinder, Mädchen wie ich, Tobis Kumpels, Lehrer. Wir sehen alle gleich aus. Wie Gespenster.

Joanne setzt sich neben mich. Wir sagen nichts. Was sollten wir auch sagen? Niemand achtet auf uns. Es kommt auch kein Sanitäter, um mein Bein zu verarzten. Denn es sind zu wenig Ärzte da. Und viel zu viele Verletzte. Drei Tote habe ich bis jetzt gezählt. Und einige Kinder sehen viel schlimmer aus als ich.

Ich lehne meinen Kopf an Joannes Schulter, und so sitzen wir da. Und warten. Warten auf … irgendwas. Auf nichts, auf alles, auf ein Wunder. Auf das Erwachen? Glauben wir, dass alles nur ein Traum war? War es nicht. *Ist* es nicht.

3

Irgendjemand verbindet mein Bein und versorgt meinen Arm. Mein Dad ist da. Er will mir helfen. Tobis Mom kommt. Tobi ist tot. Bei der OP gestorben.

All das bekomme ich nur durch einen Nebel mit. Ich sollte um ihn weinen. Irgendeine Reaktion zeigen. Aber ich kann es nicht. Alles kommt mir so unwirklich vor, so falsch.

Ist es wirklich Wirklichkeit? Ich begreife nicht, wie das sein kann. Es ist doch ein ganz normaler Tag, so wie jeder andere auch. Alles ist doch so wie immer, sollte zumindest so wie immer sein. Was nur ist passiert?

Joanne geht. Ihre Eltern bringen sie von hier weg. Dad nimmt mich in den Arm. Oma und Opa kommen, umarmen mich ebenfalls. Aber auch das fühlt sich falsch und unecht an. Eine Menge Kameras und Journalisten sind inzwischen da. Sie halten uns ihre Mikrofone hin, filmen die Schule.

Ich schalte einfach ab. Ich sehe gar nichts mehr, ich höre nichts mehr. Ich fühle nichts mehr. *Gar nichts.* Nicht einmal das Schlagen meines Herzens. Kein Entsetzen, keine Angst. Nichts mehr. Auch die Schmerzen in meinem Bein spüre ich nicht. Auch nicht Omas Hand, die auf meiner Schulter ruht. Sie könnten mich einfach hier stehen lassen, für den Rest meines Lebens, es wäre mir egal. Es ist alles so egal.

Meine Großeltern und mein Dad bringen mich von der Schule weg. Die Journalisten behindern uns. Ich reagiere gar nicht. Aber Opa schreit sie irgendwann an. Was er schreit, weiß ich nicht.

Plötzlich bin ich so müde. Es ist eine neue Art von Müdigkeit. Sie ist dunkel und schwer und sehr, sehr traurig.

Ich will nicht mehr. Ich weiß nicht, was ich nicht mehr will. Der Satz bildet sich einfach in meinem Kopf und verschwindet nicht mehr.

Mechanisch gehe ich an der Hand meiner Oma, folge meinem Dad und meinem Opa. Ich hab keine Ahnung, wie lange wir bis zum Auto gehen. Vielleicht eine halbe Minute, vielleicht aber auch eine ganze Stunde.

Nichts denken. Das habe ich noch nie geschafft. Ich konnte mir nie vorstellen, wie das überhaupt klappen soll. Jetzt tue ich es, automatisch. Ich bin leer.

Oma setzt sich neben mich und schnallt mich an. Ich benehme mich wie ein Baby. Ich zeige keinerlei Reaktion. Oma muss mich auch wieder abschnallen und ins Haus führen. So willenlos habe ich mich noch nie gefühlt.

Heute Morgen bin ich noch gut gelaunt aus dem Haus gelaufen, habe mir noch gedacht, wie schön unser Haus bei Sonnenaufgang aussieht. Jetzt wirkt es wie jedes Haus. Ein Betonklotz mit Räumen, die einen einsperren, sodass schreckliche Sachen in ihnen passieren können.

Oma führt mich ins Badezimmer. Zieht mich aus. Stellt mich unter die Dusche. Das warme Wasser fließt meinen Körper hinab. Meinen tauben, kalten Körper.

Ich versuche die Bilder, die ich gesehen habe, zu verstehen. Ich versuche es wirklich. Aber es klappt nicht. Es lässt sich mit nichts vergleichen, was ich jemals erlebt habe. Es ist einfach alles so unwirklich.

Ich zittere, als Oma mich aus der Dusche holt. Obwohl es im Badezimmer dampft, friere ich. Die Kälte kommt von innen.

Oma zieht mir eine Jogginghose und einen Pulli an und holt mir meine roten Kuschelsocken, die sie mir gestrickt hat. Mir ist trotzdem noch kalt. Es kommt von innen. Von ganz innen, wo niemand rankommt.

Oma bringt mich ins Bett und wickelt mich in meine Decke. Und weil ich nicht aufhöre zu zittern, holt sie noch zwei weitere Decken für mich. Dann kommt Opa mit einer Wärmflasche und schiebt sie zu meinen kalten Füßen.

Die beiden gehen, dafür taucht Dad auf. Er streicht mir über die Wange. Aber er sagt nichts. Er setzt sich einfach auf mein Sofa in der Ecke und wartet. Und wartet.

Worauf wartet er? Auf ein Wunder? Darauf, dass ich aufstehe und sage: *War ein Scherz, Dad.* Ich selbst wünsche mir ja, dass es so wäre. Dass es sich wieder normal anfühlt. Heute Morgen kommt mir vor wie vor zehn Jahren. Oder wie ein völlig anderes Leben.

Ist es wirklich erst fünf Stunden her, dass ich den Tag schlimm fand, nur weil ich um sechs Uhr *aufstehen* musste?

Es ist alles so unwirklich. Als wäre es nur ein Film. Und das Schreckliche ist, dass ich diesen Film auch noch gerne gesehen hätte.

Und jetzt durchlebe ich den Albtraum der Hauptperson. Genauso wie die 1024 anderen Schüler meiner Schule. Falsch, jetzt sind es ja weniger. Wer weiß, wie viele noch leben.

Ich kann euch nicht wirklich beschreiben, wie es ist. Man sollte doch meinen, dass man bei so einem Ereignis, bei einem solchen Lebenseinschnitt viele verschiedene Sachen zu bedenken und zu fühlen hat. So ist es gar nicht. Wahrscheinlich liegt es noch an dem Schock. Mein Kopf ist wie leer gefegt. Und ich bin so unendlich müde.

Bestimmt wundert ihr euch, dass ich schlafen kann. Aber seltsamerweise kann ich es. Ich schließe die Augen, und sofort falle ich in einen tiefen, traumlosen Schlaf.

Ich bin dankbar, dass ich schlafen konnte. Denn sobald ich erwache, stecke ich wieder im Leben.

Ich wurde durch ein Geräusch geweckt. Irgendetwas ist runtergefallen. Es hallt im Dunkeln nach. Dann öffne ich die Augen. Ich kann meine Zimmerdecke sehen.

Ich weiß, wenn ich mich jetzt im Zimmer umblicke, wird alles so sein wie immer. Meine Möbel werden noch da sein. Meine Zimmerwände sind immer noch brombeerfarben. An ihnen werden immer noch meine Poster von P!nk und Green Day und die Fotos von meinen Freundinnen hängen. Auf dem Nachttisch sind mein Dad und ich an seinem vierzigsten Geburtstag in einem silbernen Fotorahmen eingerahmt.

Alles ist so wie vorher. Und genau das ist das Problem. Ich finde, die ganze Welt sollte jetzt anders sein. Der Himmel nicht mehr blau, sondern grün. Und die Blätter schwarz. Unser Haus braun statt weiß. Meine Haare nicht glatt, sondern lockig.

Alles fühlt sich anders an. Warum hat sich nicht auch alles geändert? Warum steht unser Haus immer noch? Warum grinsen Joanne, Vanessa, Sophia, Tanja und ich noch auf den Bildern an der Wand? Wir sollten weinen.

Ich setze mich auf. Fahre mir mit den Fingern durch die langen, verkletteten Haare. Meine Lippe ist aufgeplatzt und schmeckt salzig. Der rosa Nagellack blättert ab. Alles fühlt sich so intensiv an. Ich bin von der ersten Sekunde an klar. Ich weiß sofort, was passiert ist.

Tobi ist tot. Weg, für immer. So, als wäre er nie da gewesen. Ein Mensch kann doch nicht einfach so weg sein. Ein Mensch verschwindet nicht so einfach. Unser letzter gemeinsamer Moment war so grausam, das kann es doch nicht gewesen sein!

Ich hab mich oft einsam gefühlt. Weil meine Mom einfach abgehauen ist, weil Dad so viel arbeiten muss, weil Opa oft im Krankenhaus ist. Aber das ist nichts verglichen mit der Einsamkeit, die ich jetzt empfinde.

Da erst bemerke ich, dass Opa auf der Couch sitzt. Er sieht mich mit seinen alten, wissenden Augen an. Und fast glaube ich, dass er weiß, wie ich mich fühle. Doch er kann es nicht wissen. Niemand kann das. Nur vielleicht diejenigen, die mit mir da drinnen waren.

Er weiß bestimmt auch nicht, was er sagen soll. Was sagt man schon nach so einem Ereignis? Es ist wie damals, als Opa erfahren hat, dass er einen Tumor in der Lunge hat. Es ist so ein Moment, in dem man gar nichts sagen kann. Damals, das weiß ich noch, flüsterte ich nur: *Es tut mir so leid.*

Aber ich möchte nicht, dass Opa das jetzt zu mir sagt. Es hört sich an, als wäre ich krank. Als wäre es ein Unfall oder so etwas. Ich würde diese Worte nicht ertragen.

»Sag ja nicht, dass es dir leidtut«, sage ich ganz leise zu ihm. Opa steht auf, nimmt das Glas mit Wasser, das auf meinem Tischchen steht, und reicht es mir.

»Ist in Ordnung. Ich sag nichts.«

Durstig setze ich das Glas an meine Lippen und leere es in einem Zug. Dabei merke ich, dass sie brennen. Ich lecke mir über die rissigen, trockenen Stellen. Ich mag dieses Gefühl.

Der Schmerz, so gering er auch ist, fühlt sich echt an. Und gewöhnlich.

Da führe ich mir vor Augen, dass es der erste Moment nach dem Amoklauf ist, den ich bewusst mitbekomme. Zum ersten Mal fühle ich mich nicht, als wäre ich nur Zuschauer.

Amoklauf. Das ist kein Wort, von dem man alltäglich Gebrauch macht. Klar, die Jungs aus meiner Klasse haben sich manchmal darüber lustig gemacht. Auch haben wir sicherlich mal einen Film gesehen, der von einem Amoklauf handelte. Aber in diesen Filmen wird nie erzählt, was man nach einem Amoklauf zu fühlen hat. Wie man sich danach verhalten soll. Wie man mit seiner Familie umgehen soll. Und wie die Familie damit umgeht. Meine Situation ist ungefähr so, als wäre ich in einem fremden Land ausgesetzt worden, ohne Landkarte, ohne die Sprache zu kennen. Ich habe keinen Plan.

Es ist etwas Schreckliches passiert. Und jetzt? Wie macht man weiter? Womit soll man überhaupt weitermachen? Das Beste wäre, ich würde aufhören zu denken. Aber mein Verstand arbeitet unerbittlich, pausenlos. Ich glaube, ich mache irgendwas falsch. Ich fühle nämlich gar nichts.

Opa sieht verzweifelt aus. Für meinen Dad und meine Großeltern ist das vielleicht auch nicht so einfach. Aber ich brauche einen Moment für mich.

»Opa, machst du mir eine heiße Schokolade?«

Er lächelt nur und geht. Als er das Zimmer verlässt, sackt etwas in mir zusammen. Ein unglaublicher Schmerz kommt, und ich krümme mich. Meine Atmung geht laut und schnell. Aber keine Träne fließt über meine Wange. Ganz langsam versuche ich, mich zu beruhigen.

Ich denke an die Übungen, die Oma mir gezeigt hat, weil ich als kleines Kind nie gut geschlafen habe. Ich denke an

Wälder und glückliche Hasen und Felder. An den Wind, der durch meine Haare weht, und die Sonne, die auf mein Gesicht scheint.

Immer wieder schleichen sich böse Gedanken dazwischen. *Und was jetzt, Miriam?*, wispern sie. *Was machst du jetzt, wo dein Freund tot ist, und das alles nur, weil du nicht eingegriffen hast?*

Ich will das nicht hören. Ich will das nicht denken. Trotzdem geht es nicht weg. Der Druck in meinem Herzen will sich einfach nicht lösen. Es ist so schwer, zu atmen. Bei jedem Heben und Senken meiner Brust schmerzt es.

Eine Weile bleibe ich so sitzen, nur darauf konzentriert, nicht auf die Vorwürfe zu hören, die ich mir selbst mache. Dann stehe ich auf und gehe ins Bad. Das Gesicht, das mir im Spiegel entgegenschaut, erschreckt mich. Bin das wirklich ich? Ich wirke wie eine Fremde. Wie ein Mädchen, das ich zum ersten Mal sehe.

Augenfarbe, Haare, Gesichtsform, all die Äußerlichkeiten haben sich nicht geändert. Aber was ist mit dem Rest? Woher kommt dieser Ausdruck in meinen Augen, dieser gleichgültige, abgekämpfte Blick? Mein Gesicht wirkt so grimmig, so entsetzt, dass ich tatsächlich vor mir selbst erschrecke.

Ich bin nicht krank. Und doch zittere ich am ganzen Körper, obwohl ich nicht friere. Und doch bin ich so bleich, wie es sonst nur Tote sind.

Ich drehe den Wasserhahn auf, spritze mir Wasser ins Gesicht, um die Reste meines Make-ups zu beseitigen. Ich habe gehofft, dadurch etwas gesünder auszusehen. Ich öffne meinen Wandspiegel und greife nach der Haarbürste. Vorsichtig, als würde ich mir selbst nicht trauen, fahre ich damit durch meine zerzausten Haare.

Mein Körper ist schwach. Meine Beine kommen mir vor wie Streichhölzer. Es würde mich nicht wundern, würde ich an Ort und Stelle zusammenbrechen. Ich halte mich am Waschbecken fest. Immer atmen. Egal, was passiert, immer weiteratmen. Hätte mir jemand erzählt, dass das so schwer sein kann, hätte ich ihm nicht geglaubt, ihn wahrscheinlich sogar ausgelacht. Atmen, das macht unser Körper ganz automatisch. Trotzdem kann es so anstrengend sein.

Fragt mich nicht, wie lange ich so dastehe und mich anstarre. Ich habe das Zeitgefühl verloren. Wie spät ist es? Wie lange habe ich geschlafen? Wie lange stehe ich schon hier?

Ich beschließe, nach unten zu gehen, zu meiner Familie, damit Opa nicht mit dem Kakao hochkommen muss. Ich will einfach von ihnen in den Arm genommen werden, nicht mehr alleine sein.

Die Holztreppe knarzt wie gewohnt an der einen Stelle. Leise bewege ich mich zur Küche. Ich habe keine Ahnung, was mich erwartet. Wie werden sie sich verhalten? So verunsichert war ich noch nie zuvor in meinem Leben.

Stimmen sind zu hören, mein Herz klopft bis zum Hals. Ich will einfach nur noch, dass sie mir helfen und dafür sorgen, dass ich mich besser fühle. Ich drücke langsam die Türklinke herunter und betrete die Küche.

Natürlich habe ich erwartet, dass mich meine Oma gleich umarmt. Aber wer da meinen Namen ruft und mir um den Hals fällt, als ich die Tür öffne, ist nicht meine Oma. Und auch nicht mein Dad.

Meine Mutter steht vor mir, nach so vielen Jahren, in denen sie sich nicht hat blicken lassen, und umarmt mich. Unter normalen Umständen hätte ich mich von ihr losgerissen. Sie soll mich nicht anfassen. Aber ich bin zu schwach.

So viele Jahre habe ich gehofft, dass sie irgendwann zurückkommt und ich wieder eine Mutter habe. Und später, als ich gelernt habe, ohne Mutter auszukommen, und mein Hass auf sie immer größer wurde, da wollte ich sie noch ein Mal sehen, um ihr all die schrecklichen Wörter an den Kopf zu werfen, die ich für sie empfinde.

Jetzt steht sie da, und mir ist es egal.

Ich mache mich steif und warte, bis sie sich von mir löst.

»Wie lange habe ich geschlafen?«, frage ich meinen Dad müde.

Es muss lange sein, wenn meine Mutter Zeit hatte, von wo auch immer in den Flieger zu steigen und hierherzukommen.

»Fast einen ganzen Tag. Deine Mutter ist gekommen, weil sie sich Sorgen um dich macht. Sie hat gleich den nächsten Flug genommen, als sie davon erfahren hat.«

Meine Mom ist gekommen, weil sie sich Sorgen macht. Ich fühle, wie die Wut nun doch in mir aufsteigt. Jetzt macht sie sich Sorgen, aber die letzten fünf Jahre hat sie sich keine Sorgen gemacht! Sie soll dahin zurückkehren, wo sie hergekommen ist.

Ich wollte Zuflucht bei meiner Familie finden. Stattdessen muss ich meiner Mutter in die Augen blicken. Sie können sich doch denken, dass Mom die letzte Person ist, die ich jetzt gebrauchen kann.

Ich will doch nur Ruhe.

Zehntausend Dinge könnte ich ihnen entgegenschreien. Aber ich bin zu müde, zu kraftlos. Deshalb frage ich nur: »Warum?«

Eigentlich ist es ja auch egal. Alles ist egal. Soll sie hierbleiben, wenn sie will, soll kommen und gehen, wer will. Ich möchte nur noch in mein Zimmer, in mein Bett und nichts machen. Einfach gar nichts.

Von der Seite werfe ich meiner Mom einen kurzen Blick zu. Sie sieht noch genauso aus wie damals. Fünf Jahre, und sie hat keine einzige neue Falte bekommen. Nur ihre Haut ist von der vielen Sonne dunkler geworden. Und ihre schwarzen Haare hat sie zu Locken gedreht. Sie trägt einen viel zu weiten Ausschnitt. Dann sind da natürlich noch ihre weiß Gott wie vielen Piercings. Ihre rot lackierten Fingernägel. Sie ist wirklich wieder da.

Tobi sollte hier sein. Er soll mich in den Arm nehmen. Dann würde es mir viel besser gehen. Ich *brauche* ihn. Wie sehr ich ihn brauche, lässt sich gar nicht in Worte fassen. So ein wundervoller Mensch kann nicht einfach sterben. Es kann doch nicht sein, dass ich ihn nie wiedersehe, dass es auf dieser Welt keinen Tobi mehr gibt. Was ist denn eine Welt ohne Tobi? Tiefe Verzweiflung erfasst mich. Die Küche, meine Familie, meine zurückgekehrte Mutter, das alles rückt in den Hintergrund.

»Schatz, ich weiß, wir haben nicht das beste Verhältnis, aber ich dachte …« Ich achte gar nicht auf das, was meine Mutter sagt. Ihre Worte und ihre Meinung interessieren mich nicht.

»Miriam, deine Mutter ist hier, um dir zu helfen. Wir wollen dir alle helfen.«

Wie kommen sie auf die absurde Idee, meine Mutter könnte mir helfen? Wie kommen sie auf die Idee, dass irgendjemand von ihnen mir helfen könnte? Das kann keiner, nicht sie, nicht ich selbst, niemand. Begreifen sie das denn nicht? Ist es denn so schwer zu verstehen?

Was passiert ist, ist grausam. Es sind Menschen gestorben. Tobi ist gestorben. Und sie reden davon, mir helfen zu wollen. Ich kann nicht wirklich erklären, was in diesem Augenblick in mir vorgeht. Es ist einfach nur so, dass ich mich ziemlich leer fühle, während mein ganzer Körper schmerzt.

Vor ein paar Minuten habe ich noch gehofft, dass meine Familie mir helfen könnte. Aber das ist dumm. Niemand, *niemand* kann helfen. Es gibt mich, und es gibt den letzten Tag, der Schreckliches gebracht hat. Dazwischen ist nichts.

Ich renne in mein Zimmer. Mom und Dad folgen mir. Ich beachte sie schlichtweg nicht. Sie können so viel reden, wie sie wollen. Es ist unwichtig. So wie alles andere. So wie ich. Am Ende ist doch alles im Leben unwichtig. Und das, was nicht unwichtig ist, wird einem mit Gewalt entrissen.

Ich knalle meine Zimmertür zu und sperre ab. Dann sacke ich zusammen und krümme mich zu einer Kugel. Beruhigend wiege ich mich hin und her.

Ein Amoklauf. Nein, das kann es nicht gewesen sein. Das klingt so irreal. Amoklauf klingt nach Amerika. Immer wieder hört man davon, dass es in Amerika Amokläufe gibt. Es kann doch nicht wirklich einen Amoklauf an meiner Schule gegeben haben. So etwas passiert nicht in echt. Und warum sollte ausgerechnet ich so etwas erleben? Was ist gestern nur passiert?

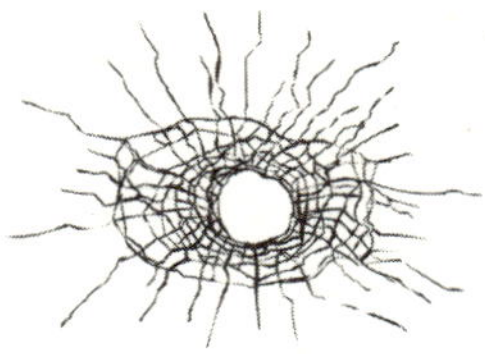

4

Das Leben ist wie ein sehr langer Atemzug. Irgendwann hat man ausgeatmet und einfach keine Luft mehr in der Lunge. Dann ist alles leer, alles vorbei. Aber ich frage mich: Sterben wir Menschen wirklich nur einen Tod? Oder durchleben wir viele kleine Tode?

Es heißt, Katzen haben neun Leben. Vielleicht haben wir Menschen das auch. Vielleicht müssen wir einen bestimmten Anteil an Schmerz durchleben, bis wir erlöst werden.

Ich dachte immer, sterben ist schwer. Aber Philipp hat mir gezeigt, dass es einfach ist. Das Einfachste der Welt. Wie ausatmen. Es geht von ganz alleine.

Da haben alle Menschen ihr ganzes Leben lang Angst vor dem Augenblick, der alles beendet, und dann ist es so einfach. Ich würde mir lieber Sorgen um morgen machen. Oder übermorgen. Denn das Leben ist es, wovor wir Angst haben sollten. Während der Tod die Erlösung ist, zwingt uns das Leben immer wieder in die Knie.

Leben ist schwer. Weil du manchmal dabei stirbst. Und dann wirst du ein komplett neuer Mensch. Ein Mensch, der dir selbst völlig fremd ist. Ein Mensch, den du noch nicht mal selbst ausstehen kannst.

Ich sperre mich einfach in meinem Zimmer ein. Ich vermute, dass ich jetzt drei Tage oder so hier drin bin. Ich weiß es nicht. Ich kann es nicht am Licht erkennen, weil ich meine Rollläden runtergelassen habe. Nur meine Leselampe wirft einen kleinen hellen Fleck an meine Wand.

Ich schlafe nicht. Denn ich träume nur von den schrecklichen Dingen. Selbst die Erlösung durch den Schlaf wurde mir genommen. Ich esse nicht. Zwar stellen sie mir immer wieder was vors Zimmer, aber ich rühre es nicht an. Ich sitze einfach nur auf dem Boden und mache gar nichts.

Die frühere Miriam hätte das sicher langweilig gefunden. Aber ich bin nicht mehr dieselbe Miriam. Ich habe mich verändert. Und als ich mich nun im Spiegel betrachte, weiß ich, dass ich mich auch äußerlich ändern muss. Denn ich halte es einfach nicht mehr aus.

Auch meine Familie halte ich nicht aus. Sie klopfen immer wieder an meine Tür. Wollen, dass ich aufmache und mit ihnen rede. Aber worüber sollte ich mit ihnen reden? Sie können einfach nicht verstehen, wie ich mich fühle. Sie reden ständig davon, dass ich ihnen ein bisschen entgegenkommen soll. Dass ich ihnen helfen soll, damit wir das alle zusammen durchstehen. Aber sie vergessen etwas sehr Wichtiges dabei. Das hier ist meine Sache. Nicht ihre. Es ist egal, ob ich es ihnen erzähle oder nicht. Ich muss damit alleine zurechtkommen. Und im Moment ist es da am besten, mit niemandem zu reden und niemanden zu sehen.

Mensch, jetzt klopfen sie schon wieder!

»Miriam, Süße, öffne bitte endlich die Tür. Und iss wenigstens was. Bitte. Wenn du es nicht für dich tun willst, dann wenigstens für uns.«

Für uns. Ständig sagen sie das. Alles soll ich für *sie* tun. Aber hier geht es nicht um sie. Hier geht es um mich. Und das können sie einfach nicht akzeptieren.

Ich hole nur die Wasserflaschen rein, die sie vor mein Zimmer stellen. Das ist der einzige Beweis, dass ich noch lebe.

Sie reden auf mich ein, aber ich höre sie nicht. Das habe

ich auch in den letzten Tagen gelernt: mein Gehör abzustellen, wann ich will. Eigentlich höre ich schon noch. Nur registriert mein Gehirn es nicht.

»Miriam, lass uns wenigstens den Streifschuss untersuchen. Wir wollen wissen, ob alles gut ist. Komm schon, es tut doch sicherlich weh.«

Tut es weh? Ich weiß nicht. Es ist nichts im Vergleich zu dem Loch in meinem Herzen. Immer und immer wieder höre ich diesen Schuss. Dann wird mir so schlecht, dass ich kotzen könnte. Immer und immer wieder sehe ich Tobi auf dem Boden liegen, so blass, und überall ist sein Blut. Immer und immer wieder sehe ich Matias Staudt vor mir, die Waffe auf mich gerichtet. Wäre das Einsatzkommando nur ein paar Sekunden langsamer gewesen, würde ich vielleicht nicht mehr leben. Und was ich dabei fühle, weiß ich nicht genau. Da ist dieses Stechen, weil ich diesen Gedanken habe, der nicht mehr verschwinden will. Vielleicht wäre es gar nicht so schlimm gewesen, zu sterben. Dann wäre ich bei Tobi. Dann müsste ich Mom nicht ertragen. Dann wäre alles besser.

Zeit ist surreal. Wusstet ihr das? Ich wusste es nicht … bis jetzt. Einerseits kommt mir eine Minute vor wie eine Ewigkeit, andererseits ein Tag wie ein kurzer Augenblick. Und in all dieser Zeit habe ich diese Gedanken. Sie sind falsch. Ich sollte dankbar sein, zu leben. Ich bin sicher, Tobi würde gerne noch leben. Aber ein Leben ohne Tobi, was ist das schon? Wenn ich könnte, würde ich mit ihm tauschen. Ich will so nicht leben. Ich will das alles hier nicht fühlen.

Wie lange kann er schon her sein, der Amoklauf? Vom Gefühl her muss es ein Leben sein. Wirklich. Als wäre ich gestorben, und jetzt lebe ich ein neues Leben.

Nichts ist wie vorher. Nicht Trinken, nicht Schlafen, nicht

Fühlen, nicht mal Atmen. Ein Augenblick, der alles ändert. Das Leben davor zählt überhaupt nicht mehr. Es ist einfach weg. Als hätte es niemals existiert.

Da hängen diese Bilder in meinem Zimmer, auf denen Mädchen lachend in die Kamera sehen, und ich frage mich, wer diese Mädchen überhaupt sind. Ich sehe dieses Mädchen, das aussieht wie ich. Ich weiß aber nicht, wo es ist. Wo nur ist es hingekommen? Es kann doch nicht einfach so verschwinden. Irgendwo da drinnen muss es doch noch sein.

Ich suche und suche und suche. Vergeblich.

Wer bin ich? Wer bin ich heute? Früher war ich mal eine glückliche und beliebte Schülerin, mit mittelmäßigen Noten, einem supersüßen Freund und den tollsten Freundinnen, die man sich nur wünschen kann. Aber dieses Mädchen finde ich nicht mehr. Ich habe mich verloren. Ich stecke im selben Körper wie früher, ich trage denselben Namen, ich bin immer noch ich, aber irgendwie auch nicht. Denn irgendwie bin ich ganz anders als vorher. Verändert. Nicht mehr ich selbst.

Tobi, der könnte mir sagen, wer ich bin. Ich könnte ein ganzes Blatt mit Gründen vollschreiben, warum ich ihn brauche, warum er da sein müsste. Nur würde es nichts nützen.

Jeder von uns hat jemanden oder etwas, das wichtiger ist als alles andere auf der Welt. Für manch einen mag es Geld sein, für andere das eigene Kind oder die Arbeit. Für mich ist es Tobi.

Ewig könnte ich diese Gedanken weiterführen. Doch ich komme keinen Schritt weiter. Ich habe ja nicht einmal eine Ahnung, wohin ich keinen Schritt weiterkomme. Der Raum scheint mich zu erdrücken. Die Wände kommen immer weiter auf mich zu. Ich halte das nicht mehr aus.

Also verlasse ich mein Zimmer. Im Flur ist es genauso dunkel wie in meinem abgeriegelten Raum, doch unten im Wohnbereich brennt Licht. Meine Mom unterhält sich mit meinem Dad. Ich kann es kaum glauben, dass sie noch da ist. Es grenzt an ein Wunder, dass sie es so lange an einem Ort aushält.

Leise gehe ich in die Küche, damit sie mich nicht hören. Auf die beiden kann ich gerade verzichten. Mom ist ... nun ja, sie hat mich damals verlassen. Und mein Vater ist im Moment auch nicht besser, schließlich hat er sie zurückgeholt. Ausgerechnet er! Hat er etwa vergessen, wie sehr sie ihn verletzt hat? Ich verstehe ihn nicht.

Obwohl ich keinen Hunger habe, hole ich mir einen Joghurt aus dem Kühlschrank. Ich setze mich auf die Küchentheke und fange an, ihn zu löffeln. Ich habe kein Licht angemacht, sitze im Halbdunkel.

Mir wird von dem Joghurt übel. Ich habe tagelang nichts gegessen und kann trotzdem nichts runterkriegen. Ich fange an zu würgen. Die Überlebensreflexe meines Körpers scheinen genauso verschwunden zu sein wie der Rest von mir. Oder mein Körper hat die Entscheidung getroffen, mich verhungern zu lassen.

Ich könnte natürlich auch einfach aufhören. Es wäre nicht wirklich schlimm. Wenn es so bleibt wie jetzt, ich den Hunger nicht spüre und so alles zu Ende gehen würde ...

Als das Licht angeht, muss ich die Augen zukneifen, weil ich für einen Moment völlig geblendet bin. Nach ein paar Sekunden wage ich, die Augen wieder zu öffnen. Meine Mom ist in der Küche. Wortlos setzt sie sich an den kleinen Küchentisch und zündet sich eine Zigarette an. Sie sagt nichts, ich sage nichts.

Manchmal braucht man keine Worte, um sich zu unterhalten. Manchmal sagt die Stille mehr als tausend Worte. Die alte Miriam hat gerne und viel geredet. Die neue Miriam schweigt lieber.

Soll Mom doch hier sitzen und eine rauchen, das ist mir egal. Von mir aus kann sie auch hierbleiben. Hauptsache, sie will sich nicht mit mir versöhnen, nur weil ihr plötzlich wieder eingefallen ist, dass sie eine Tochter hat. Ich habe genug mit mir selbst zu tun. Ich möchte niemanden sehen. Niemanden außer *ihn*. Aber er kann nicht kommen, das ist unmöglich. Also bleibe ich alleine. Die anderen interessieren mich nicht. Ich will nur ihn. Sollen sie doch davon reden, dass wir alle an einem Strang ziehen müssen, um es zu schaffen.

Wieso *wir*!? War Tobi etwa *ihr* Freund? Haben *sie* ihn sterben sehen? Und was ist mit Philipp? Haben *sie* den Schuss gehört, der ihn getötet hat? *Wir* müssen es schaffen, das sagen sie. Aber eigentlich muss *ich* es doch schaffen.

Doch so etwas könnte ich nur mit Tobi zusammen schaffen. Ohne ihn ist es unmöglich. Ohne ihn gibt es ja gar keinen Grund, es zu schaffen.

Ich lasse den Joghurtbecher auf den Tisch fallen. Der Löffel scheppert über die Tischplatte. Ich sollte so nicht denken. Ich möchte so gar nicht denken. Trotzdem tue ich es.

Meine Mom steht wieder auf und geht zur Tür. Bevor sie das Zimmer verlässt, dreht sie sich noch einmal um und sagt: »Du hast jedes Recht, zu trauern. Aber wenn du nicht mehr richtig isst und nicht mehr duschst, wird die Sache auch nicht besser. Leg dich wenigstens mal hin. Bitte. Wenn man dich sieht, bekommt man wirklich Angst, dass du gleich umfällst vor Erschöpfung.«

Was sie sagt, ist mir gleichgültig. Glaubt sie, mich interessiert, wie ich im Moment aussehe? Von ein paar netten Worten wird nämlich auch nichts besser. Was weiß sie schon, was ich brauche? Ich brauche nichts.

Aber dann fällt mir ein, was für ein Gefühl das war, als Oma mich vor ein paar Tagen unter die Dusche gestellt hat. Das Wasser hat sich gut angefühlt. So echt, so wie früher. Das Gefühl von Wasser auf der Haut, das ist dasselbe wie *davor*. Es hat eine beruhigende Wirkung.

Ich gehe ins Badezimmer. Wieder sieht mir dieses fremde Mädchen im Spiegel entgegen. Langsam ziehe ich mich aus. Ich stelle das Wasser auf lauwarm und lasse es mir über den Rücken rieseln. Es ist schön, wieder etwas zu fühlen, etwas Gutes. Ich konzentriere mich ganz darauf.

Nach der Dusche ziehe ich meinen langen blauen Bademantel an. Ich kämme mir die Haare, putze Zähne. Dann gehe ich wieder in mein Zimmer, sperre ab. Ich will nicht, dass jemand nachts in mein Zimmer kommen kann. Ich ziehe meinen Schlafanzug an. Vielleicht hilft mir schlafen ja. Eine Weile nichts denken, nichts fühlen, das wäre echt schön. Ich kuschele mich in mein Bett und ziehe die Decke bis zum Kinn.

Eigentlich habe ich erwartet, dass ich wie beim letzten Mal sofort einschlafe. Doch ich wälze mich lange hin und her. Immer wieder schrecke ich hoch, weil ich hinter mir Schüsse höre.

Wenn ich die Augen schließe, sehe ich wieder die ganzen Bilder. Überall Blut, um mich herum Tote, Matias Staudt vor mir. Ich frage mich, ob es ihm wohl gefallen würde, wenn er wüsste, wie sehr er uns quält. Bestimmt. Falls es nach dem Tod noch weitergeht, sitzt er vielleicht irgendwo und lacht, weil ich nicht einschlafen kann.

Leck mich, Matias. Ich begreife nicht, wie ein Mensch so etwas machen kann. Sicher, er wollte sich an uns rächen. Aber er zieht die anderen Schüler mit hinein, die daran gar nicht beteiligt waren. Und wenn ihm das egal ist, hätte er doch trotzdem verstehen müssen, dass er auch seiner Familie damit schadet, die ja mit der Schuld leben muss. Und sich selbst. Schließlich ist er jetzt tot. Die Schule wäre irgendwann vorbei gewesen, dann hätte er weiterleben können, alles hinter sich lassen.

Ich verstehe es nicht. Ich verstehe es einfach nicht! All die Kinder … Wie kann man so etwas einer Elfjährigen antun?

Obwohl mich meine Gedanken quälen, gleite ich irgendwann doch noch in die Traumwelt. Allerdings wäre es mir lieber, wenn es nicht so wäre. Denn ich träume von meinem Vater, der durch das ganze Haus rennt und meine Oma erschießt.

Das erste Mal werde ich von meinem rasenden Herzen wach. Ich brauche einen Moment, bevor ich mich wieder orientieren kann. Ein Blick auf den Wecker zeigt mir, dass es erst 23 Uhr ist.

Wieder quäle ich mich in den Schlaf. Und wieder habe ich einen Albtraum. Dieses Mal bin ich in der Schule und schreibe eine Lateinarbeit. Da kommt einfach so Matias Staudt herein und schreit mich an. Er sagt, dass ich an allem schuld sei und dass er dem jetzt ein Ende setzen wolle. Dann sticht er mit einem Messer immer wieder auf mich ein.

Mit einem Schrei erwache ich. Es ist erst zweieinhalb Stunden her, dass ich das letzte Mal aufgewacht bin.

Es dauert wieder ewig, bis ich schlafe. Dann träume ich von Tobi. Er sagt, dass er mich liebt. Doch dann fängt er an zu bluten und zu bluten. Ich will ihm helfen. Aber egal, wie fest ich meine Hände auf seine Wunden drücke, ich kann ihn nicht retten.

Um halb sechs wache ich wieder auf, schweißgebadet und vollkommen verheult. Dieses Mal versuche ich nicht, noch einmal einzuschlafen. Ich gehe stattdessen noch einmal duschen. Früher hat mir das immer geholfen, wenn ich schlecht geträumt habe. Heute nicht.

Als ich mich anziehen will, ist es schwer, das Richtige zu finden. An jedem Kleidungsstück hängen Erinnerungen, die schmerzen. Deshalb greife ich am Ende zu einem schwarzen Hemd, das ich noch nie getragen habe, weil es mir zu farblos war. Darunter will ich ein schwarzes T-Shirt mit Aufdruck anziehen, das ich auch noch nie anhatte, weil meine Mom es mir geschenkt hat. Aus Versehen fällt noch ein Kleidungsstück heraus. Eine grüne Strickjacke. Augenblicklich halte ich die Luft an. Ich versuche, gegen die Erinnerung anzukämpfen. Doch ohne Erfolg. Sie holt mich ein.

»Was soll ich anziehen, Joanne? Das ist ein echt wichtiges Date. Ich will perfekt aussehen.«

Mein Dad ist heute Abend nicht zu Hause, und ich will zum ersten Mal mit Tobi schlafen. Ich bin so aufgeregt!

»Zieh doch einfach was an, in dem du dich wohlfühlst.«

»Aber Tobi kennt schon alle meine Klamotten. Ich will heute wunderschön aussehen. Ich würde am liebsten ein Kleid anziehen, doch dafür ist es inzwischen zu kalt.«

»Oh ja, das graue, das deine Figur so toll betont. Darin siehst du so unglaublich aus!«

»Schon. Aber das Problem ist, dass es trägerlos ist und ...«

Plötzlich merke ich, dass Joanne nicht mehr neben mir herläuft. Ich drehe mich um und entdecke sie vier Meter hinter mir. Sie starrt in ein Schaufenster.

»Was guckst du so?«

Ich gehe zu ihr und sehe in dem Schaufenster eine grüne, kurze Strickjacke. Sogar eine sehr kurze Strickjacke, in einem tollen Waldgrün.

»Denkst du dasselbe wie ich?«

»Wäre ich sonst stehen geblieben?« Joanne grinst mich vielsagend an.

Schnell schmeiße ich die Jacke in den Schrank und schließe ihn.

Dann lasse ich mich schwer atmend an ihm hinabgleiten. Ich krümme mich vor Schmerz zusammen. Es war so schön, so unbeschwert. Es war mein Leben.

Einige Minuten bleibe ich einfach so sitzen. Mein ganzes Zimmer ist voller Erinnerungen. Jedes Bild, jeder Gegenstand erzählt seine eigene Geschichte. Manche sind schön. Andere tun weh, wenn ich nur daran denke. Sie tun weh, weil sie mit Tobi zu tun haben. Oder mit der Schule.

Ich schaffe das nicht alleine. Ich brauche Tobi! Aber er ist nicht mehr da. Wie kann ein Mensch einfach nicht mehr da sein? Das ist doch gar nicht möglich. Irgendwo muss er doch sein …

Mit tauben Fingern greife ich nach dem Telefon auf dem kleinen Beistelltisch. Joannes Nummer ist in der Kurzwahl eingespeichert, auf der Eins. Sogar noch vor Tobis.

Lange Zeit passiert gar nichts. Es klingelt einfach. Das nervige Wartezeichen hallt in meinem Kopf nach, verdeutlicht nur noch mehr, wie allein ich mit meinen grausamen Gedanken bin.

Dann hebt Joannes Mutter ab. Ihre Stimme klingt brüchig und leise. So ganz anders als die Frau, die ich seit Jahren kenne.

Es fällt mir verdammt schwer, zu sprechen. Die Töne bleiben in meiner Kehle hängen. Es fühlt sich alles so seltsam an. Ich habe mit denselben Personen zu tun wie davor auch schon. Meine Mom jetzt mal ausgenommen. Aber sie kommen mir so verändert vor. Sind sie es? Oder liegt es an mir? Nehme ich die Menschen anders wahr als früher? Dieser Gedanke macht mir Angst.

Ich schließe kurz die Augen und rufe mich zur Vernunft. Ich will doch nur mit Joanne reden. Meiner besten Freundin.

»Hallo, Dana, hier ist Miriam. Ist Joanne da?«

Ist das meine Stimme? Sie klingt so hohl. Aber sie muss es wohl gewesen sein, so unvorstellbar das für mich auch ist.

»Tut mir leid, Miriam. Das ist gerade nicht so gut.«

»Oh«, entfährt es mir, dann herrscht kurz peinliches Schweigen. »Kann ich es später noch mal probieren?«

Von der anderen Seite der Leitung kann ich ein Seufzen hören. Dann: »Vielleicht ein andermal. Sie braucht jetzt einfach Zeit für sich.«

»Okay«, murmele ich, bevor ich auflege.

Ich verstehe ja, dass Joanne gerade keine Lust hat, meine Hobbypsychologin zu spielen. Aber sie braucht doch selbst eine Freundin zum Reden. Genau darauf hatte ich ja gehofft. Dass wir darüber sprechen könnten. Oder über irgendetwas anderes. Egal was. Ich würde nur gerne ihre Stimme hören. Ich will doch nur nicht alleine sein. Sie ist die Einzige, die mich verstehen kann. Wenn ich es ihr nicht erzählen kann, kann ich es niemandem erzählen.

Unausgesprochene Worte erdrücken mich, lassen mir keinen Platz zum Atmen. Alles schmerzt auf einmal. Vor ein paar Tagen ist noch alles okay gewesen. Jetzt kann ich nicht schlafen, nicht essen, keinen klaren Gedanken fassen, und das alles wegen eines Augenblicks. Eines Augenblicks, der mich verändert. Aber wenn ich mich schon verändern muss, dann will ich es aus freien Stücken tun.

Wütend fasse ich einen Entschluss. Nein, Matias Staudt wird mich nicht verändern. Nicht ganz. Wenn schon alles anders wird, will ich einen Teil davon selbst bestimmen.

Ich verlasse mein Zimmer, gehe die Treppe hinunter. Es wäre das Beste, wenn ich mich unbemerkt aus dem Haus schleichen könnte, ohne mich erklären zu müssen. Aber in der Küche sitzt Dad. Er trinkt seinen Morgenkaffee. Okay, es lässt sich nicht vermeiden. Ich werde einfach so tun, als wäre alles normal. Kurz mit ihm reden und dann verschwinden. Hauptsache, Dad will nicht *darüber* reden.

Ich hole schon Luft … aber etwas hält mich zurück. Ich kann nicht so tun, als wäre alles okay. Ich kann es einfach nicht. Glaubt mir, ich wünsche mir nichts mehr, als es zu können. Früher war es so einfach, ihm etwas zu verheimlichen. Ab und zu wegen einer Party, manchmal wegen Tobi – und weil ich den Kummer wegen Mom verbergen wollte, damit Dad nicht noch trauriger wurde.

Aber das hier ist etwas anderes. Etwas Großes. Er wird es mir nicht abkaufen, wenn ich ihn anlüge. Aber ich will mit niemandem darüber reden. Ich kann es nicht.

»Ich bin froh, dass du aus deinem Zimmer gekommen bist.«

Ich zucke mit den Schultern. Nicht reden.

»Wir müssen über das reden, was passiert ist.«

Wieder zucke ich nur mit den Schultern. Ich sehe ihn immer noch nicht an. War ja klar, dass das kommt. Er geht echt davon aus, dass ich mich zu ihm an den Tisch setzen und darüber reden kann. Als wäre das so einfach.

»Ich hatte mir die letzten Tage freigenommen. Eigentlich müsste ich wieder in die Firma. Aber wenn du willst, kann ich mir noch ein paar Tage freinehmen.«

Kann er nicht. Dad ist ein Workaholic. Das hier sagt er nur, damit ich ihm versichere, dass meine Mutter und ich alleine klarkommen. Ich zucke nur mit den Schultern. Er muss jetzt selbst entscheiden, was ihm wichtig ist.

»Miriam, würdest du bitte etwas sagen.«

»Wieso? Was soll ich denn sagen? Das ist deine Entscheidung, Dad.«

Ich höre ihn seufzen, und zum ersten Mal blicke ich auf. Er sieht verzweifelt aus.

»Früher hast du mir doch erzählt, was in dir vorgeht.«

»Früher gibt es nicht mehr«, sage ich nur. Dann verlasse ich die Küche. Warum drängt er mich, darüber zu reden? Ich werde schon zu ihm kommen, wenn ich will.

Und ich werde es nie wollen. Wütend ziehe ich mir im Flur meine Stiefel und die Lederjacke an. Ich krame in Dads Parka nach seinem Portemonnaie und nehme mir hundert Euro. Er wird sauer werden. Und das gleich doppelt, weil ich ohne ein Wort gehe und ihm auch noch Geld klaue. Tja, dann merkt er endlich mal, dass man sich im Leben nicht alles wünschen kann.

Heute ist es verdammt kalt. Bestimmt wird es bald anfangen zu schneien, es ist ja auch schon Mitte Januar. Die Straßen sind wie leer gefegt. Nach den letzten Tagen in meinem Zimmer tut die frische Luft gut. Erst jetzt fällt mir auf, wie taub sich meine Beine die ganze Zeit angefühlt haben. Auch meine Verletzung macht sich bemerkbar. Aber der Schmerz ist erträglich. Der kalte Wind in meinem Gesicht ist wunderbar. Weiße Wölkchen bilden sich vor meinem Mund.

Es klingelt, als ich die Ladentür öffne. Der Salon wirkt schmuddelig. Außer mir ist nur eine Kundin da. Drei Friseurinnen stehen gelangweilt hinter der Theke.

»Hallo. Hätten Sie Zeit für mich?« Dumme Frage, die drei machen ja nichts.

»Mmh. Komm mit.« Die Friseurin, die mich zu einem Platz führt, wirkt alles andere als begeistert. »Und, was soll ich machen? Neue Strähnchen? Spitzen schneiden?«

Sie ist ganz schön unhöflich. Normalerweise hätte ich mir das nicht gefallen lassen. Aber heute ist ihre schroffe Art genau das Richtige. Solange sie meine Haare abschneidet, ist alles gut. Ich will sie loswerden. Wenn ich mich verändere, dann so, wie ich es will.

»Nein, ich möchte die Haare ab. Ganz stark durchgestuft, sodass sie stachelig abstehen. Und rot. Richtig feuerrot. Und einen Pony.«

Die Friseurin reißt die Augen auf und fährt mit den Fingern durch meine Haare. »Bist du sicher? Dein schönes Blond! Wenn sie einmal ab sind, werden sie nicht mehr so lang.«

Joanne hat aus dem Sommerkleid, der grünen Strickjacke und einer schwarzen, gehäkelten Strumpfhose das tollste Outfit der Welt gezaubert. Es wirkt hübsch, ohne zu chic zu sein. Sie hat mir auch geholfen, meine Haare aufzudrehen. Jetzt fallen sie in Locken über meine Schultern und den Rücken. Nur der Pony ist weggeflochten.

Tobi könnte in seinem schlichten schwarzen T-Shirt nicht besser aussehen. Und sein Lächeln, dieses schiefe, liebevolle Lächeln, das er sich nur für mich aufhebt, macht alles noch viel schöner.

Natürlich bin ich aufgeregt. Bestimmt merkt man es mir an. Ich schiebe mir unsicher die Haare zurück in den Nacken. Sanft streicht Tobi mir über den Scheitel, küsst mich darauf.

»Hey, ganz ruhig. Du kannst jederzeit Stopp sagen, das weißt du?«

Ich nicke. Ich verberge meinen Kopf an seiner Schulter. Ja, ich weiß das. Und es ist ja auch nicht so, dass ich mit Tobi noch nie auf meinem Bett saß. Wir haben hier schon öfters rumgeknutscht. Aber heute ist es anders.

»Ich lauf dir nicht weg, Süße. Wirklich nicht. Als ich dich in den Ferien sah, da hat es mich gleich wie der Blitz getroffen. Und da hab ich alles versucht, um dich kennenzulernen.«

»Du spinnst doch.« Ich lache. Wenn Tobi so etwas sagt, werde ich immer gleich rot. Um meine Verlegenheit zu überspielen, küsse ich ihn wieder. Ich fühle mich sehr sicher und beschützt, wenn ich ihn küsse. Es kommt mir jedes Mal aufs Neue wie etwas ganz Besonderes vor, wenn ich ihn so spüre, wenn meine Hände von seinen Schultern zu seiner Brust wandern und ich sein Herz genauso schnell schlagen fühle wie mein eigenes. Meine Finger suchen den Saum seines T-Shirts und wandern darunter, fühlen seine starken, festen Bauchmuskeln, die sich unter meinen Berührungen anspannen.

Wieder entfernt Tobi sein Gesicht ein kleines Stück von meinem und mustert mich. »Ernsthaft, Miriam. Ich will nicht, dass du jetzt etwas tust, was du später bereust. Ich liebe dich, ich warte so lange, bis du dich bereit fühlst. Wir können uns Zeit lassen.«

Je länger er spricht, desto verunsicherter werde ich. Mit seinem ewigen Gerede macht er mich total nervös und zappelig. Ich versuche, ihn und mich wieder etwas zu beruhigen.

»Nein, können wir nicht.« Ich lächele ihn kokett an. »Ich kann mir dieses Kleid nämlich nicht alleine ausziehen. Und ich habe keine Lust, darin zu schlafen.«

Ich ziehe die Strickjacke aus und drehe Tobi meinen Rücken zu. Mein Herz rast wie verrückt.

Nach einem kurzen Moment spüre ich kühle Finger, die zart über meinen Rücken streichen und mein langes Haar langsam über meine Schulter legen, damit sie an den Reißverschluss kommen. Dann drückt er so sachte, dass ich es kaum spüre, seine Lippen auf meinen Nacken.

Durch diese kurze Berührung wird mir überall warm. Mein Nacken kribbelt, und ich widerstehe dem Drang, mich umzudrehen und ihn zu küssen. Stattdessen schließe ich nur die Augen, um dieses Gefühl noch intensiver zu spüren.

»Sicher?«, höre ich noch einmal die Frage von hinten, während Hände durch meine Haare streichen.

Ich lächele und verdrehe die Augen. »Ja, sicher.«

Ich denke an all die Momente, in denen Tobi mein Haar berührt hat. Daran, wie seine Lippen sie berührten. Wie wir uns kennengelernt haben. An seinen Blick damals. Er gab mir das Gefühl, das schönste und liebenswerteste Mädchen der Welt zu sein.

Ich denke daran, wie Tobi mir das erste Mal *Ich liebe dich* gesagt hat. Und wie er mir mit diesen Worten an jenem besonderen Abend, an dem ich zum ersten Mal mit ihm schlief, alle Zweifel nahm.

Wenn Tobi meine Haare nicht sehen kann, nicht berühren kann, dann soll es auch niemand anderes. Wenn Matias Staudt mir alles nimmt, was mich ausmacht, will ich den Rest von mir auch nicht mehr.

»Ja, ich bin mir sicher. Ich will sie ab.«

5

»Wo warst du?«, höre ich die panische Stimme meines Vaters. Im selben Moment ruft meine Oma entsetzt: »Oh Liebling, was hast du gemacht?«

Was ich gemacht habe? Die Antwort ist einfach. Ich habe meine Vergangenheit abgeschnitten. Und überfärbt. Ich musste es tun, und es war richtig. Die alte Miriam, die hat immer gestrahlt. Die langen blonden Haare haben zu diesem dummen kleinen Mädchen gepasst. Jetzt bin ich älter, reifer. Das soll ruhig jeder sehen.

Natürlich macht mir die halbe Familie gleich Vorwürfe, kaum dass ich zur Tür reingekommen bin. Etwas anderes habe ich auch nicht erwartet. Sie können es einfach nicht verstehen. Sie können mich nicht mehr verstehen. Ich kann es ja selbst nicht mehr.

Unbeteiligt lege ich das restliche Geld auf die Kommode und ziehe mir die Stiefel aus. Zuerst Vorwürfe, dann Geschrei. Die typische Familienmasche, wenn man angeblich etwas falsch gemacht hat.

Dad fragt wütend: »Woher hast du das Geld?«

Hab ich es nicht vorhergesehen? Sobald ich ihm die Antwort gebe, wird er richtig sauer werden. Als würde das jetzt noch etwas nützen.

»Aus deiner Brieftasche.«

Ich ziehe meine Jacke aus, deshalb kann ich Dad nicht sehen. Aber ich weiß, dass er gerade knallrot wird und seine Schlagader hervortritt.

Er sollte froh sein, dass ich überhaupt mit ihm rede. Bock habe ich darauf wirklich nicht. Ich könnte darüber lachen, dass ich mir vor ein paar Tagen erhofft habe, bei meiner Familie Hilfe zu finden. Wie überaus dumm von mir.

Überraschenderweise bleibt mein Vater ganz ruhig. »Miriam, lass uns darüber reden.«

Respekt. Nicht schlecht. Er lernt dazu. Nach fünfzehn Jahren hat er endlich kapiert, dass es nichts bringt, mich anzuschreien. Wenn ich Glück habe, hat er in weiteren fünfzehn Jahren kapiert, dass ich nicht reden will.

»Du kannst es ruhig beim Namen nennen, Dad.« Ich hasse dieses Getue. Können wir nicht einfach weiterleben? Ich will nicht alle zwei Minuten daran erinnert werden. Aber ich will jetzt auch nicht mit Samthandschuhen angefasst werden.

Was ich ihnen da gerade antue, ist falsch. Ich weiß das. Absichtlich verletze ich sie, sage grausame Dinge zu ihnen und schließe sie aus. Doch sie lassen mir ja kaum eine Wahl! Sie bedrängen mich. Wollen sie das denn nicht verstehen? Würden sie mich in Ruhe lassen, müsste ich nicht so fies sein. Aber sie begreifen es ja nicht!

»Okay, der Amoklauf.«

Ich verkrampfe mich. Das habe ich nicht erwartet. Trotz der gespielten Gleichgültigkeit kann ich es nicht verbergen. Ich bin nicht so kalt, wie ich glaube.

Ich brauche Ruhe. Zu viele Menschen, zu viel Aufregung. Das halte ich nicht aus. Ich bin so erschöpft. Ich will nicht mehr blockieren, nicht abweisend sein, nicht mehr diese kalte Maske aufsetzen. Einfach nur Ruhe. Allein sein. Trauern.

Mein Blick fällt auf eine Kiste, die in der Ecke des Flurs steht. Mit tauben Gliedern gehe ich darauf zu. Obwohl ich ahne, was darin ist, frage ich: »Was ist das?«

»Deine Sachen wurden vorbeigebracht. Die noch in der Schule waren.«

Meine Schulsachen. Meine riesige blassrosa Handtasche, meine Schulhefte, mein brauner Winteranorak mit der pelzbesetzten Kapuze, meine Schulbücher. Mein Handy, mein Geldbeutel, mein iPod, das Buch, das ich gerade lese (ein ziemlich gruseliger Thriller). Schon alleine wenn ich diese Sachen sehe, wird mir schlecht.

»Verbrennt sie, ich will sie nicht hierhaben.«

»Deine Schulsachen?« Opa klingt überrascht. »Darüber reden wir später in Ruhe. Du musst dir jetzt keinen Kopf deswegen machen. Das ist unwichtig.«

Mom und Dad lächeln mich an. Die beiden stehen nebeneinander und lächeln *mich* an! Zusammen! Was auch immer sie jetzt sagen wollen, es wird nichts Gutes sein.

»Morgen wird es einen Gedenkgottesdienst geben, und anschließend treffen wir uns in der Turnhalle. Da gehen wir alle zusammen hin. Du wirst deine Mitschüler treffen können. Ihr könnt darüber reden. Und Psychologen sind auch da. Das wird dir bestimmt guttun.«

Ich bleibe einfach stehen und starre sie an. Oh, es wird mir also guttun. Na, wenn meine Eltern das sagen. Die müssen schließlich wissen, was gut für mich ist und was nicht. Die eine von den beiden hat mich seit fünf Jahren nicht mehr gesehen, und der andere lebt quasi in seiner Firma.

Das ist wirklich eine große Sache, die sie da über meinen Kopf hinweg entschieden haben. Und ich bin mir sicher: Ich will morgen nicht zu so einem komischen Treffen. Ich möchte auch nicht meine Mitschüler wiedersehen. Ich möchte gar niemanden sehen. Ich möchte mich einfach nur verkriechen.

Sie können leicht sagen, was ich tun soll und was nicht. Sie waren ja auch nicht dabei. Die haben doch keine Ahnung! Von nichts!

Ich taumele zurück und pralle gegen die Wand. Sie sehen mich erwartungsvoll an. Sie wollen meine Zustimmung. Als würde mein Widerspruch geduldet werden. Ich verstehe nicht, was in ihren Köpfen vor sich geht. Denken die sich etwa: *Oh, Miriam hat gerade einen Amoklauf erlebt. Jetzt ist sie geistig verwirrt, also lasst uns mal schnell ihr ganzes Leben planen.*

Mein Vater setzt noch einen obendrauf: »Miriam, wir wollen dich doch gar nicht drängen. Wir wollen nur das Beste für dich.«

Ich schnaube. Es mag schon sein, dass sie das wirklich wollen. Dass sie sich einbilden, alles wird wieder gut und normal, wenn sie mich in einen Alltag zwingen. Trotzdem entscheiden sie alles ohne mich, lassen mir keine Zeit, mich selbst wieder zu fangen. Ich kann ihnen nicht mehr ins Gesicht sehen, so wütend werde ich auf sie. Da schaltet sich meine Mom ein, die bis jetzt die Meinung meines Vaters nur durch verständnisvolles Nicken bestärkt hat.

»Miriam, darüber diskutieren wir nicht. Du gehst zu diesem Gottesdienst. Du wirst dich nicht mehr einschließen und alles und jeden aussperren. Und du wirst deinem Vater das Geld zurückzahlen.«

Mit offenem Mund starre ich sie an. Aber nicht nur ich. Oma, Opa und Dad sind genauso überrascht. So kenne ich Mom gar nicht. So konsequent und so wahnsinnig pädagogisch. Wie eine richtige Mutter.

Und dieser Tonfall! Dieser geduldige, scheißfreundliche Tonfall. Es ist doch mein Leben. Es geht sie überhaupt nichts an. Es ist noch keine Woche her. Meine Familie kann nicht erwarten, dass ich so weitermache wie zuvor. Sie sollen alle die Klappe halten!

»Was fällt dir ein, so mit mir zu reden? Kannst du dir auch nur ansatzweise vorstellen, was ich durchgemacht habe?!« Ja, es nervt mich, wenn meine Familie mich so vorsichtig behandelt. Aber Mom muss ja nicht gleich das krasse Gegenteil davon sein. *Sie* darf nicht so mit mir reden. »Du kannst dich nicht einfach in mein Leben einmischen!«

»Ich bin immer noch deine Mutter.«

Super, der Standardspruch.

»Und wo warst du dann die ganze Zeit?!«, brülle ich sie an. Ich wusste gar nicht, dass ich so laut schreien kann.

»Miriam«, murmelt mein Dad leise. »Bitte.«

Ich beachte Dad nicht. Die Wahrheit zu sagen, ist also auch nicht mehr erlaubt. »Du warst nie da, Mom. Du hast kein Recht, dich jetzt wie meine Mutter aufzuführen! Geh zurück an deinen Strand, oder mach sonst was. Ist mir egal. Hauptsache, du verschwindest aus meinem Leben!«

Die Worte scheinen meine Mutter völlig kaltzulassen. »Geh in dein Zimmer. Um sechs gibt es Abendessen. Und morgen beginnt der Gottesdienst um neun. Um halb neun fahren wir los.«

Hat die mir überhaupt zugehört? Ich werde wie ein kleines, trotziges Kind behandelt. Aber ich bin viel reifer als meine Mutter. Meine Mutter konnte mit ihrer Verantwortung nicht umgehen und ist deshalb abgehauen. Es ist unfassbar, dass sie jetzt so mit mir redet.

Ich sollte wütend in mein Zimmer stampfen und mit der Tür knallen. Stattdessen drücke ich mich an ihnen vorbei, schließe die Tür leise hinter mir.

Da ist wieder der Drang, Tobi anzurufen, ihm alles zu erzählen. Dann würde er vorbeikommen, mich in den Arm nehmen. Und alles wäre okay. Nicht, weil der Stress dann vergessen wäre. Aber mit ihm zusammen wäre alles erträglicher.

Ich lege mich auf mein Bett und starre an die Decke. Bevor ich mit Tobi zusammen war, hat es mich nicht gestört, alleine zu sein. Ich war immer der Meinung, dass ich keinen Freund brauche. Klar, wenn da ein supersüßer Typ kommen würde, würde ich nicht Nein sagen, aber ich war nicht auf der Suche. Tja, der supersüße Typ kam.

Jetzt ist es schrecklich, allein zu sein. Wie abhängig ich von ihm bin, wird mir erst jetzt richtig bewusst, wo ich es nicht mehr habe. Wo ich *ihn* nicht mehr habe.

Ich kann gar nicht anders. Ich muss es tun, *muss* seine Stimme hören. Mit zittrigen Händen hole ich mein Handy aus der Hosentasche, betrachte das schwarze Display.

Ich müsste nur die Zwei drücken. Es wäre so einfach. Aber mein Finger stockt über der Taste, wie vor einer inneren Grenze, die ich nicht überschreiten kann.

Was ist, wenn es seine Nummer schon nicht mehr gibt? Oder wenn jemand anderes rangeht? Seine Mutter zum Beispiel. Ich kann nicht mit ihr sprechen.

Aber der Wunsch, ihn ein letztes Mal zu hören, ist viel größer als jede Angst.

Ich höre, wie zwischen den beiden Netzen eine Verbindung hergestellt wird. Mein Herz schlägt wie verrückt. Es kann keine zwanzig Sekunden dauern, bis Tobis Mailbox angeht, doch es fühlt sich an wie eine Ewigkeit.

Dann höre ich ihn endlich!

»Hi, hier ist Tobi. Ich kann grad nicht an mein Handy gehen, aber mach dir bloß nicht die Mühe, mir eine Nachricht zu hinterlassen. Ich hör die Mailbox eh nie ab.«

Als der Piepton erfolgt, lege ich auf. Ich fühle mich leer und sehr, sehr einsam. Ich rolle mich zu einer Kugel zusammen und denke über den Gottesdienst nach, bei dessen Fürbitten sicherlich auch an Tobi gedacht werden wird. Davor habe ich Angst.

Was wird mich dort morgen erwarten? Wie wird es sein, alle Lehrer wiederzusehen? Und meine Mitschüler? Und die Wände, an denen das Blut war? Und die Böden, auf denen die Leichen lagen? Und die Klassenzimmer, in denen Matias Staudt gesessen hat?

Wie wird es sein, Matias' Eltern zu sehen? Und Tobis Eltern? Wie wird Joanne sich verhalten? Und meine anderen Freundinnen?

Ich weiß nicht, ob ich mich freuen soll, sie zu sehen. Wir haben uns alle verändert. Eigentlich sind wir jetzt zu alt, um noch in die Schule zu gehen. Wie schnell man doch altern kann.

Ich denke, das Schlimmste an dieser Woche sind die ganzen Fragen, die Unwissenheit. Ich kann einfach nur dastehen und nicht weitergehen, weil ich gar nicht weiß, wie.

Ein Mitschüler hat auf uns geschossen. Er hat meinen Freund erschossen! Das hat ein Junge getan, an dem ich tagtäglich vorbeigegangen bin. Ein Junge, mit dem ich in der fünften Klasse auf Klassenfahrt war.

Ich versuche zu begreifen, warum ein Mensch so etwas tut. Aber das geht nicht. Möglicherweise, weil es keinen Grund dafür gibt. Für Gewalt gibt es vielleicht keine Erklärung. Er hat es eben einfach getan. Und jetzt ist Tobi weg. Für immer.

Ich mache mich noch kleiner, als ich eh schon bin, liege nun in Embryonalhaltung da. Dann ziehe ich mir die Bettdecke über den Kopf.

Hier kommt mir die Welt sicherer vor. Überschaubarer. Warm und geborgen. Nicht so, als könne jeden Moment ein Mensch, den man glaubt zu kennen, einen mit einer Waffe bedrohen.

Als es an der Tür klopft, erschrecke ich ziemlich. Ich habe keine Ahnung, wie lange ich unter meiner Decke liege.

»Darf ich reinkommen, Miriam?« Das ist mein Opa. Ich bin wirklich froh, dass er vor meinem Zimmer steht und nicht meine Eltern.

»Von mir aus.« Obwohl es mir widerstrebt, komme ich unter der Bettdecke hervor und setze mich auf.

Sicherlich wird er mir sagen, dass er mich verstehen kann. Dass er an meiner Stelle auch nicht zu so einem Gottesdienst gehen wollen würde. Dass es aber trotzdem das Beste sei. Auf solche absolut hilfreichen Aussagen kann ich echt verzichten.

Lächelnd betritt er mein Zimmer, schließt leise hinter sich die Tür, setzt sich zu mir aufs Bett. Es könnte eigentlich wie früher sein. Denn diese Situationen hatten wir so oft. Jedes Mal, wenn mein Dad und ich Streit hatten, hat am Ende Opa mit mir geredet. Er hat mich verstanden, hat fast immer einen Kompromiss gefunden, den Dad und ich akzeptieren konnten.

Dieses Mal wird er mich nicht verstehen können. Vielleicht kann er es sich vorstellen. Aber es verstehen, das kann niemand, der nicht dabei war.

»Niemand kann dich dazu zwingen, hinzugehen, Miriam.«

Er nimmt meine Hand in seine. Ich betrachte sie genau, sehe zum tausendsten Mal die Unterschiede. Meine blasse und seine vom Alter braun gewordene Haut, meine glatt, seine faltig. Wir haben nicht viele Gemeinsamkeiten. Weder vom Aussehen noch vom Charakter her. Aber er hat mich immer unterstützt.

»Niemand kann dir sagen, was du tun sollst. Deine Eltern sind nur der Meinung, dass es dir helfen würde, wenn du Abschied nehmen könntest. Wenn du aber nicht möchtest, rede ich noch mal mit ihnen.«

Natürlich würde er das. Lieber, gutmütiger Opa. Er würde sich meinetwegen stundenlang mit ihnen auseinandersetzen. So, wie er es schon seit Jahren tut.

Es ist schön, noch einen Menschen zu haben, der sich trotz der letzten Tage nicht verändert hat. Mein Opa ist noch immer derselbe. Er behandelt mich nicht anders als zuvor.

»Am Montag fängt auch schon wieder die Schule an, erst mal freiwillig für die erste Woche.«

Es hätte mir klar sein sollen, dass früher oder später so etwas kommen würde. Selbstverständlich geht die Schule irgendwann wieder los.

Mir wird trotzdem schlecht. Es ist einfach die Vorstellung, meine Schule betreten zu müssen, die Leute sehen zu müssen, an der Stelle vorbeigehen zu müssen, wo Tobi lag. Es ist einfach alles.

»Der Unterricht findet erst mal in Containern statt«, sagt Opa da.

»Warum?«, frage ich leise, obwohl ich eigentlich nur froh darüber bin, nicht meine Schule betreten zu müssen.

»Das Gebäude wird komplett renoviert.«

Ich möchte nicht zum Unterricht. Nie wieder. Ich kann nicht wieder in einem Klassenzimmer sitzen und so tun, als wäre nie etwas passiert. Ich kann nicht jeden Tag aufs Neue aufstehen und mein Leben weiterleben.

Ich bin so müde. Ich will nur am Boden liegen bleiben und nichts tun. Alles an mir vorbeiziehen lassen, so lange, bis es irgendwann ein Ende hat.

»Außerdem«, er drückt meine Hand ganz fest und streicht mir die Haare tröstend aus dem Gesicht, »ist eine Einladung zu Tobis Beerdigung eingetroffen.« Er sieht so unendlich traurig aus. Als wüsste er, wie weh es mir tut, das zu hören. Vielleicht weiß er es ja wirklich.

»Ich schaff das nicht«, flüstere ich und sehe Opa dabei nicht an. Ich schäme mich für meine Worte. Ich habe die Kontrolle über mein Leben verloren. Ich schaffe gar nichts mehr. Jahrelang habe ich genau das meiner Mom vorgeworfen. Dass sie nicht mehr konnte und deswegen verschwunden ist. Jetzt bin ich wie sie. Und dafür schäme ich mich.

Opa drückt meine Hand. »Doch, du schaffst das. Du hast bis jetzt immer alles geschafft.«

Es wäre so schön, wenn ich es glauben könnte. Es klingt nur so fürchterlich anstrengend. Ich habe keine Kraft dafür.

»Ich will da nicht hin.«

»Das musst du auch nicht.« Er nimmt mich in den Arm. Es fühlt sich gut an.

Nach einer Weile fährt er fort: »Wir haben Kontakt zu einer sehr guten Psychologin aufgenommen. Sie wird dir helfen, und wir werden das auch versuchen. Du bist nicht alleine. Du kannst das.«

Wenn er tatsächlich davon überzeugt ist, dass ich es

schaffe, warum schaltet er dann eine Psychologin ein? Wie soll mir eine Akademikerin im Hosenanzug helfen?

Das sage ich Opa aber nicht. Ich weiß, dass er sich große Sorgen um mich macht. Ich sehe es an seiner Stirnfalte. Wenn er sich Sorgen macht, ist sie noch tiefer als sonst. Er hat selber genug Probleme mit seiner Krankheit. Wie es meinen Eltern geht, interessiert mich nicht. Die werden es eh nie kapieren. Bei Opa ist das etwas anderes.

Also sage ich erst mal nichts. Ich kann später immer noch mit meinen Eltern streiten.

Ich konnte die Nacht über nicht schlafen. Um sechs Uhr war ich so dankbar, die Nacht hinter mir zu haben, dass ich aufgestanden bin und mich angezogen habe. Schwarzer Jeansrock, schwarzes Sweatshirt, schwarze Strumpfhose. Meine Haare sind ein extremer Kontrast dazu. An die Farbe und Länge muss ich mich erst noch gewöhnen.

Ich habe mir jede Menge Make-up ins Gesicht geschmiert. Und dann wieder abgewischt. Mich heute zu schminken, kommt mir falsch vor. Meine Angst kann ich ohnehin nicht verdecken.

Ich sitze einfach nur da. Schlage die Zeit tot. Es ist noch eine Ewigkeit bis halb neun. Zwei lange Stunden. In zwei Stunden kann man sehr viel nachdenken. Also versuche ich zu lesen. Aber ich kann mich nicht konzentrieren. Außerdem erscheinen mir die Probleme der Hauptperson lächerlich. Also lege ich das Buch wieder weg. Ich versuche, mich mit Musik abzulenken. Aber nicht einmal P!nk schafft das mit ihren Songs. Ich lege den MP3-Player wieder neben mein Bett. Ich starre einfach nur aus dem Fenster.

Ich winkele mein linkes Knie an und lege meinen Kopf

darauf. Ich beobachte die Vögel, die an meinem Fenster landen und das Vogelfutter fressen, das ich im Winter immer dort hinstreue. Ich kann sehen, wie die kahlen Bäume sich im Wind hin und her bewegen. Sie wiegen sich.

Was für eine schöne Bewegung das ist. So beruhigend, hypnotisierend. Egal, was passiert, der Wind wird die Bäume immer hin und her schaukeln. Es währt ewig, solange es diese Erde gibt.

Ich bin wohl über den Gedanken eingeschlafen, denn meine Oma weckt mich. Kurz und traumlos zu schlafen nach dieser Nacht, hat gutgetan. Keine Anschuldigungen, keine Leichen, keine Schüsse und Verletzungen. Einfach nur einschlafen und aufwachen. Dazwischen nichts.

Oma und Opa sind also schon wieder da. Ich bekomme ein schlechtes Gewissen. Sie haben auch noch ein eigenes Leben. Ein eigenes Haus, um das sie sich kümmern müssen. Und Opa muss ständig ins Krankenhaus. Das soll er nicht meinetwegen vergessen.

Müde reibe ich mir die Augen. Dann folge ich Oma nach unten. Schlüpfe in schwarze Schuhe. Ziehe meine schwarze Lederjacke an. Alle warten schon auf mich. Opa trägt einen schwarzen Anzug. Dad auch. Mom hat ein schwarzes Kleid an. Überraschenderweise ist es total harmlos. Kein tiefer Ausschnitt, kein zu kurzer Rock. Omas Hosenanzug ist ebenfalls schwarz.

Als wir hinaustreten und ins Auto steigen, steht keine einzige Wolke am Himmel. Die Sonne geht gerade auf. Ich finde, es sollte regnen.

Heute werden wir an die Opfer einer schlimmen Tat denken. Heute wird all das, was ich die letzten Tage vor mir selbst weggesperrt habe, wieder hervorkommen. Warum also regnet es nicht? In Filmen regnet es in solchen Szenen doch auch immer.

Im Auto ist es still. Wir hängen alle unseren eigenen Gedanken nach. Ich wippe nervös mit meinen Fersen hin und her. Dabei stoße ich immer wieder gegen Oma oder Mom, die neben mir auf der Rückbank sitzen. Keine von beiden sagt etwas. Vielleicht können sie mich verstehen. Vielleicht aber merken sie es auch gar nicht.

Ich wäre gerne woanders, als wir auf dem Parkplatz der Kirche halten. Es sind schon viele Leute da. Bevor ich aus dem Wagen steige, schlucke ich noch einmal fest. Mein Herz pocht gegen meine Rippen. Meine Hände werden schweißnass. Was wird mich in der Kirche erwarten?

Jetzt ist es so weit. Obwohl ich doch nie wieder etwas damit zu tun haben möchte, muss ich da raus zu den anderen Schülern, den Lehrern, den Mitwissenden.

Es gibt bestimmt gute Gründe dafür, dass die Stadt das hier organisiert hat. Genauso, wie es Gründe dafür gibt, dass meine Familie mich zwingt, hinzugehen. Doch diese Gründe bleiben mir verborgen. Es ist unwichtig. Sie sind unwichtig. Ich bin unwichtig. Wir alle sind unwichtig. Weil alles unwichtig ist.

Die kalte Luft umgibt mich, sobald ich im Freien stehe.

Vor der Kirche haben sich kleine Grüppchen gebildet. Die Erwachsenen reden leise miteinander. Ihre Kinder, meine Mitschüler, stehen verloren daneben. Sie wissen mit sich selbst genauso wenig anzufangen wie ich. Auf den Bäumen haben sich Vögel niedergelassen, die vergnügt zwitschern. Am liebsten würde ich sie verscheuchen.

»Können wir gleich reingehen?«, bitte ich.

In der Kirche selbst herrscht eine völlig andere Stimmung.

Niemand spricht. Man kann nur die Schluchzer weinender Mütter hören. Und weinender Väter. Weinender Brüder und Schwestern und Mitschüler. Hier drinnen bekommt man das Gefühl, die ganze Welt würde weinen. Um die Opfer eines Amoklaufs. Ich bin mir nicht ganz sicher, weil ich nur ihren Rücken sehe, aber ich glaube, in der vordersten Reihe sitzt Philipps Mutter.

Kurz bleibe ich stehen. Dann folge ich meiner Familie, die sich in die vorletzte Bankreihe setzt. Viele Plätze gibt es nicht mehr. Einige werden wohl stehen müssen. So voll habe ich die Kirche noch nie erlebt, nicht mal an Weihnachten.

Ich kann einige Schüler sehen, die ich kenne. Vanessa ist auch dabei. Sie sieht mich auch. Zögerlich winkt sie mir zu. Ich winke zurück, froh, eine meiner Freundinnen zu sehen. Sie ist in den letzten Tagen ganz mager geworden, besonders an ihrem Gesicht kann man das erkennen. Es ist unglaublich, was ein paar Tage aus einem machen können.

Langsam betreten auch die letzten Nachzügler die Kirche. Eigentlich ist es schade, dass in so etwas Prachtvollem wie einer Kirche etwas so Schreckliches wie der Tod betrauert wird. Aber der Tod gehört zum Leben. Wir können ihm nicht entkommen.

Habt ihr manchmal Angst vorm Tod? Überlegt ihr euch, wie ihr sterben werdet? Am Ende ist es doch egal, es ist einfach vorbei. Warum also sein ganzes Leben mit der Angst verbringen? Warum also immer darüber nachdenken?

Fragt ihr euch das manchmal? Habt ihr eine Lösung? Wenn ja, könnt ihr sie mir sagen? Denn ich denke ständig über den Tod nach. Ständig hoffe ich, dass ich einfach einschlafen und nicht mehr aufwachen werde. Wenn ihr also eine Antwort habt, dann teilt sie mir mit … denn ich habe keine.

Die Türen schließen sich. Der Pfarrer geht zum Altar und spricht. Ich höre nicht richtig, was er sagt. Ich bin viel zu sehr in Gedanken. Irgendetwas von »schlimm« und »dramatisch« redet er und dass wir alle von Gott behütet werden und die Toten jetzt bei ihm sind. Er sagt auch, wie viele Tote es sind. Sieben. Sieben Kinder sind tot. Dann beten wir das Vaterunser. An der Stelle *Dein Wille geschehe* muss ich mir ein Schnauben verkneifen.

Als ob so etwas wie Amokläufe, Kriege oder Hungersnöte gewollt wäre. Dann wäre Gott sehr grausam. Ein Beweis dafür, dass es so etwas wie einen Gott nicht gibt. Nicht für mich. Es ist eine Lüge, hier zu sitzen und zu heucheln. Wir heucheln, dass noch nie so etwas Schlimmes passiert ist. Aber in Wirklichkeit geschieht so was doch ständig, täglich, in diesem Moment, irgendwo auf der Erde. Gewalt ist so sinnlos wie nichts anderes auf der Welt. Und trotzdem wird es sich wiederholen, irgendwo. Immer und immer wieder, es wird kein Ende nehmen. Nicht für uns, nicht auf dieser Welt. Gewalt nimmt kein Ende. Niemals.

Es sind die Menschen selbst, die die Gewalt erzeugen. Wir sind selbst schuld. Mit unserem Egoismus und unserer Dummheit machen wir uns das Leben gegenseitig schwer.

In einer der ersten Reihen erhebt sich der Bundespräsident. Ein leises Tuscheln geht durch die Menge. Er geht nach vorn an die Kanzel und beginnt zu sprechen. Noch eine Rede, die nichts ändern wird. Am Ende geht es dabei ja nur darum, in der Öffentlichkeit einen guten Eindruck zu machen. Wie es uns dabei geht, interessiert doch eigentlich gar keinen. Keiner fragt, ob es uns stören könnte, dass unsere Trauerfeier gefilmt wird. So sind die Menschen eben. Sie interessieren sich am meisten für sich selbst. Vielleicht ist es ihnen gar nicht möglich, sich in andere hineinzuversetzen. Vielleicht können wir das alle nicht.

»Warte mal!«, rufe ich über den halben Kirchplatz. Es ist mir egal, dass sich alle zu mir umdrehen. Die interessieren mich nicht. Mich interessiert nur eine. Und gerade die beachtet mich nicht.

Mit schnellen Schritten gehe ich Joanne hinterher, ich renne fast. Aber sie dreht sich nicht mal nach mir um. Sie folgt einfach dem Kiesweg zu den Parkplätzen.

Zielstrebig schlängelt sie sich durch die Reihen der Autos zu dem Wagen ihrer Eltern. Es ist nicht besonders schwer, sie einzuholen. Sie versucht ja nicht, vor mir wegzurennen oder so etwas in der Art.

Als ich sie eingeholt habe, berühre ich sie an der Schulter: »Joanne, was ist los?«

Ich möchte wissen, warum sie mich ignoriert. Gerade jetzt könnte ich meine beste Freundin gebrauchen ... und sie ihre doch auch. Also warum sperrt sie sich dagegen?

Sie blickt durch mich hindurch. Einen Moment lang fühle ich mich tatsächlich wie in einem dieser Filme, in denen die Menschen sterben, ohne es zu merken. Sie wandeln als Geister auf der Erde herum, ohne zu begreifen, dass niemand sie sehen kann. Es ist genau so. Joanne erkennt mich überhaupt nicht. Sie ist ganz woanders.

Ich fühle mich leer, kraftlos. Vielleicht sollte ich es weiter versuchen. Doch ich muss ganz dringend weg von ihr. Ich kann den Druck hinter meinen Augen spüren und weiß, dass ich kurz vorm Weinen bin.

Joanne war all die Jahre für mich da, wenn ich geweint habe. Ihr musste ich nie etwas erklären, sie spürte auch so, warum ich traurig war. Und nun bringt sie selbst mich zum Weinen. Alles ist anders als davor.

Ich wende mich ab und bringe so viel Abstand wie nur möglich zwischen mich und Joanne.

6

In der Turnhalle des Stadtvereins sind bereits Stühle für uns aufgestellt worden. In Reih und Glied stehen sie nebeneinander, füllen die ganze Halle aus. Vorne wurde ein kleines Podest errichtet, auf dem sich ein Mikro befindet.

Alles wartet auf uns, die Schüler einer Schule, an der etwas wirklich Schreckliches passiert ist. Aber als ich die Turnhalle betrete, kommt es mir nicht mehr so vor. Denn die Leute auf den Stühlen quatschen und tuscheln. Es macht einen normalen Eindruck. Als wäre Vorturnnachmittag der Kindergruppen.

Einen Moment bleibe ich stehen und lasse die ganze Situation auf mich wirken. Dann werde ich von den nachrückenden Leuten weiter nach vorne gedrängt. Relativ weit außen sind noch fünf Plätze frei, meine Eltern steuern darauf zu und setzen sich.

Ich frage mich, was die Direktorin wohl zu sagen hat. Ich wüsste nicht, was ich jetzt sagen sollte. Ich kann das Geschehene nicht einmal für mich selbst in Worte fassen. Wie dann für so viele andere?

Am liebsten würde ich aufstehen und wieder verschwinden. Es ist ganz egal, wohin. Nur weg von hier. Ich möchte das nicht. Ich möchte nicht hören, was die Direktorin mitzuteilen hat. Ich möchte in meiner kleinen eigenen Welt bleiben, in der ich mir einbilden kann, nur mir würde es so schlecht gehen. Ich möchte mich selbst bemitleiden. Und sonst nichts. Die Gefühle dieser Menschen interessieren mich nicht.

Unsere Direktorin tritt hinter das Mikrofon. Es pfeift, dann schallt ihre Stimme durch die Halle.

»Liebe Schüler, liebe Eltern. Ich will Ihnen als Allererstes danken, dass Sie heute gekommen sind. Ich weiß, dass es vielen von Ihnen nicht leichtfällt. Sie alle haben schwere Tage durchgemacht. An dieser Schule ist etwas Schreckliches passiert, das uns alle sprachlos macht. Umso wichtiger ist es jetzt, dass wir nicht stumm bleiben, sondern aufeinander zugehen und das Gespräch suchen. Sie können mir glauben, dass wir das Geschehene mit Ihren Kindern ausführlich besprechen und behandeln werden. Für uns alle ist das hier Neuland. Aber wir werden mit der Hilfe von Spezialisten versuchen, so gut es geht das Geschehene zu verarbeiten. Und gemeinsam werden wir einen Weg finden, diese Aufgabe zu bewältigen. Zu diesem Zweck werden Psychologen und Therapeuten Gruppengespräche anbieten, an denen die Schüler teilnehmen können. Auch werden wöchentlich Klassengespräche stattfinden, um über den Alltag und seine Schwierigkeiten zu reden. Natürlich werden auch hier Spezialisten anwesend sein. Die Liste der Psychologen, die Ihnen für Einzelgespräche zur Verfügung stehen, haben Sie ja bereits bekommen.

Sicherlich wird nichts mehr so sein wie früher, aber wir, die Lehrerschaft und die Schüler, werden es schaffen, uns in der neuen Situation zurechtzufinden. Zögern Sie nicht, Hilfe anzunehmen. Wir sind jederzeit für Sie da.«

Würg. Bitte, darf ich kotzen gehen? Wenn ich das schon höre! Sie steht da vorne, vor Hunderten von Schülern, und spricht die Eltern an, als wären wir gar nicht da. Das macht mich echt rasend.

Auf *uns* wurde doch geschossen! Wir haben es erlebt. Trotzdem spricht sie jetzt mit unseren Eltern, nicht mit uns. *Wir* sind doch davon betroffen! Sie ist der Meinung, dass wir das *alle zusammen* schaffen, obwohl sie uns nicht mal ansprechen kann!

»Ich möchte nicht behaupten, dass das alles so einfach gelöst werden kann. Aber ich bin sicher, dass wir es schaffen werden. Dafür haben wir professionelle Hilfe. Die Trauerbegleiter stehen den Schülern jederzeit zur Verfügung.«

Oh ja. Super. Uns stehen jederzeit Trauerbegleiter zur Verfügung, die das Ganze dann analysieren. Da erzähle ich das alles lieber einem Stein. Der würde mich immer noch besser verstehen als so ein Trauerbegleiter. Und bei dem wüsste ich wenigstens, dass er danach nicht alles in eine Akte schreibt oder es meinem Vater berichtet.

»Die nächsten Monate werden hart. Und dieses Ereignis wird unser Leben prägen. Wir werden es nie ganz vergessen können. Aber das hier ist die Chance, uns alle an den Händen zu fassen und uns gegenseitig zu helfen.«

Ich kann nicht glauben, dass sie die ganze Zeit von *wir* spricht. Es ist bestimmt auch nicht leicht für sie, aber sie weiß doch gar nicht, wie es *uns* dabei geht. Sonst würde sie mit *uns* reden, nicht mit unseren Eltern.

Der etwas jüngere Typ neben mir schnaubt. Ich betrachte ihn kurz, dann beuge ich mich zu ihm rüber und flüstere: »Ich kotz auch gleich.«

Ich lächele den Jungen an. Er lächelt gequält zurück. »Ich hab gehört, dass sie sich eingesperrt haben soll. Sie hat einfach den Schlüssel von ihrem Büro umgedreht. Es war ihr scheißegal, was aus uns wurde.«

»Echt?«, frage ich überrascht. Das hätte ich nicht gedacht.

Als Leiterin der Schule hätte sie etwas unternehmen müssen. Ich hab auch keine Ahnung, was sie hätte tun können. Aber sich allein in Sicherheit bringen auf jeden Fall nicht. Schließlich hat sie die Verantwortung für uns. Sie hat kein Recht mehr, diese Schule zu leiten. Sie hätte da sein müssen. Als Direktorin hätte sie für uns da sein müssen. Wo war sie?!

»Gemeinsam gibt es immer einen Weg.«

Ich werde wütend. Eigentlich ist es nicht nur Wut. Es ist richtiger Hass. Ich gebe ihr die Schuld an Tobis Tod. Ob das jetzt gerechtfertigt ist oder nicht. Ich spüre den ganzen Hass der letzten Tage, ich möchte ihn ihr zeigen. Ich will nicht mehr reden, ich will ihr eine reinhauen. So etwas wollte ich noch nie. Jemanden schlagen.

»Halt die Klappe.« Ich sage es leise, nur zu mir selbst, aber trotzdem drehen sich einige Leute um.

»Sei still«, zischt Mom.

Als würde auch nur *ein* Wort von mir etwas ändern. Oder ein Wort von ihr. Oder die Rede unserer Direktorin. Nichts wird etwas ändern. Warum also den Mund halten? Oder zuhören? Was bringt das schon?

Plötzlich wird mir das hier zu blöd. Ich renne raus. Mein Dad ruft mir noch hinterher. Ist mir egal. Ich halte es hier einfach nicht mehr aus. So etwas sollte niemals passieren. Man sollte gar nicht erst erfahren müssen, was die tollen Ideen der Schulleitung zur Bewältigung eines Amoklaufs sind. So etwas ist einfach nicht richtig.

Deshalb renne ich raus. Ich renne, als wäre der Teufel hinter mir her. Und wer weiß, vielleicht ist er das ja auch. Denn es ist eine Raserei, die ich noch nie zuvor erlebt habe, die mich dazu bewegt, zu rennen und zu rennen und zu rennen.

Erst vor dem Hauptgebäude der Schule bleibe ich stehen. Außer Atem lehne ich mich an die Wand.

Es ist nicht richtig, über uns zu reden, während wir danebensitzen. Mit den Eltern zu reden, obwohl es doch uns betrifft. Alles ist falsch. Seit Montag ist *alles* so falsch. Mom sollte gar nicht hier sein. Opa sollte sich nicht um mich kümmern, sondern ich mich um ihn. Ich sollte ganz normal in die Schule gehen. Mich mit meinen Freundinnen treffen. Zeit mit Tobi verbringen. Aber Tobi ist tot. Von meinen Freundinnen habe ich seit Tagen nichts mehr gehört.

Wir wussten doch alles voneinander. Sie haben mir immer geholfen. Sie verstanden mich, wenn ich auf meine Mutter sauer war. Sie konnten mir immer Tipps geben, wenn ich Probleme mit Tobi hatte. Immer konnte ich zu ihnen kommen, wenn mein Dad wegging und ich nicht allein sein wollte. Jetzt ist es, als würde es sie nicht geben.

Weiße Wolken bilden sich vor meinem Mund. Es ist so kalt. Ich klappere mit den Zähnen. Fröstelnd verschränke ich die Arme vor der Brust. Trotzdem ist es hier draußen besser als in der Turnhalle.

Ich hätte gerne genug Phantasie, um mir meine eigene Traumwelt zu erfinden. Eine Welt, in der alles noch gut ist. Ich bin mit Tobi zusammen, Mom ist nie abgehauen, mein Vater ist nicht wochenlang auf Reisen, und Matias Staudt ist gar nicht erst auf meiner Schule. Was wäre das für eine schöne Welt.

Aber ich kann mir so etwas nicht vorstellen. Mein Verstand würde sich sofort einschalten. Vielleicht wäre es auch zu einfach, sich in einer Phantasiewelt zu verstecken, sich in sie zu flüchten, wenn das Leben kompliziert wird. Es wäre nicht gut. Denke ich.

»Alles okay?«

Erschrocken drehe ich mich um. Vor mir steht meine Mutter. »Was willst du hier?«

Ausgerechnet sie muss mir nachrennen, um nach mir zu sehen. Sie lächelt nett. »Dasselbe könnte ich dich fragen. Hier draußen ist es ziemlich kalt.«

»Das meine ich nicht. Und das weißt du auch. Warum bist du überhaupt zurückgekommen? Du warst nie für mich da.«

»Zählen die ersten Jahre denn gar nicht?«

Ich denke an die glücklichen Jahre, in denen wir eine Familie waren. Als wir Sonntagsausflüge gemacht haben. Und Weihnachten gefeiert haben. Und zusammen für die Schule gelernt haben. Aber dann war alles innerhalb eines Tages vorbei.

Ich weiß schon im ersten Moment, dass etwas nicht stimmt. Dad sitzt zu ruhig in der Küche. Alleine. In unserer Wohnung. Meine Mutter ist nicht da. Vor ihm steht eine Tasse Kaffee. Er muss schon eine Weile wach sein. Der Kaffee dampft nicht mehr, er ist schon kalt.

Er scheint auf mich zu warten.

Leise gehe ich zu ihm, berühre ihn am Arm. »Ist alles in Ordnung?«

Eigentlich eine blöde Frage. Natürlich stimmt irgendwas nicht. Sonst würde er nicht mit gesenktem Haupt ins Leere starren.

»Ich muss mit dir reden, setz dich bitte.«

Langsam nehme ich ihm gegenüber Platz. »Okay.«

Ich weiß nicht, was ich erwartet habe. Ich glaube, ganz tief in mir hab ich es schon gewusst. Es gab Anzeichen dafür. Trotzdem schocken mich jetzt seine Worte.

»Deine Mutter ist weg.«

»Wie *weg*?« Er soll es aussprechen. Soll sagen, was wir beide wissen.

»Sie ist fort, gegangen. Hat es hier nicht mehr ausgehalten.« Ich zeige keinerlei Reaktion.

»Aber wir kommen auch alleine klar. Wir schaffen das auch alleine. Oder?«, beeilt er sich zu sagen.

»Ja.« Ich deute ein leichtes Lächeln an und hebe den Kopf, um ihm in die Augen zu sehen. Es trifft mich wie ein Schlag, der mir die Luft zum Atmen raubt. Meine eigene Mutter hatte keine Kraft mehr für mich. Ich bin ihr nicht wichtig genug. Also lässt sie mich einfach fallen. Wie einen Gegenstand, der zu schwer ist. Und der zerbrochen ist wie mein Vertrauen.

7

Mit der Zeit vergessen wir vieles aus unserem Leben. Aber manches ist so tief in uns verwurzelt, dass wir es nicht vergessen können. Oft formen uns diese Dinge neu, beeinflussen uns und unser Verhalten so sehr, dass wir das Gefühl haben, in diesem Moment gestorben und neu geboren worden zu sein.

So ist es auch mit dem Amoklauf. Ich weiß, dass ich ihn niemals vergessen werde. Ich weiß, dass er mich verändern wird. Ich weiß, dass ich an diesem Tag gestorben bin. Ich mache so gut wie nichts mehr. Ich höre nicht mal mehr Musik. Ich sitze einfach nur da, starre die Wand an. Was soll ich auch machen? Etwa Wii spielen? Oder Xbox? Fernsehen? Lesen? Alles ist doch so oberflächlich. Diese ganze Welt, in der wir leben. Das einzig Wahre ist die Freundschaft, die Liebe. Und dies ist etwas sehr Vergängliches.

Meine Freundinnen haben mir zu Weihnachten ein Album geschenkt. Mit Fotos von unserer gemeinsamen Zeit. Und Fotos von Tobi und mir. Schulaktionen. Sommerausflüge. Ich habe dieses Album aus meinem Schrank gekramt. Sehe mir die Bilder noch einmal an:

Joanne, Tanja und ich auf dem Weihnachtsmarkt, breit grinsend, in den Händen blaue Tassen mit dampfendem Glühwein. Wir tragen alle Handschuhe, dicke Schals und Mützen. Wir haben daraus ein Spiel gemacht. Wir haben uns abgesprochen. Die Mütze ist weiß, der Schal schwarz und die Handschuhe braun. Bei uns allen. Unsere Wangen sind gerötet von der Kälte. Wir stehen bei einem Stand mit Teddybären und lehnen uns aneinander.

Vanessa und ich in ihrem Garten beim Laubhaken. Es ist kein gestelltes Foto. Ihre Schwester hat es gemacht, während wir gearbeitet haben. Wir haben es nicht einmal gemerkt. Auf dem Foto werfen wir gerade eine Menge Laub hoch, einfach so zum Spaß. Deshalb ist das Foto so schön. Unsere langen Haare, braun und blond, wehen im Herbstwind, während rote, orange, gelbe und braune Blätter um uns fliegen.

Sophia, Tanja, Vanessa und ich auf einer Party von einem Schüler aus der Elften. Glitzertops, gedrehte Locken, kurze Röcke, Pumps, rosa Lipgloss. An dem Tag habe ich mich zum ersten Mal so richtig besoffen.

Joanne und ich bei einem Konzert von Linkin Park. Schwarze Kapuzenshirts. Schwarzes Make-up. Wir schreien um die Wette. Danach war ich heiser vom vielen Schreien. Joanne übrigens auch.

Wir alle fünf zusammen, letzten Winter, als wir bei Tanja ein Iglu gebaut haben. Fünf Stunden haben wir dafür gebraucht. Wir hatten uns vorgenommen, im Iglu heiße Schokolade zu trinken. Scheiße, war uns allen verdammt kalt! Aber es war einfach ein Hammergefühl, danach in dem Iglu zu sitzen und um die Wette zu lachen. Tanja und ich erkälteten uns beide. Es hat sich trotzdem gelohnt.

Auf einem anderen Bild sind wieder wir fünf zu sehen. Wir haben es diesen Sommer gemacht. Am See. Wir haben alles mitgenommen, was man zum Entspannen am See braucht. Decken, Sonnenbrillen, Luftmatratzen, Sonnencreme und eine Kühlbox mit Cola. Wir legten uns alle in unseren Bikinis ans Wasser und blieben dort einfach liegen und redeten.

Sophia hatte vergessen, sich einzucremen, und bekam einen echt schlimmen Sonnenbrand.

Sie haben auch ein Klassenfoto von uns eingeklebt. An dem Tag war ich krank. Die vier haben ein Blatt genommen, meinen Namen daraufgeschrieben und es zwischen sich gehalten. Das war so süß.

Das ist jetzt Vergangenheit. In ihrem Lied *Darum leben wir* sing Cassandra Steen: *Alles ist nur einmal da, auch wenn es nicht so scheint.* Sie hat recht. Wir durchleben jeden Augenblick nur ein einziges Mal. Er wird sich nicht mehr wiederholen. Leider schätzen wir das Leben trotzdem nicht mehr.

Wofür lebt man? Es muss doch irgendeinen Sinn im Leben geben. Wir sind doch bestimmt aus einem Grund hier. Ich kann nicht daran glauben, dass es einen Urknall gab und dann aus Zufall alles entstanden ist. Wir leben doch nicht, nur weil das vor was weiß ich wie vielen Milliarden Jahren zufällig passiert ist.

Ich wurde doch nicht geboren, nur um in die Schule zu gehen und später einmal zu arbeiten. Da muss doch mehr dahinterstecken. Etwas Größeres. Ein Plan, den wir alle nicht durchschauen.

Wisst ihr, ich habe darüber nie wirklich nachgedacht. Das alles hier … war einfach da. Es war selbstverständlich. Alles ist jetzt so falsch herum. Wofür soll ich morgens aufstehen? Und wofür soll ich reden? Oder essen?

Verdrehte Welt. Stimmt mit mir etwas nicht? Oder bin ich einfach älter, reifer geworden? Wenn ja, fühlt sich Reiferwerden beschissen an. Die Zeit rennt plötzlich davon. Sie verstreicht, und ich werde sie nie wieder zurückbekommen. Trotzdem nutze ich sie nicht. Weil ich nicht weiß, wofür. Ich sehe keinen Sinn darin, weiterhin zur Schule zu gehen. Oder zu so einer Psychologin.

Da ist so ein Gefühl im Bauch, als stünde ich kurz vor dem Abgrund. Man weiß genau, was kommt. Und trotzdem kann man nichts tun.

Selbst die Menschen, die einem etwas bedeuten, glauben nicht mehr an dich. Sie haben die Hoffnung aufgegeben. Und *das* ist das Schlimmste. Denn egal, wie viel Schmerz du ertragen musst, egal, wie viele Tränen du vergießt, egal, wie oft du hinfällst – solange es jemanden gibt, der dir die Hand reicht, stehst du immer wieder auf. Aber kein Mensch zieht allein in den Kampf.

Es ist also wirklich so, dass man alleine nichts schaffen kann. Ich stehe allein vor dem Abgrund. Ich werde fallen. Das weiß ich.

»Hi, hier ist Tobi. Ich kann grad nicht an mein Handy gehen, aber mach dir bloß nicht die Mühe, mir eine Nachricht zu hinterlassen. Ich hör die Mailbox eh nie ab.«

Ich schließe die Augen und lausche seiner Stimme. Ich stelle mir vor, er würde neben mir stehen und mit mir reden. Und dann würde er lachen und mich in den Arm nehmen.

Aber wenn ich die Augen wieder öffne, wird sich nichts geändert haben. Tobi ist immer noch tot. Nichts und niemand kann ihn zurückbringen.

Deshalb öffne ich sie nicht. Die Stille in meinem Zimmer kommt mir unerträglich vor. Das einzige Geräusch ist mein Atem, der sich viel zu laut anhört.

Nach seiner Ansage kommt der Piepton. Ich schaffe es nicht, aufzulegen. Es erscheint mir so endgültig. Wenn ich die Verbindung abbrechen würde, würde ich akzeptieren, dass er nie wiederkommt. Doch das kann ich gar nicht. Wie soll ich denn ein Leben ohne Tobi schaffen?! Es geht einfach nicht.

Die Kleinigkeiten sind es, an denen ich merke, dass er fort ist. Dass ich morgens keine SMS von ihm bekomme. Dass ich mich am Wochenende nicht mehr schminke, weil er ja auch nicht spontan vorbeikommen könnte. Dass er mir nicht mehr hilft, wenn ich ein Problem mit meinem Computer habe. Dass er mich nicht auslacht und sagt, ich sei wie seine Mutter, wenn ich mich über sein Verhalten aufrege.

Immer wenn ich irgendetwas tue, das wir früher gemeinsam gemacht haben, oder wenn ich etwas sage, womit er mich aufgezogen hätte, fehlt er mir am meisten.

Und natürlich wenn ich abends alleine ins Bett gehe und mir bewusst wird, dass ich das jetzt jeden Abend machen werde. Ich werde alleine in meinem Bett liegen. Ohne ihn.

»Ich vermisse dich«, flüstere ich ins Handy. Tränen schießen mir in die Augen. Ich beiße mir auf die Lippe, damit ich mich zusammenreiße. Weinen erweckt Tobi auch nicht mehr zum Leben.

Langsam drücke ich auf die rote Taste, trenne die Verbindung zwischen Tobis Mailbox und meinem Handy. Er wurde mir genommen. Er wurde mir von Matias Staudt genommen.

Hass ist ein ziemlich extremes Wort. Meistens sagen wir *hassen*, meinen damit jedoch nur, dass wir eine Situation oder Person nicht ausstehen können. Hassen geht viel tiefer, als etwas nicht zu mögen.

Ich hasse Matias. So richtig. Ich wünschte, er hätte sich einsam in seinem Zimmer erschossen oder wäre von der Brücke gesprungen. Dann wäre unser Leben noch normal.

Früher hat er mir leidgetan. Manchmal zumindest. Wenn Tobi und seine Freunde mal wieder richtig gemein zu ihm waren. Oder manchmal auch, wenn wir ihn mit irgendetwas aufgezogen haben. Dann saß ich später zu Hause und habe mich gewundert, warum ich ihm solche Gemeinheiten an den Kopf geworfen habe.

Vor allem wegen dieser einen Sache …

Ich liege auf einer der Tischtennisplatten vor unserer Schule. Warme Sonnenstrahlen scheinen auf mein Gesicht. Wir haben eine Freistunde, und Joanne, Tanja und ich genießen die letzten sommerlichen Temperaturen.

Es ist Ende Oktober, in den Nächten liegt manchmal schon Frost. Am Tag merkt man davon aber noch nichts, es ist ein sehr milder Herbst. Zufrieden betrachte ich die Blätter, die langsam von den Bäumen zu fallen beginnen. Ihre Farben sind so schön. Okay, ich finde zurzeit aber auch alles schön. Liegt sicherlich daran, dass ich frisch verliebt bin.

»Dein Dauergegrinse ist langsam echt unheimlich.«

Verwirrt sehe ich Tanja an. »Hä? Ich lächele doch gar nicht.« Ich merke im selben Moment, dass ich es doch tue.

»Oh Mann, dich hat's echt erwischt.« Sie lacht und wirft eines der Gummibärchen nach mir, die sie sich vorhin aus dem Automaten geholt hat. Ich fange es auf und stecke es mir in den Mund. Sie hat recht. Ich schwebe total auf Wolke sieben. Jedes Mal, wenn ich Tobi in der Schule sehe, hört mein Herz kurz auf zu schlagen. Wenn er zu mir rüberkommt und mich küsst, erscheint es mir wie ein Wunder. Ich kann einfach nicht glauben, dass ich mit ihm zusammen bin.

»Gehst du mit aufs Klo, Tanja?« Joanne steht auf und zieht Tanja gleich mit auf die Füße. »Dann kann sich die Grinsebacke wieder einkriegen.«

»Das glaubst du ja wohl selbst nicht«, erwidert Tanja, während ich gleichzeitig »Hey!« rufe.

Die beiden entfernen sich. Ich schüttele belustigt den Kopf. So schlimm bin ich auch wieder nicht. Vielleicht ein bisschen optimistischer als sonst. Aber eigentlich ganz normal. Denke ich zumindest.

Ich döse wieder vor mich hin und warte auf die beiden. Ist mir auch egal, wenn sie mich aufziehen. Ich bin so glücklich, dass mich alles andere nicht interessiert.

Irgendjemand stellt sich in die Sonne, sodass ein Schatten auf mich fällt. Ich drehe mich um und will schon etwas zu meinen Freundinnen sagen. Aber es ist Matias Staudt, der da vor mir steht.

Ich ziehe eine Augenbraue hoch und mustere ihn von oben bis unten. Ich verstehe nicht, warum er immer so schmuddelig in die Schule kommt. Dabei geht es nicht um Mode, sondern um Hygiene. Wie kann jemand mit so fettigen Haaren herumlaufen?

»Ja?«, frage ich, wobei mir durchaus bewusst ist, wie zickig ich dabei klinge.

»Ich ... also ... ich ...«, stammelt er.

Ich seufze übertrieben und verdrehe die Augen. »Du stehst mir in der Sonne.«

Er wirkt ziemlich eingeschüchtert. Irgendwie kommt er mir verloren vor. Selbst schuld, wenn er so mit sich reden lässt. Er hat sich noch nie darüber beschwert.

»In ein paar Wochen ist doch der Abschlussball vom Tanzkurs. Ich dachte ...«

Wieder stockt er für einen Moment. Ich verliere gleich noch die Nerven. Und dass er dabei die ganze Zeit auf den Boden schaut! Er sollte echt mal ein bisschen selbstbewusster werden.

»Na ja ... vielleicht könnten wir da zusammen hingehen.«

Was?! Damit habe ich wirklich nicht gerechnet. Mir hat schon mal jemand erzählt, dass Matias auf mich steht, doch das habe ich nicht so richtig glauben können.

Ich kann nicht anders, ich fange an zu lachen. Laut und gemein. Matias Staudt möchte mit mir auf den Abschlussball gehen! Den Abschlussball, zu dem Tobi und ich nicht gehen, weil wir beide Tanzen hassen. Wir haben nämlich geplant, dass Tobi an diesem Tag das erste Mal bei mir übernachten kann, da mein Dad auf Geschäftsreise ist. Und Matias fragt mich, ob ich mit ihm ausgehe!

»Jetzt pass mal auf«, bringe ich prustend hervor. Ich versuche vergeblich, das Lachen zu unterdrücken. »Selbst wenn ich nicht absolut glücklich mit meinem Freund wäre und wir an dem Abend noch nichts vorhätten, würde ich lieber alleine auf einen Ball gehen als mit dir. Du stinkst, hast richtig schlimm Akne und wäschst deine Haare nicht. Ich würde nicht mal mit dir ausgehen, wenn du der letzte Junge auf der Welt wärst.«

Ich weiß nicht, warum ich ihn so abblitzen lasse. Ich komme richtig in Fahrt. Ich kann gar nicht mehr aufhören, ihm diese Dinge an den Kopf zu werfen.

»Du siehst aus wie ein Schwein. Und Tobi hat verdammt viel Ähnlichkeit mit einem Männermodel, ist supersüß und lustig und liebt mich über alles. Wie kommst du auf die Idee, ich würde mit dir etwas unternehmen wollen?«

Bei jedem meiner Worte zuckt Matias zusammen. Er sagt nichts mehr. Er sieht mich nicht an. Er geht einfach nur. Wie ein geprügelter Hund.

Erst jetzt dringt zu mir durch, was ich ihm da alles an den Kopf geschleudert habe. Ich sehe ihm hinterher und fühle mich schrecklich. Ich habe ihn behandelt wie ein Stück Dreck. Ich mag ihn nicht besonders, und er hätte sich selbst denken können, dass ich mich nicht mit ihm treffen will. Aber so hart hätte ich nicht sein müssen.

»Was ist los?« Joanne und Tanja kommen zurück und sehen mein schuldbewusstes Gesicht. Ein großer Kontrast zu meinem Dauergrinsen.

»Ach, nichts«, sage ich und zucke die Achseln.

Ich hab all die Sachen gesagt und im Nachhinein eigentlich nicht verstanden, warum. Ich hab es eben getan. Ich hatte ein schlechtes Gewissen … und habe es trotzdem immer wieder getan.

Jetzt bin ich froh darum. Er hat meinen Freund erschossen. Er hat Kinder erschossen. Er hatte jedes Wort verdient.

8

Montag. Der Amoklauf ist jetzt genau eine Woche her. Erst eine Woche. Sie war schrecklich. Wie schrecklich wird der Rest meines Lebens?

Die Schulglocke ruft zum Unterricht. Ich hätte nicht gedacht, dass dieser Tag tatsächlich kommen würde. Er lag einfach so fern. Und doch ist er jetzt da.

Der Platz wirkt leer. Normalerweise bauen hier Zirkusse ihre Zelte auf, und auch das Volksfest findet hier statt. Nun stehen zweistöckige Container in Reih und Glied auf dem Platz. Im Grunde sehen sie aus wie Wohnhäuser. Nur ohne Dach. Eine Treppe führt von außen in den ersten Stock. In den Wänden befinden sich viele Fenster. Die Container sind mindestens so groß wie ein Klassenzimmer. Sie sind nicht einfarbig weiß, wie man sich einen Container vorstellt. Grün, rot, blau, gelb – sie sehen aus wie die Gebäude eines Kindergartens.

Mindestens die Hälfte der Schüler fehlt. Niemand weiß so recht, was er machen soll. Wie auch? Man hat uns nicht gesagt, wie wir uns verhalten sollen. Man liest von so etwas in der Zeitung. Sieht es im Fernsehen. Aber man sieht nicht, was man danach machen soll. Also stehen wir alle einfach nur rum. Verloren. Verwirrt. Verzweifelt. Niemand weiß, ob er auf die anderen zugehen soll. Manche stehen in Gruppen beieinander. Andere laufen alleine über den großen Platz. So wie ich.

Ich sehe über die matschige, flache Ebene. Hier werde ich

also jetzt zur Schule gehen. Es ist so anders als das schlossartige Gebäude, in dem der Unterricht früher stattfand. Vielleicht ist es gar nicht so schlecht, keine Ähnlichkeit mit *früher* zu finden. Vielleicht ist es sogar gut …

Zögernd betrete ich den blauen Container, der ab sofort mein Klassenzimmer sein wird. Immer drei Tische stehen rechts und links an der Wand, sodass in der Mitte ein Durchgang ist. Es sind fünf Reihen. Gegenüber der Tür ist die Tafel, ein Overheadprojektor und sogar ein Beamer. Es sieht eigentlich aus wie ein ganz normales Klassenzimmer. Wäre da nicht diese eine Sache …

Es wirkt leblos. In diesem Raum fehlen Erinnerungen. Plakate von Referaten und Klassenaktionen, Klassenfotos. Die Hausaufgabentafel auf der rechten Seite ist unbeschrieben. Niemand hat darauf herumgemalt. An den Fensterscheiben hängen keine selbst gebastelten Schneeflocken. Die Pinnwand ist leer, kein Foto von unserem Patenkind ist dort befestigt, keine anstehenden Termine sind vermerkt. Es ist ein ganz normales Klassenzimmer. Aber eben nicht unseres.

Ich sollte darüber nicht traurig sein. Ich wusste es von Anfang an. Trotzdem drückt es mir auf den Magen. Nichts ist so wie zuvor. Es wird nie wieder so sein.

Ich sehe in die Gesichter meiner Klassenkameraden. Ich bin nicht die Einzige, die unglücklich über den neuen Raum ist. Mit hängenden Schultern gehe ich zur zweiten Reihe, wo Joanne und Vanessa sitzen.

Vanessa sieht erleichtert aus, als ich komme. »Bitte sag mir, dass du noch mit mir redest!«, flüstert sie mir so leise zu, dass Joanne sie nicht hört.

Ich lächele sie matt an und lasse mich auf den Platz neben ihr fallen. »Mit mir redet sie auch nicht mehr.«

Ich bin genauso froh über Vanessa wie sie über mich. Ich drehe mich um und suche schnell das Klassenzimmer ab. »Wo ist Tanja? Kommt sie noch nicht wieder zur Schule?«

Vanessa sieht betreten auf die saubere Tischplatte. »Hast du es noch nicht gehört?« Ihre Stimme ist belegt. »Sie sind weg. Zwei Tage nach …«, sie stockt kurz, zwingt sich aber, es auszusprechen. »… nach dem Amoklauf. Sie und ihr Bruder sind jetzt bei ihrer Tante in Berlin.«

Ich wäre gerne sauer auf sie. Weil sie einfach so gegangen ist, uns hier alleine gelassen hat. Nicht mal Tschüss hat sie gesagt. Aber ich verstehe sie. Hätte ich die Möglichkeit, würde ich sie sofort ergreifen. Eine neue Schule, wo niemand weiß, was du erlebt hast. Wenn ich ehrlich bin, beneide ich sie.

In der ersten Stunde kommt unsere Klassenlehrerin Frau Elsenfeld. Ich kann die alte Schrulle nicht ausstehen. Sie sieht aus wie eine Vogelscheuche, und ihr Charakter ist auch nicht besser. Sie ist richtig bösartig. Wenn man im Unterricht etwas nicht weiß, freut sie sich darüber, und ihr liebstes Hobby ist es, Verweise auszuteilen. Heute finde ich sie seltsamerweise in Ordnung. Sie redet nicht so viel über den Amoklauf. Endlich mal jemand, der uns nicht zu etwas zwingt. Sie legt einfach eine Schweigeminute ein. Eigentlich sind es fünf Minuten, und die halbe Klasse weint dabei.

Danach deutet sie auf eine schlichte graue Box, die sie mitgebracht hat.

»Das hier wird so etwas wie unser Kummerkasten. Ihr könnt eure Gedanken und Gefühle auf einen Zettel schreiben und dort hineinwerfen. Niemand wird es lesen. Es geht nur darum, es sich von der Seele zu schreiben. Am Ende des Schuljahres können wir uns ja überlegen, was wir damit machen. Ihr könnt schon euren ersten Zettel schreiben, wenn ihr wollt.«

Erst sehen sich alle betreten um. Niemand möchte als Erstes Schwäche zeigen. Schließlich ist es Greta, die ihren Block hervorholt.

Langsam tun es ihr einige nach. Ich lasse mir von Vanessa zwar auch ein Blatt geben (ich habe nie meinen eigenen Block dabei), habe aber nicht vor, etwas in unseren »Kummerkasten« zu werfen. Stattdessen schreibe ich zwei Sätze auf den Zettel, bevor ich ihn zusammenfalte und Joanne zuschiebe.

Ich vermisse dich. Bitte sprich mit mir.

Aber Joanne reagiert nicht darauf. Sie faltet ihn nicht einmal auseinander. Sie starrt weiterhin ins Leere, ihre Gedanken an Orten, wohin ihr niemand folgen kann.

Ich möchte schreien, hier und jetzt. Ich möchte aufstehen und in die ganze Welt hinausbrüllen, wie ich mich fühle. So einsam, so kraftlos.

Ich schaffe es nicht. Ich kann nicht jeden Tag hier zur Schule gehen. Nicht, wenn Joanne direkt neben mir sitzt und sich wie eine Puppe verhält. Nicht, wenn das Klassenzimmer mich Tag für Tag daran erinnert, was ich verloren habe.

Irgendjemand soll *Cut!* rufen und die Szene endlich beenden, damit ich wieder mein altes Leben leben kann.

In der nächsten Stunde fängt der Unterricht wieder richtig an. Ich denke, dass es gut ist. Dann dreht sich wenigstens nicht alles um unsere Gefühle.

In der Pause lehnen Vanessa und ich an einem der Container und beobachten Sophia. Sie steht bei der Kifferclique und raucht eine. Es ist ziemlich dreist von Sophia, direkt auf unserem Pausenhof zu rauchen. Warum sieht das denn kein Lehrer? Ich will gar nicht wissen, ob das wirklich nur eine Kippe ist.

Es macht mich traurig, aber auch wütend. Mit uns keine Zeit mehr verbringen zu wollen, ist eine Sache, sich zuzudröhnen eine ganz andere. Am liebsten würde ich ihr eine Ohrfeige verpassen, damit sie das begreift.

»Glaubst du, dadurch fühlt sie sich wirklich besser?« Vanessa nickt in Richtung unserer Freundin.

Ich runzele die Stirn. »Hast du sie dir mal angesehen? Sie sieht aus wie eine lebende Leiche.«

Darauf erwidert sie nichts. Sie sieht so traurig aus. Ich nehme ihre Hand und drücke sie. Sie seufzt und lächelt mich kurz an.

Wir warten darauf, dass es klingelt und wir endlich mit dem Unterricht anfangen. Ich will den Mist hinter mir haben … zumindest für heute.

Oh Mann, früher war die Pause viel zu kurz. Jetzt zieht sie sich ewig in die Länge. Es war schön, in die Schule zu gehen. Es gab fast immer etwas zu lachen. Ich hatte hier meine Freundinnen, Tobi, nette Lehrer, eine lustige Klasse, gute Noten.

Dabei wird mir schlecht. Richtig kotzübel. Oh nein, ich werde mich doch jetzt nicht hier vor allen übergeben! Ich zwinge mich, ruhig ein- und auszuatmen. Es ist alles okay. Einfach nicht denken, dann geht es schon wieder.

Um mich abzulenken, betrachte ich den Himmel. Ob es ein Leben nach dem Tod gibt? Ob Tobi jetzt da oben ist? Ich hoffe es. Ich hoffe es so sehr. Dann wüsste ich, dass es Tobi gut geht.

Tobi. Allein sein Name tut schon weh. Mein Herz fühlt sich an, als hätte es eine sehr große Schürfwunde.

Als es endlich klingelt, stürmt Vanessa zurück in unseren Metallkasten. Ich will mich ebenfalls umdrehen, doch da sehe ich Joanne, die mit ausdruckslosem Blick auf mich zukommt. Ich straffe die Schultern und stelle mich ihr in den Weg. Sie versucht auszuweichen, aber ich halte sie fest.

»Red mit mir. Bitte. Lass mich dir helfen.« Verzweifelt sehe ich sie an. Sie beachtet mich nicht.

»Ich vermisse dich. Bitte sprich mit mir.« Ich höre selbst, wie flehend meine Stimme klingt. Die alte Miriam hätte sich dafür geschämt. Sie wäre viel zu stolz gewesen.

Meine Augen füllen sich mit Tränen, schon wieder. Ich zwicke mich fest mit meiner freien Hand. Der Schmerz hilft mir, mich wieder zu beruhigen.

Da sieht Joanne mich an, zum ersten Mal seit dem Amoklauf, und für den Bruchteil einer Sekunde bleibt mir die Luft weg. Ihr leerer Blick weicht Trauer und Verletzlichkeit.

Joanne öffnet den Mund. Ihre Stimme ist brüchig und leise. Sie sagt nur drei Worte: »Sind wir schuld?«

Ich möchte sie fragen, was sie damit meint, doch sie geht ohne ein weiteres Wort ins Klassenzimmer.

Es klingelt zum zweiten Mal. Meine Beine fühlen sich an wie Pudding, ich zittere überall. Ich lehne mich gegen den Container.

Sind wir schuld?

Ich darf nicht darüber nachdenken. Joanne ist total durchgedreht. Sie weiß nicht, was sie da sagt. Wir sind nicht schuld! Ich habe nicht den Abzug der Pistole gedrückt!

9

Dr. Frei schüchtert mich ein. Sie ist eine Frau mittleren Alters mit sehr hellen, weichen Locken, die ihr bis zu den Schultern fallen. Sie ist einen halben Kopf größer als ich. Und sehr dünn, fast schon mager. Ihre Haut ist sehr hell. Sie wirkt kühl und distanziert.

Aber nur so lange, bis sie mich anlächelt. Ihr Lächeln wirkt … mitfühlend. Mitfühlend auf eine Weise, die ich akzeptieren kann, irgendwie anders als bei meinen Eltern.

Dr. Frei ist jemand, den ich mögen könnte. Wenn ich nicht genau wüsste, dass sie eine Akte über mich anlegt, in der alles drinsteht, was ich ihr erzähle.

Der Raum ist eigentlich nett eingerichtet. Mit hellen Farben und bequemen Sesseln, in die wir uns setzen. Auf einem Couchtisch stehen zwei Gläser. In ihrem ist Wasser, in meinem Cola. Es gibt auch eine Schale mit Bonbons, die sie mir anbietet. Eigentlich möchte ich Nein sagen, aber ich nehme dann doch eins. Es ist ein Zitronenbonbon. Einen Moment schließe ich die Augen und konzentriere mich nur auf den Geschmack. Das süßsaure Bonbon in meinem Mund, das mich an Urlaub und Sommer erinnert. Einen Moment existiert sonst nichts. Dann öffne ich die Augen, ein kleines bisschen mehr bereit für das, was kommt.

»Also, Miriam.«

Jetzt geht es los. Na toll.

»Was hältst du davon, wenn wir uns duzen? Das ist doch viel entspannter.«

Nicht besonders viel. Sie will mit mir reden, mich ins Vertrauen ziehen und mich aus der Reserve locken. Ganz blöd bin ich aber nicht. Und weil es mir egal ist, wie ich sie nenne, weil ich mir geschworen habe, diese Person zu hassen, zucke ich nur mit den Achseln.

»Also ich bin Rosalie.«

Es ist total egal. Ich werde diese Frau sowieso nie ansprechen. Ich werde in meinen Therapiestunden schweigen. Ich werde ganz sicher nicht zulassen, dass meine Geschichte in einer Akte festgehalten wird.

»Ich weiß, dass du etwas sehr Schlimmes erlebt hast. Was auch immer du jetzt fühlst, es ist in Ordnung.«

Sie weiß also, dass ich etwas Schlimmes erlebt habe. Wie überaus scharfsinnig von ihr. Mmh … Genau, stimmt ja! Ich habe gesehen, wie mein Freund gestorben ist. Und ein anderer Junge. Meine beste Freundin tut so, als würde ich nicht mehr existieren. Meine Mom macht plötzlich auf Supermama. Und zu allem Überfluss kommen sie und mein Dad auch noch auf die Idee, mich hierherzuschicken. Sie sind der Meinung, dass ich Hilfe brauche. Dass sie mir nicht helfen können und ich mich jemandem anvertrauen sollte. Damit haben sie vielleicht sogar recht. Und natürlich fühl ich mich beschissen. Aber das alles geht diese Seelenklempnerin *nichts* an!

»Ich kann mir vorstellen, dass dich das Ganze ziemlich mitgenommen hat.«

Ihre verständnisvolle Stimme und ihr wissender Blick machen mich krank. Was weiß sie schon? War sie etwa dabei? Hat sie die Schüsse gehört? Hat sie gesehen, wie Tobi starb?

Ein unbeschreiblicher Schmerz zuckt durch meine Brust. Ich habe versucht, nicht daran zu denken. Ich will weiterleben. Einfach vergessen. Jetzt, bei Dr. Frei, werde ich daran erinnert. Ob ich will oder nicht.

Und es tut so weh. So sehr, dass ich nicht mal weinen kann, selbst wenn ich wollte. Es ist ein Schmerz, der tief in mir sitzt und niemals vergeht.

Wie soll diese Frau das jemals begreifen? Frostig sage ich zu ihr: »Meine Eltern schicken mich hierher. Das ist der einzige Grund, warum ich hier sitze. Sie müssen also nicht so tun, als würden Sie mich verstehen.«

»Dann findest du es nicht gut, dass deine Eltern dich bei mir angemeldet haben?«

»Sie sind die Psychologin, Sie kennen die Antwort doch längst.«

Ich weiß nicht, warum ich das sage. Vielleicht, weil ich sie nicht mögen möchte. Vielleicht aber auch, weil ich es dumm finde, überhaupt mit ihr gesprochen zu haben. Ich will nicht, dass sie irgendwas über mich weiß.

Dr. Frei lacht leise. Es ist ein warmes und melodisches Lachen. Und das ist noch schlimmer, als wenn sie mich auslachen würde. So fällt es mir schwer, sie zu hassen. Wenn sie lacht, wirkt sie eher wie eine Freundin, mit der man über alles reden kann. Doch der Schein trügt natürlich. Sie *will* schließlich so wirken. Darauf falle ich nicht herein.

»Du redest nicht gerne über dich selbst. Das verstehe ich. Mir ist es auch lieber, wenn die anderen nicht zu viel über mich wissen. Damit wollen wir uns schützen. Menschen können unser Vertrauen ausnutzen. Manchmal tun sie das auch. Niemand verlangt von dir, dass du mir jetzt deine ganze Lebensgeschichte erzählst.«

Und warum sitze ich dann hier? Das möchte ich sie eigentlich fragen. Doch ich tue es nicht. Es ist besser, wenn ich gar nichts sage. Auf jede Reaktion wird sie eine psychologische Antwort finden. Und um ehrlich zu sein, finde ich das erschreckend.

»Hast du denn jemanden, mit dem du reden kannst?«

Ich zucke zusammen. Ich versuche, im Hier und Jetzt zu bleiben. Ich will nicht wieder an *früher* denken. Aber zu spät. Die Erinnerungen holen mich ein.

Ich liege in meinem Bett. In meinem wunderbaren Prinzessinnenbett. Lachend rolle ich mich von einer Seite auf die andere. Neben mir liegt Joanne. Sie ist dreizehn, noch. Morgen wird sie vierzehn. Morgen hat sie Geburtstag.

Ich beneide sie darum. Ich würde gerne schon vierzehn sein. Doch ich muss noch zwei Monate warten. Mit vierzehn ist alles besser. Vierzehn klingt erwachsener. Und reifer. Mit vierzehn möchte ich endlich meinen ersten Freund. Schließlich hatte Joanne schon einen. Und Sophia hatte sogar schon zwei!

Aber sie haben noch nicht ... na ja, ihr wisst schon. Zumindest Joanne hat noch nicht. Bei Sophia bin ich mir da nicht so sicher. Am einen Tag behauptet sie das eine, am anderen das andere.

Ja, es wird bestimmt toll mit vierzehn. Und morgen ist es für Joanne so weit!

»Du, Miriam?«

Unsere Nasenspitzen sind nur wenige Zentimeter voneinander entfernt. Und ich habe die Vorhänge meines Prinzessinnenbetts zugezogen. So liegen wir oft da. Und dann erzählen wir uns alles. Die anderen wissen davon nichts. Weder Tanja noch Sophia oder Vanessa. Das ist Joannes und mein Geheimnis.

»Ja?«

»Ich bin wirklich froh, dass ich dich habe. Wenn du mir nicht zuhören würdest, würde ich ja platzen vor Problemen. Aber immer, wenn ich sie dir erzähle, wirken sie nicht ganz so schlimm.«

Ich lächele. Ich kann gar nicht in Worte fassen, wie froh ich bin, Joanne zu haben. Sie ist meine beste Freundin. Und ich bin mir sicher, dass sie es auch bleiben wird. Wir sind uns so ähnlich. Nichts und niemand kann uns auseinanderbringen.

Nichts.

So habe ich früher gedacht. Früher, vor zwei Jahren. Früher, letzten Monat. Früher, in einem anderen Leben.

»Miriam? Ist alles in Ordnung?«

Ich reagiere nicht. Ich verstehe nicht einmal wirklich, was Dr. Frei sagt. Ich denke daran, wie es heute in der Schule war. Alles war so seltsam.

Sophia stand bei den Kiffern. Sie hat Vanessa und mich nicht mehr beachtet. Vanessa hat sich auch verändert. Früher hat sie immer wie ein Wasserfall geredet. Heute saß sie still auf ihrem Platz. Wir standen in der Pause zwar zusammen, aber beide in Gedanken.

Früher hätte Tanja so eine Stimmung sofort auflockern können. Aber Tanja ist weggezogen. Ob ich sie jemals wiedersehen werde?

Und Joanne ... die geht jetzt eher als scheintot durch. Wirklich. Sie spricht nicht mehr. Kein einziges Wort seit diesem einen Satz, an den ich gar nicht denken mag. Sie spricht nicht mal, wenn ein Lehrer sie aufruft. Sie starrt nur noch in die Luft, ins Nichts. Ich glaube, sie ist irre geworden.

Was eine Woche alles aus uns machen kann.

Und bevor ich michs versehe, bin ich wieder in der Vergangenheit.

»Ich hoffe echt, dass es bald schneit.«

Das ist Tanja.

»Ja, bitte! Dieser ganze Schlamm und die kahlen Bäume machen mich ganz krank!«

Das ist Joanne.

»Seid ihr blöd! Es ist erst November. Es kann doch nicht jetzt schon schneien!«, schnaubt Vanessa entrüstet.

Ich schüttele den Kopf, während ich mich weiter durch den Wald kämpfe. Zugegeben, es war nicht gerade schlau, unsere Vans bei diesem Matsch anzuziehen. Die sind schon ganz schmutzig. Und unsere Hosenbeine auch.

»Herr D., warum machen wir das alles hier noch mal?« Sophias Stimme hallt durch den ganzen Wald. Unser Lehrer dreht den Kopf zu uns. Eigentlich heißt er gar nicht Herr D., aber wir nennen ihn alle so, und er hat kein Problem damit. Er ist sowieso ein cooler Lehrer. Ende zwanzig, mit einem lässigen Style und absolut locker drauf. Er würde auf einer Skala vielleicht sogar die volle Punktzahl bekommen. Wenn er nicht ausgerechnet Biologie unterrichten würde.

»Damit wir alle zusammen etwas für die Umwelt tun. Das machen wir doch jedes Jahr, also stellt euch nicht so an, Mädels.«

Tanja verdreht die Augen, und Joanne lacht. Sophia lässt nicht locker. »Ja, klar. Aber warum machen wir es wirklich?

Sie glauben doch nicht ernsthaft, dass wir die Welt verbessern, wenn wir einen Tag lang Müll im Wald aufsammeln.«

Ich finde, sie hat recht. Dieser Tag ist total lächerlich.

»Es stimmt, wir können nicht viel ändern. Aber jetzt stell dir vor, jede neunte Jahrgangsstufe in Deutschland räumt einmal im Wald auf. Dann hilft das doch.«

Sophia zuckt mit den Schultern. So ganz überzeugt ist sie nicht. Auch ich denke darüber nach. Was er sagt, ist gar nicht so falsch. Wenn jede Jahrgangsstufe aufräumen würde, dann würde das helfen. Aber... so ist die Welt nicht. Es macht nicht jede Schule mit. Und selbst wenn, es gibt immer mehr Verschmutzer als Aufräumer.

»Ich glaube, es geht noch um etwas ganz anderes«, meldet Vanessa sich wieder zu Wort. »Nämlich darum, zu sehen, wie viel Müll die Menschen einfach liegen lassen. Und es selber dann besser zu machen. Ist es nicht so, Herr D.?«

Herr D. nickt ihr anerkennend zu.

»Vanessa, die Verständnisvolle«, spottet Joanne.

Wir lachen alle. Vanessa ist sehr einfühlsam. Deshalb nennen wir sie immer *die Verständnisvolle*. Sie wird bestimmt mal Psychologin.

Am Himmel hängen dicke, graue Wolken, und es ist nebelig. Ein richtig ekliger Tag. Zudem müssen wir auch noch einen Abhang hinunter. Ich rutsche mehr, als dass ich gehe.

Plötzlich kreischt Tanja hinter mir. Bevor ich mich zu ihr umdrehen kann, reißt sie mich mit. Wir rollen beide ein paar Meter abwärts und landen in einer Schlammpfütze. Wir sehen uns kurz an, beide schlammverschmiert. Dann lachen wir los.

Hinter uns hören wir auch Gelächter. Unsere gesamte Klassenstufe lacht. Okay, es sieht ja auch echt lustig aus. Herr D. muss sich vor Lachen an einen Baum lehnen.

»Ihr seht aus wie Schweine«, prustet Joanne. »So was schafft auch nur ihr zwei!«

Tanja und ich schauen uns eine Sekunde lang an. Dann packen wir Joanne und ziehen sie zu uns herunter. Und plötzlich liegen wir drei im Dreck. Damit aber nicht genug. Joanne nimmt eine Handvoll Schlamm und wirft sie auf Vanessa. Da Sophia sie auslacht, packt Vanessa sie und schubst sie zu uns. Sophia zieht Vanessa mit. Und dann liegen wir fünf in der schmutzigen Pfütze und lachen und lachen und lachen …

»Miriam, hast du meine Frage verstanden?«

Dr. Freis Stimme klingt weit weg, obwohl sie direkt neben mir sitzt.

»Tut mir leid, was haben Sie gesagt?«

Ich fühle mich so schwach. So alleine. Wo nur soll ich mit alldem hin? Mit diesen Gefühlen?

Abends logge ich mich in meinen Facebook-Account ein. Ich habe es nicht mehr getan, seit … seit Matias auf uns geschossen hat.

Zu meiner Überraschung sind mehr Leute aus meiner Schule online, als ich gedacht hätte. Manche von ihnen posten sogar, wie bescheuert dieser Tag ist. Einfach so, als wäre alles wie immer.

Ich habe gehofft, dass Tanja im Chatroom sein würde, doch sie wird mir nicht angezeigt. Also klicke ich auf meine Nachrichten, um ihr etwas zu schreiben.

Einen Moment lang starre ich verwundert auf den Bildschirm. Tanja war am Sonntag die Letzte, mit der ich geschrieben habe. Ihre Nachrichten sollten ganz oben angezeigt werden. Aber sie fehlen.

Verwirrt gebe ich ihren Namen ein, um auf ihre Facebook-Seite zu gelangen. Ich kann sie nicht finden.

Da wird mir klar, was das zu bedeuten hat. Tanja hat sich gelöscht. Sie existiert auf Facebook nicht mehr. Ich melde mich schnell bei *wer-kennt-wen* an. Dort ist es genau dasselbe. Sie ist weg. Sie hat alle Brücken hinter sich abgerissen.

Lange Zeit starre ich auf den Bildschirm, wo eigentlich ihre Seite erscheinen sollte. Nur wird sie es nicht. Nie wieder.

Ich sollte wohl akzeptieren, dass sie einen Neuanfang möchte. Die Zeichen sind unübersehbar. Doch etwas in mir ist noch nicht bereit, sie aufzugeben. Ich muss es wenigstens probieren.

Ich ziehe mein Handy aus der Hosentasche und rufe sie an. Die Verbindung wird sofort wieder unterbrochen. Sie hat auf den roten Knopf gedrückt.

Ich probiere es wieder. Immer wieder. Und jedes Mal legt Tanja auf der anderen Seite auf.

Das geht bestimmt ein Dutzend Mal so. Dann erhalte ich eine SMS:

Es tut mir leid.
Ich kann nicht.
Probier es bitte
nicht weiter.

Scheiße! Wenn sie mir Vorwürfe gemacht hätte, wäre es leichter gewesen. So aber kann ich sie verstehen. Ich bringe es nicht übers Herz, sie noch mal anzurufen. Stattdessen tue ich etwas, was ich niemals für möglich gehalten hätte. Ich lösche ihre

Nummer, damit ich nicht wieder in Versuchung gerate. Ich habe keine Möglichkeit mehr, mit Tanja Kontakt aufzunehmen.

Dann mache ich endlich das, was ich schon den ganzen Tag machen will. Ich ziehe mir die Bettdecke über den Kopf.

10

Die nächsten Wochen verschwimmen ineinander. Immer und immer wieder dasselbe. Ich gehe in die Schule, wo ich auf die letzte Stunde warte und kaum rede. Ich gehe zu Dr. Frei, wo ich trotzig schweige. Aber sicherlich findet sie trotzdem etwas, das sie nachher in ihre Akte schreiben kann. Und das macht mich wütend.

Nachts träume ich immer noch schlecht. Ich brauche ewig, bis ich einschlafe. Wenn ich es doch schaffe, träume ich von Schüssen, Schreien und Tobis Blut, das auf dem Boden klebt. Und von meinen Freundinnen. Die Träume sind so schlimm, dass ich alle paar Stunden aufwache. Ich weiß nicht, wie lange ich das noch aushalte. Ich fühle mich alleine. Taub und leer. Und mein Herz ist wund. Als hätte es zu viel gefühlt.

Ich muss etwas ändern. Natürlich bin ich mir dessen bewusst. Aber ich weiß nicht, wie ich es ändern kann. Ich denke so wenig wie möglich an das Geschehene. Und trotzdem holt es mich immer wieder ein. Ich kann es einfach nicht vergessen. Und langsam frage ich mich, ob das überhaupt möglich ist. Aber wenn ich nie vergessen kann, wie soll ich dann weiterleben? Wie soll ich lachen, feiern, reden?

Mom reist nicht ab. Plötzlich will sie Verantwortung übernehmen und sich um mich kümmern. Sie benimmt sich … wie eine normale Mutter. Auch das macht mich wütend. Nichts ist normal! Gar nichts! Warum tut sie dann so? Warum kann sie nicht einfach wieder verschwinden und mich in Frieden lassen?

Drei Wochen nach dem Amoklauf, an einem Donnerstag, habe ich das Gefühl, nicht mehr atmen zu können. Die Schule war schrecklich, aber ich kann auch nicht nach Hause gehen. Ich fühle mich überall so fehl am Platz.

Anfangs laufe ich deshalb ohne Ziel herum. Durch die Fußgängerzone, den Park, vorbei an Häuserreihen. Aber egal, wohin ich gehe, ich fühle mich fremd. Und das macht mich so wütend. Ich bin wütend auf Matias Staudt, weil er geschossen hat. Und auf Tobi, weil er gestorben ist. Auf Mom, weil sie damals einfach abgehauen ist. Auf Tanja, weil sie weggezogen ist. Und auf Joanne, weil sie nicht mehr mit mir spricht. Weil sie mich mit meinen Problemen alleine lässt. Auf Dr. Frei, weil sie die ganze Zeit so scheißfreundlich ist. Doch am allermeisten bin ich auf mich selbst wütend. Weil ich Matias Staudt das Leben schwer gemacht habe und mir das erst jetzt leidtut, wo ich selbst begreife, was es heißt, allein zu sein. Weil ich gesehen habe, wie Tobi blutend am Boden lag, und trotzdem nichts dagegen unternommen habe. All diese Dinge bereue ich erst jetzt, wo es zu spät ist, sie noch zu ändern. Ich werde damit leben müssen. Für den Rest meines Lebens.

Ich wandere ziellos umher. Erst als ich stehen bleibe, wird mir bewusst, wo ich hingegangen bin. Zum Friedhof. Langsam wandere ich durch die Reihen der Gräber. Ich weiß nicht genau, wo er begraben ist. Also betrachte ich nachdenklich die Steine auf der Suche nach seinem.

Wir haben darüber mal geredet. Über den Tod. Wer hätte gedacht, dass er uns damals schon so nahe war …

Die Welt dreht sich um mich. Der Bürgersteig, der Verkehr, Tobi, das alles zieht in Sekunden an mir vorbei, während ich mich immer schneller und schneller um mich selbst drehe.

Ich lache. Unter meinen Sohlen knirscht der Schnee. Schneeflocken fallen um mich herum, bleiben auf meiner Mütze und meinen Zöpfen hängen. Es ist der erste Schnee dieses Winters. Der erste Schnee mit Tobi.

Plötzlich packt mich eine Hand von hinten und presst mich gegen die Steinmauer. Tobi sieht mich ernst, fast schon ein bisschen sauer an.

»Was ist?« Automatisch fasse ich mir in die Haare und das Gesicht, suche nach einem Grund, warum er mich so anstarrt.

Tobi schüttelt verärgert den Kopf. Okay, er ist eindeutig sauer.

»Findest du es etwa lustig, dich mitten in der Hauptverkehrszeit einen halben Meter von der Hauptstraße entfernt wie ein kleines Kind aufzuführen?«

Ich verdrehe die Augen. Er hat anscheinend keine Probleme in seinem Leben. Sonst würde er kein Drama daraus machen, dass ich mich kindisch benehme.

»Du musst dich gar nicht darüber lustig machen«, schnauzt er mich an. »Du hättest nur einen falschen Schritt zur Seite machen müssen, und ein Auto hätte dich überfahren!«

»Tobi«, sage ich lachend und will seine Hand nehmen, doch er entreißt sie mir. Oh Mann, was ist eigentlich sein Problem?

»Ich bin doch nicht blöd. Ich kann auf mich aufpassen.«

»Kannst du das? Du kannst also genau koordinieren, wo du hintrittst, wenn du dich um die eigene Achse drehst, als wärst du vollkommen zugedröhnt?«

Warum muss er gleich so übertreiben? Ich hatte eben Lust darauf. Und er tut so, als wäre ich gerade von einer dreißig Meter hohen Klippe in ein Piranhabecken gesprungen. Ich wäre gerne wütend auf Tobi, damit ich ihm so richtig die Meinung sagen könnte. Aber eigentlich macht er sich ja nur Sorgen um mich. (Auch wenn das natürlich völlig unnötig ist.) Er meint es nur gut.

Versöhnlich strecke ich ihm die Hand hin, und nach kurzem Zögern nimmt er sie.

»Die Wahrscheinlichkeit, dass ich in diesem Moment von einem Auto überfahren werde, ist wesentlich geringer als die Wahrscheinlichkeit, dass ich dich jetzt küsse.«

Ich beuge mich grinsend vor. Tobi verdreht die Augen. Dann schließe ich meine, spüre seinen weichen Mund. Mein Plan ist, mit ihm ein bisschen zu knutschen, damit er sich abregt. Aber Tobi kennt mich viel zu gut. Bereits nach ein paar Sekunden löst er sich von mir, hält meine Hände fest, die gerade auf dem Weg zu seinem Nacken waren.

»Glaubst du, ich weiß nicht, was du da tust?«

Ich sehe ihn unschuldig mit weit aufgerissenen Augen und geschürzten Lippen an.

Da muss er lachen, nimmt meine Hand, und wir gehen endlich weiter. Wir sind auf dem Weg in den Park. Ich habe schon lange nicht mehr so eine Menge Schnee im Dezember gesehen. Der Wetterbericht sagt, dass er nicht lange liegen bleibt, also müssen Tobi und ich ihn genießen, solange er anhält.

»Ich fänd's einfach nicht gerade super, wenn ich auf deine Beerdigung müsste.«

Ich drücke ihm einen zärtlichen Kuss auf die Wange. Es ist schon süß von ihm, dass er sich Sorgen um mich macht. »Tja, ich fänd's auch nicht toll, auf deine zu müssen.«

»Da ich nicht neben der Straße turne, ist das auch eher unwahrscheinlich.« Sein Daumen streicht über meinen Handrücken, und obwohl wir bald schon ein halbes Jahr zusammen sind, löst diese Berührung ein Kribbeln wie am Anfang aus.

»Versprich mir einfach, dass du nicht stirbst.« Er zwinkert mir zu, meint es also nicht so richtig ernst. Ich spiele mit, mache eine halbe Drehung, sodass ich rückwärts vor ihm laufe und ihm in die Augen sehen kann. »Ich versprech's, wenn du es auch tust.«

Wir reden Schwachsinn. Ich könnte von einem Blitz getroffen werden, in der Dusche ausrutschen, einen Stromschlag vom Föhn bekommen ... Es gibt tausend Möglichkeiten, wie man täglich sterben könnte.

»Ich versuche es.« Plötzlich ist Tobi wieder ernst, bleibt stehen. Er nimmt nachdenklich mein Gesicht in seine Hände und küsst mich ganz zart und vorsichtig auf den Mund.

Es ist kaum mehr als ein Lufthauch, trotzdem erschaudere ich bei der Berührung. Ich liebe es, wenn er so ist. Wenn er mich so sanft anfasst, als wäre ich zerbrechlich.

Ich lasse meine Stirn gegen seine sinken, und eine Zeit lang bleiben wir so stehen. Wir sehen uns nur tief in die Augen, während sich in mir etwas löst. Keine Ahnung, was genau. Es fühlt sich nur plötzlich so an, als wäre ich leicht wie eine Feder, als würde ich schweben.

»Ich wüsste nicht, was ich machen sollte, wenn du stirbst. Okay?« Er sieht mich mit seinem eindringlichen Blick an. Als wir uns kennengelernt haben, musste ich immer zu Boden sehen, weil ich ihn nicht erwidern konnte. Inzwischen ist das anders.

Ich zwinkere ihm beruhigend, aber auch belustigt, zu. »Ich auch nicht. Also sterben wir beide am besten nicht.«

Nach einer Weile endecke ich seinen Namen auf einem schwarzen Grabstein im hinteren Teil des Waldfriedhofs. Ich spüre, wie mir bei diesem Anblick die Tränen kommen, und halte sie zurück. Ich weiß nicht, ob ich jemals aufhören könnte, wenn ich erst einmal anfangen würde.

Um mich abzulenken, betrachte ich die schneeweiße Landschaft. Die Hügel und kahlen Bäume, die ihre schwarzen Äste über die Gräberreihen strecken. Wie viele Menschen hier wohl schon um andere geweint haben?

Ich glaube, ich will es gar nicht wissen.

Wisst ihr, das Geräusch eines Schusses kann man nicht beschreiben. Der Augenblick, in dem man den Jungen, den man liebt, verliert, der Augenblick, in dem eine Waffe auf einen gerichtet wird, ist der Augenblick, der alles ändert. In dem alles, das ganze Leben, wie eine riesengroße Lüge erscheint. Was habe ich bis jetzt schon im Leben getan? Schulaufgaben geschrieben. Mit Freunden abgehangen. Lehrer verarscht. Klamotten gekauft. Auf Partys gegangen. Das alles erscheint so unwichtig. Der ganze Small Talk, mit dem wir uns durchs Leben schleppen, ist doch so unwichtig. Das alles ist so *unnötig*!

Die Menschen tun so, als würde ihr Leben davon abhängen. Doch jetzt frage ich mich, wofür ich eigentlich lebe. Was ist der Sinn des Lebens? Wozu erträgt man Schmerz und Angst, wenn einem am Ende doch nichts bleibt? Wie wird die Zukunft aussehen? Wie soll es weitergehen?

Etwas in mir hat sich verändert. In mir keimt ein Gedanke, der noch nie zuvor da war. Ich möchte aufgeben. Einfach die Decke über den Kopf ziehen und warten, dass das Leben vorbei ist. Ich will nicht mehr stark sein.

Ich wollte immer wissen, wie es sich anfühlt, älter zu werden, selbstständig zu werden, zu heiraten, alt zu sein. Jetzt möchte ich es nicht mehr. Denn ich glaube, dass mit jedem Jahr neue Hürden auf einen zukommen. Ich will nicht noch einen Tiefschlag erleben. Zum ersten Mal fände ich es nicht schlimm, wenn ich jetzt sterben würde und somit alles vorbei wäre.

Diese Trauer, die mir jedes andere Gefühl raubt und mir Tränen in die Augen treibt, verschwindet plötzlich. Dafür werde ich von einer Welle der Wut gepackt. Und noch bevor ich weiß, was ich tue, schreie ich los: »Du Arsch!«

Ja, ich schreie den Grabstein an. Zwei Gräber weiter sieht mich eine alte Frau erschrocken an. Aber es ist mir egal.

»Warum bist du gestorben!? Du hast versprochen, immer auf mich aufzupassen! Und jetzt bist du tot! Warum tust du mir das an? Warum tust du mir das an! Warum tust du mir das an? Warum tust du mir das an? Warum tust du mir das an ...« Ich werde immer leiser, am Ende murmele ich die Worte nur noch vor mich hin. Ich sinke an Ort und Stelle zu Boden und wiege mich hin und her.

Es tut weh. Es tut so weh. Er hat mich verlassen. Und er wird nie mehr zurückkommen. Nie mehr. Wird mich nicht mehr umarmen. Zum Lachen bringen. Mich trösten. Mich vor allem beschützen. Er wird mich nie wieder anlächeln. Nie wieder werde ich morgens die Augen öffnen und in sein Gesicht blicken.

Und das Schlimmste an der ganzen Sache ist, dass er für die ganze Welt verloren ist. Niemand wird ihn mehr lachen hören. Oder schreien. Oder weinen. Er ist einfach weg. Verschwunden.

»Ich vermisse dich, Tobi.« Ich drehe mich um und gehe

nach Hause. Ich zwinge mich dazu, mich nicht mehr umzusehen.

Ich bin wieder bei ihr. Ich hasse es, bei ihr zu sein. Diese Frau macht mich nervös. Sie sieht mich immer an, als könne sie mir direkt in die Seele schauen.

Heute ist es sogar noch schlimmer als sonst. Ich fühle mich in der Praxis von Dr. Frei wie ein eingesperrtes Tier. Ich stehe unter Strom, bin gereizt und fahrig. Ich habe viel zu viel Angst davor, dass sie weiß, wo ich vorhin war. Das ist total absurd, woher sollte sie es wissen? Aber der Gedanke ist trotzdem da.

Am liebsten würde ich über mich selber den Kopf schütteln. Ich habe Tobis Grab angeschrien. Was habe ich mir dabei nur gedacht?

Die letzten Wochen waren schrecklich. Trotzdem ist es heute noch schlimmer. Die ganzen Eindrücke der letzten Zeit zerquetschen mich.

Da ist diese leise Stimme in meinem Kopf. Sie fragt sich, wofür ich weitermachen soll. Es wäre so einfach, es zu beenden.

Ich rede nicht davon, mich umzubringen. Ich habe gar nicht mehr die Kraft dazu. Ich meine, gar nichts mehr zu tun. Nicht zu sprechen, nicht zu gehen, nicht zu denken, nicht zu essen. Und vielleicht sogar nicht mehr zu atmen. Mit allem aufhören. Denn was für einen Sinn hat es schon?

Sie zwingen mich dazu, jeden Morgen aufs Neue dem Alltag gegenüberzutreten. Aber ich weiß nicht, warum. Ich bin ein Zuschauer in meinem eigenen Leben.

Und immer wieder diese eine Frage: *Sind wir schuld?*

Ich würde so gerne sauer auf Joanne sein, weil sie mir diese

Frage gestellt hat. Doch ich habe sie ja gedrängt, mit mir zu reden. Ich wollte es ja unbedingt.

Nun spukt sie in meinem Kopf herum, wird lauter und lauter. *Sind wir wirklich schuld?*

Ich sehe Matias' Gesicht vor mir, am ersten Tag in der fünften Klasse. Im September, als ich ihm einen Korb gab. All die Male, die er ausgelacht wurde.

Und dann sehe ich sein Gesicht in dem Moment, als er die Waffe auf mich richtete. So anders. So … kalt. Es stand ein anderer Mensch vor mir. Ein Matias Staudt, den keiner von uns davor zu Gesicht bekommen hatte.

Diese Gedanken erdrücken mich.

Und nun sitze ich bei dieser Frau, die mich so genau mustert, als wisse sie schon längst, was in mir vorgeht.

»Was hast du heute so gemacht, Miriam?«, fragt sie mich in diesem Moment.

Was für eine dumme Frage. Ich hab den ganzen Tag neben der stummen Joanne gesessen und die Tür im Auge behalten, damit kein Mörder mit einer Waffe unbemerkt ins Klassenzimmer schleicht. Und danach hab ich das Grab meines toten Freundes angeschrien. Was will diese Frau also von mir hören?

»Du siehst sehr bedrückt aus, Miriam.«

Ach, wirklich? Immer diese schlauen Aussagen. Und für so einen offensichtlichen Mist wird man ernsthaft bezahlt? Kein Wunder, dass es so viele Psychologen gibt. Reden den ganzen Tag Blödsinn und verdienen gut daran.

»Hab ich dir schon einmal von den Gruppentherapien erzählt, die für die Schüler deiner Schule angeboten werden?«

Ich schnaube. »Nein, und das kann gerne so bleiben.«

»Jeder ist anders. Manchen tut eine Einzeltherapie am

besten, anderen eher Gruppengespräche. Du könntest beides einmal versuchen.« Dr. Frei sieht mich schon wieder mit diesem eindringlichen Blick an.

Will sie mich loswerden? Ich muss echt ein deprimierender Mensch geworden sein, wenn sogar meine Psychologin mich abschieben will.

Gruppentherapie. Noch mehr Gerede. Das ist das Letzte, was ich augenblicklich gebrauchen kann. Sie kann sich also ihre Vorschläge sonst wo hinschieben.

»Sag ruhig, was du darüber denkst.« Sie lächelt mich aufmunternd an.

Ich kann nicht genau beschreiben, was in mir vorgeht. Plötzlich ist da diese unglaublich große Wut. Ihr Satz lässt mich, bildlich gesprochen, rotsehen. Etwas drückt gegen meine Magengrube, mein Mund verzieht sich zu einem Strich, und bevor ich weiß, was ich überhaupt mache, beginne ich sie anzuschreien. Wörter, die ich wochenlang zurückgehalten habe, sprudeln über meine Lippen, unkontrolliert und unüberlegt.

»Ich kann Ihnen sagen, was ich will?! Ich darf eine Meinung dazu haben? Ich habe es so satt, dass alle mir sagen, wie ich mich zu verhalten habe! Und dass Sie mich auffordern, zu jedem Scheißgefühl eine Meinung zu haben! Keiner weiß, wie es mir wirklich geht! SIE AUCH NICHT! ALSO HALTEN SIE IHRE KLAPPE! ICH WILL EINFACH NUR, DASS ES STILL IST!«

Ich atme schnell, mein Brustkorb hebt und senkt sich. Ich bin wie ein Zuschauer in diesem Moment. Überrascht und erleichtert beobachte ich dieses Mädchen, das seine Psychologin anschreit, die Augen weit aufgerissen, im Gesicht kreideweiß.

Ich sehe, dass alle Anspannung der letzten Wochen aus dem Mädchen weicht, es stößt die Wörter immer schneller hervor: »Niemand akzeptiert, dass ich nicht mehr dieselbe bin. Was haben die sich gedacht? Dass ich weitermache wie davor?! … Und dann holen sie auch noch meine *Mutter*! ICH KANN NICHT MEHR … Mein Freund wurde vor meinen Augen erschossen, und ich habe nichts unternommen, ICH HABE IHM NICHT GEHOLFEN! Meine beste Freundin redet nicht mehr, Sophia ist zum Junkie mutiert, Tanja ist nicht mehr da!!! In der Schule ist die Hölle los! ICH HABE VOR ALLEM ANGST!!!« Meine blauen Augen starren Dr. Frei entsetzt an. »Matias Staudt hat mich angeschossen. Seine Waffe war auf mich gerichtet … Ich kann nicht mehr …«

Ich schlage meinen Hinterkopf hart gegen die Wand. Der dumpfe Aufprall bringt mich wieder zu vollem Bewusstsein. Entsetzt sehe ich auf meine zitternden Hände, dann auf meine Beine. Ich zittere am ganzen Körper. Warum zittere ich?

Ist es still im Zimmer? Ich kann es nicht sagen. In meinen Ohren rauscht ein Wasserfall. Ist es kalt? Mein Körper ist taub. Vor meinen Augen ist ein Schleier, ich sehe alles verschwommen.

Dreht sich die Welt weiter? Ich habe gerade Sachen ausgesprochen, von denen ich mir sicher war, sie tief ins Innere eingeschlossen zu haben, unsichtbar für alle anderen.

»Doch, Miriam, du kannst.« Die Stimme von Dr. Frei scheint von weit her zu kommen. »Du machst das sehr, sehr gut. Es wird besser werden.«

Wir fürchten uns oft davor, Dinge auszusprechen, weil wir erwarten, dass sie uns ins Verderben stürzen könnten. Dass danach alles ein schreckliches Ende nimmt. Weil man es nie mehr zurücknehmen kann. In Wahrheit geht es immer weiter.

Dr. Frei reicht mir ruhig ein Glas Wasser, mein Ausbruch hat sie kein bisschen verunsichert.

»Besser?«, fragt sie freundlich.

Zu meinem eigenen Erstaunen nicke ich.

11

Ich bin wieder bei Dr. Frei. Wir sitzen auf den bequemen Sesseln, trinken Früchtetee mit viel Zucker und hängen unseren Gedanken nach. Na ja, besser gesagt hänge ich meinen Gedanken nach. Dr. Frei beobachtet mich.

Ich habe den Drang, mit ihr zu reden. Inzwischen verärgert es mich nicht mehr. Ich bin es leid, auf alles und jeden wütend zu sein. Ich will nicht mehr wütend sein. Ich will stattdessen meine Ruhe. Egal, wie. Dass ich sie vor ein paar Tagen angeschrien habe, hat alles anders gemacht. Ein großer Teil meiner Last ist weg. Ich fühle mich leichter. Und nicht so alleine. Zum ersten Mal habe ich ein ganz kleines bisschen das Vertrauen in mich, dass ich es vielleicht sogar schaffen könnte. Ich mache den Mund auf und wieder zu.

Dr. Frei hat es gesehen. Sie lächelt mich aufmunternd an. Na gut, manchmal muss man etwas wagen.

»Kann ich Ihnen etwas erzählen?«

»Ja, klar.«

Sie nickt mir bestärkend zu, und obwohl ich diese Frau noch nicht lange kenne, glaube ich ihr.

»Ich war an Tobis Grab.« Kurz stocke ich. Die Trauer droht mich zu überwältigen, doch ich schlucke und spreche weiter, bevor ich es mir anders überlege. »Ich habe ihn angeschrien. Ihm Vorwürfe gemacht, weil … weil er jetzt …«

Ich atme tief durch. Dr. Frei unterbricht mich nicht, und dafür bin ich ihr sehr dankbar. »Jedenfalls war ich so wütend. Auf ihn, auf alle. Und auf Matias Staudt … aber am wütendsten bin ich auf mich selbst. Und ich verstehe überhaupt nicht, warum ich mich so verhalte. Warum ich meinen Vater ignoriere und Tobi anschreie und zu meiner ganzen Familie so gemein bin. Ich will das doch gar nicht. Ich liebe sie alle doch.«

Dr. Frei hört geduldig zu. Sie unterbricht mich nicht. Und sie tröstet mich auch nicht, als ich anfange zu weinen. Und da fällt mir etwas auf. Mir wird bewusst, dass ich seit dem Amoklauf nicht geweint habe.

Das macht das Ganze noch schlimmer, und ich weine noch mehr. Ich weine um Tobi, um meine Freundinnen, die zwar noch leben, aber trotzdem für mich verloren sind. Ich weine um mich und um all die anderen, die erlebt haben, was ich erlebte. Und ich weine, weil ich es nicht mehr aufhalten kann.

Dr. Frei wartet, bis ich mich etwas beruhigt habe. Sie gibt mir ein Taschentuch. »Es ist okay, wenn du wütend bist. Wut ist gut für den Anfang. Das zeigt, dass du dich mit dem Vergangenen beschäftigst. Du musst dich dafür nicht schämen.«

Ich sage nichts dazu. Ich grübele vor mich hin, und Dr. Frei lässt mich. Nach einer Weile sage ich: »Aber in der Schule versuchen alle so zu tun, als wäre alles in Ordnung und wie immer.«

Sie schürzt kurz die Lippen.

»Das ist ja vielleicht auch verständlich.«

»Ach ja?«

»Ja. Jeder reagiert anders auf Gewalt. Aber es ist immer am einfachsten, sich nicht weiter damit auseinanderzusetzen. So zu tun, als ginge es einem gut. Du zeigst schließlich auch anderen nicht gerne, wie es in dir drinnen aussieht, oder?«

Ich lache auf. Es ist kein nettes Lachen. Es ist gemein und irgendwie auch angsteinflößend.

»Es geht keinen von denen etwas an.« Einen Augenblick lang schweigen wir. Dann fragt Dr. Frei: »Machst du deinem Freund Vorwürfe, weil er gestorben ist?«

Ich überlege kurz. »Ich weiß, das klingt grausam, aber manchmal wünschte ich, ich könnte ihn dafür hassen. Dann würde es nicht so wehtun.«

Ich mache keinen Versuch, es weiter zu erklären. Dr. Frei scheint es auch so zu verstehen. Sie sieht mich freundlich an und fragt sanft: »Wie war Tobi denn so?«

Ich fange an, an ihn zu denken, und im selben Moment ergreift mich diese Mischung aus Trauer und Seligkeit. »Er war … anders als alle anderen Jungs, die ich je kennengelernt habe. Zum ersten Mal *wirklich* gesehen habe ich ihn in Spanien im Sommer. Wir gingen zwar auch in dieselbe Schule, aber bis dahin war er mir nie aufgefallen …«

Ich bin so wütend!

Dad und ich sind nach Spanien geflogen, um den Alltagsstress hinter uns zu lassen und Spaß zu haben. Aber seitdem wir hier sind, klingelt alle fünf Minuten sein Handy!

Ich stapfe über den Sand. Es ist noch sehr früh am Morgen, erst sieben Uhr, und es ist fast niemand am Strand. Obwohl die Sonne gerade erst aufgeht, friere ich nicht in den knappen Shorts und der weißen Tunika. Man kann schon jetzt fühlen, dass dieser Tag noch heißer wird als die letzten zwei. Ich habe meine langen blonden Haare schnell zu einem unordentlichen Zopf geflochten und trage eine große Sonnenbrille.

Nicht genug, dass jemand um *sieben Uhr* bei uns anruft, nein, Dad schickt mich auch noch raus!

Wütend kralle ich mir eine Muschel und schmeiße sie ins Meer, während ich laut schreie: »Scheiß Welt, scheiß Urlaub!«

Erschrocken fliegen ein paar Vögel auf.

»Hey, Süße, wenn du nur halb so laut bist, könnten die anderen Strandgäste sich auch entspannen.«

Genervt drehe ich mich zu der Stimme um, die so überaus intelligente Kommentare abgibt. Sie gehört einem Jungen, der auf einem Felsen sitzt und hinaus aufs Meer schaut. Er hat braune Haare und einen braun gebrannten Körper. Außer einer abgerissenen Jeans trägt er nichts. Als er mich ansieht, vergesse ich zu atmen. Er hat so wunderschöne Augen. Die wunderschönsten Augen, die ich je gesehen habe.

Ich setze gerade zu einer bissigen Antwort an, als ich stocke.

»Hey, gehen wir nicht auf dieselbe Schule?«

Jetzt überlegt er einen Moment. »9c?«

Ich nicke. »Und du? 10 ...?«

»10a«, hilft er mir. Jetzt lächelt er mich an. »Ich bin Tobi.«

»Miriam.« Tobi macht mir auf dem Felsen Platz, und ich setze mich neben ihn.

»Also, ich finde Spanien gar nicht so übel. Was ist denn daran so scheiße?« Er benutzt genau meine Wortwahl und lächelt mich dabei schief an. Ich merke, wie mir das Blut in die Wangen schießt, und sehe schnell aufs Meer hinaus, damit er es nicht merkt.

»Mein Dad hat mich aus dem Hotelzimmer geworfen, weil er arbeiten muss. Genauso wie die letzten Tage«, füge ich hinzu und verdrehe die Augen.

»Und deshalb willst du dir jetzt *deinen* Urlaub verderben lassen?«

Es ist nicht so einfach, wie es bei diesem Jungen klingt. Mein Dad ... na ja, er arbeitet eben immer. Ich kann mich nicht erinnern, wann er das letzte Mal wirklich freihatte. Offiziell nimmt er sich ja seinen Urlaub. Nur hängt er dann den ganzen Tag an seinem Handy, weil es irgendwelche Dinge zu klären gibt. Erst kommt die Arbeit, dann ich.

»Sieht so aus, oder?« Ich zucke mit den Schultern.

Überrascht sehe ich auf, als eine Hand in mein Sichtfeld kommt, die mir die Sonnenbrille von den Augen nimmt. Ich muss blinzeln.

»Dagegen können wir bestimmt etwas unternehmen.« Tobi zwinkert mir verschmitzt zu.

Ich sehe ihn spöttisch an. »Nutzt du etwa meine verzweifelte Lage aus?«

Er springt auf, greift meine Hand und zieht mich mit sich.

»Was machst du da?«

»Dafür sorgen, dass du dir deinen Urlaub nicht verdirbst!«

Er führt mich zum Hotelausgang. Mein Dad fände es bestimmt nicht lustig, dass ich mit einem fremden Jungen mitgehe. Aber der ist ja beschäftigt.

»Wohin gehen wir? Ich hab überhaupt nichts dabei.«

»Das macht nichts. Ich zeig dir den Markt.«

»Und dann saß er da einfach, mit seinem unglaublich süßen Lächeln. Und dann hat er dafür gesorgt, dass mein Urlaub toll wurde, obwohl mein Vater fast die ganze Zeit gearbeitet hat.« Meine Stimme bricht, und es kommen schon wieder diese dummen Tränen!

Ich atme tief ein und aus und versuche, mich zu sammeln.

»Er ist zwei Tage vor mir abgereist. Davor hat er mir seine Handynummer gegeben. Das Erste, was ich zu Hause gemacht habe, war, Tobi anzurufen. Und dann hat sich das mit uns entwickelt. Er hat mir immer ein Gefühl von Geborgenheit gegeben. Etwas, was ich davor sehr lange Zeit nicht mehr gefühlt hatte.«

Und jetzt nie wieder fühlen werde.

»Was würdest du ihm sagen, wenn du ihn noch einmal sehen könntest?«

Darüber brauche ich nicht lange nachzudenken. »Dass ich ihn liebe. Und dass er mir in einer Welt, die ich ungerecht fand, Boden unter den Füßen gegeben hat. Und natürlich, dass ich ihn furchtbar vermisse.«

»Dann sag ihm das.«

»Wie denn?«

»Schreib es auf. Du kannst Tobi einen Brief schreiben. Für dich ist das dann wie ein offizieller Abschied.«

Aber dieser Abschied bedeutet, zu akzeptieren, dass man jemanden nie wiedersieht … Ich flüstere leise: »Und wenn ich mich nicht verabschieden will?«

12

Kennt ihr diese Nächte, in denen man hundemüde ist, aber nicht einschlafen kann? In denen man sich ewig umherwälzt, einem abwechselnd heiß und kalt wird. In denen man Angst vor der Dunkelheit hat und deshalb das Licht anmacht. Und dann das grelle Licht wieder ausmacht, weil man davon Kopfschmerzen bekommt. Kennt ihr diese Nächte, in denen man sich nichts sehnlicher wünscht als den Morgen und sich gleichzeitig vor nichts mehr fürchtet?

So eine Nacht ist das heute für mich. Das Gespräch mit Dr. Frei hat mich aufgewühlt. Einerseits fühle ich mich jetzt besser, weil ich so vieles ausgesprochen habe. Aber andererseits spüre ich nun deutlich, dass mir noch immer etwas auf der Seele liegt, worüber ich mit niemandem sprechen kann.

Ich denke die ganze Zeit an Tobi und den Urlaub in Spanien. Und an die zwei Tage, die ich ohne ihn verbringen musste, weil er vor mir abgereist ist. Gott, diese zwei Tage wollten einfach nicht vergehen! Am liebsten hätte ich mich damals in den nächsten Flieger gesetzt und wäre sofort zurück nach Deutschland geflogen.

Ich nehme mein Handy vom Nachttisch und drücke die Zwei. Inzwischen weiß ich, dass es genau sechzehn Sekunden dauert, bis seine Mailbox angeht. Dann kommen die Sätze, die ich mittlerweile auswendig kann: »Hi, hier ist Tobi. Ich kann grad nicht an mein Handy gehen, aber mach dir bloß nicht die Mühe, mir eine Nachricht zu hinterlassen. Ich hör die Mailbox eh nie ab.«

Ich lege auf und drücke die Kurzwahl gleich noch einmal. Wieder dauert es sechzehn Sekunden, wieder höre ich seine Stimme. Meine Lippen sprechen lautlos mit.

Nachdem ich bei Dr. Frei geweint habe, kommen mir ständig die Tränen. Ich kann gar nicht mehr aufhören.

Immer wieder drückt mein Finger automatisch die Zwei, so lange, bis ich Tobis Stimme nur noch am Rande meines Bewusstseins wahrnehme. Es ist wie eine Sucht, ich kann es nicht stoppen.

Immer wieder höre ich seine spöttische Stimme. Traurig denke ich daran, dass diese Sätze die einzigen sind, die ich noch von ihm hören kann. Dieselben drei Sätze für den Rest meines Lebens. Kein *Ich liebe dich* mehr, kein Lachen. Nur drei dumme Sätze, die auf einer Mailbox gespeichert sind.

Irgendwann höre ich auf, seine Nummer zu wählen. Das Handy lasse ich auf die Bettdecke fallen. Ich starre hinaus in die Nacht und wünsche mir, ich könnte die Sterne sehen. Aber die Wolken verdecken sie. Wenn es wenigstens schneien würde. Doch die fetten, roten Wolken hängen einfach nur so über dem Himmel und versperren die Sicht auf die Sterne.

Plötzlich muss ich an ein Lied denken. *Life Without You* von Stanfour. Ich mochte das Lied schon immer. Aber ich hatte nicht gewusst, wie nahe es der Wahrheit kommt.

Ich seufze und drehe mich auf den Rücken. Kann man an Einsamkeit sterben? Ich glaube schon. Und ich habe mich noch nie in meinem Leben so einsam gefühlt wie jetzt. Tobi ist weg. Joanne ist unerreichbar. Ich bin alleine.

Mir ist heiß, und ich strampele die Decke weg. Dann drehe ich mich wieder auf die Seite. Dabei betrachte ich die Umrisse meines Zimmers. Ein Teil von mir will gar nicht einschlafen, weil ich die Albträume nicht mehr ertrage. Aber ein anderer Teil möchte endlich Frieden, weil ich mich so kaputt und leer fühle.

In meinem Kopf spielt sich wieder der Tag des Amoklaufs ab. Ich sollte es lassen, das weiß ich. Aber ich kann nicht. Ich muss über einen Satz nachdenken. Den einzigen Satz, den Joanne seit diesem Tag an mich gerichtet hat.

Sind wir schuld?

Wir waren fies zu Matias. Aber das ist doch noch lange kein Grund, uns allen so etwas anzutun.

Sind wir schuld?

Mir fällt wieder etwas ein, was ich schon fast vergessen hatte. Es ist schon eine Weile her. Tobi und ich waren gerade erst zusammengekommen. Wir haben es beide gleich danach vergessen. Matias bestimmt niemals.

»Ah, lass das!«, kreische ich. Tobi hat den Arm um meine Taille gelegt und kitzelt mich. Er lacht, und ich schmiege mich noch fester in seinen Arm. Wir schlendern durch die Stadt. Es ist ein schöner Sommertag. Ich trage ein kurzes Sommerkleid und habe wieder meine große Sonnenbrille auf dem Kopf, während Tobi eine karierte kurze Hose und ein weißes T-Shirt mit Aufdruck trägt. Er hat seine Pilotensonnenbrille auf.

Mir ist bewusst, dass wir ein attraktives Paar sind: Er groß, braun gebrannt, mit hellbraunen Haaren und tiefgründigen grünen Augen. Und ich dunkelblond, nachtblaue Augen. Ich bin genau einen Kopf kleiner als er, und meine weiblichen Rundungen passen perfekt zu seinem muskulösen Oberkörper. Wir sehen zusammen toll aus. Jeder dreht sich nach uns um.

Ich habe ein schönes Leben. Bin beliebt, habe den perfekten Freund, die tollste beste Freundin der Welt. Ich habe keine Mutter, die Stress macht wie Joannes. Ich fühle mich einfach wunderbar und zeige das auch allen mit einem großen Lächeln, das der Sonne selbst Konkurrenz macht.

Tobi und ich wollen Eis essen gehen. Und dann in den Park. Dort werden wir uns auf die Wiese legen. Reden, knutschen ... ganz sicher knutschen!

»Joanne war total sauer. Du weißt schon, gespielt sauer. Eigentlich freut sie sich ja für uns.«

Tobi lächelt und drückt mir einen Kuss aufs Haar. »Weißt du, einer meiner Kumpels steht voll auf sie. Wir können ja mal ein bisschen Amor spielen und ein Date arrangieren. Oder wir machen mal was zu viert, ohne die beiden einzuweihen.«

»Klar. Wer ist es denn?«

Tobi will gerade antworten, da läuft ein Junge direkt in mich hinein. Ich falle hin und verknackse mir dabei natürlich den Fuß. Sofort beginnt er zu pochen. Na super, der wird bestimmt schön blau und grün und gelb.

»Oh ... tut mir leid ... Ich ... also ... ich hab dich nicht gesehen. Tut ... ich meine ...«

»Hey, Mann! Kannst du nicht aufpassen, Fettsack?! Du hast gerade meine Freundin geschubst!«

Ich blicke auf. Der Junge, der mich gerammt hat, ist Matias Staudt. Ein Loser aus meiner Schule, der sich mit seinen beiden Loser-Freunden immer auf dem Jungsklo im ersten Stock vor uns versteckt.

Tobi hält mir die Hand hin und hilft mir auf. Das Auftreten tut weh. »Na, das hast du ja echt super hingekriegt. Mein Knöchel ist bestimmt verstaucht. Kannst du mir sagen, wie ich jetzt nach Hause kommen soll?«

»Äh ... ich ... meine Mutter ... könnte vielleicht ... ihr Auto.«

»Deine Mami?«, fragt Tobi verächtlich. »Spar's dir. Da trag ich Miriam lieber nach Hause. Die kriegt ja einen Schock, wenn es in dem Auto genauso stinkt wie du. Wirklich, schon mal was von 'ner Dusche gehört? Oder Deo? Soll allgemein helfen.«

Ich schnaube. Jetzt wird es echt lächerlich. »Komm, lass uns gehen, Tobi. Bei dem bringt das ja nichts.«

Wir gehen einfach, lassen einen stammelnden Matias zurück. Ich bin sauer auf Staudt. Der ganze schöne Nachmittag ist wegen dem im Eimer. Stattdessen müssen Tobi und ich nach Hause und meinen Fuß bandagieren. Klasse. Wirklich. Leute wie Matias Staudt sollten auf eine Sonderschule für gestörte Kids. So ein Depp.

Die Frage, die mir Joanne gestellt hat, hallt in mir nach.

Sind wir schuld?

Aber ich erlaube mir nicht, darüber nachzudenken. Ich suche keine Antwort darauf. Denn ich fürchte mich davor. Ich fürchte mich so sehr davor.

Sind wir schuld?

Ich ziehe die Decke wieder hoch, weil mir kalt wird. Eigentlich ist es ja egal, was ich mache. Es ist egal, was ich denke. Es wird immer wehtun. Es wird mich immer daran erinnern, was ich verloren habe und nicht wiederhaben kann. Egal, ob ich esse oder lerne oder lese, ich werde nicht vergessen können. Es klebt an mir wie ein Schatten.

Ich kann nicht einmal sagen, ob es überhaupt eine Rolle spielt, wer schuld ist. Denn so oder so, ändern lässt es sich nicht mehr. Ich werde es nie mehr vergessen können. So wie alle anderen, die an diesem Tag in der Schule waren. Doch am allerwenigsten kann ich diese Frage vergessen.

Mir wird schon wieder heiß, und ich lasse meine Beine aus dem Bett hängen. Dann drehe ich mich auf den Bauch. Ich atme tief ein und stelle mir beim Ausatmen vor, dass all meine Gefühle und Erinnerungen dabei entweichen.

In meinem Traum bin ich alleine. Um mich herum sind Spiegel. Rechts, links, oben, unten, vorne und hinten. Ich bin in einem kleinen Raum eingesperrt, der aus Spiegeln besteht.

Nur wirkt der Raum nicht klein, weil sich alles unendlich spiegelt. In meinem Traum habe ich noch lange blonde Haare und trage ein langes, weißes Kleid. Meine Augen sind vor Schreck geweitet. Ich habe das Gefühl, in dem Raum keine Luft zu kriegen, und schlage gegen die Spiegel. Aber egal, wie viel Kraft ich auch aufwende, ich komme nicht frei.

Ich bekomme richtig Panik, ringe nach Luft. Da bewegt sich eins meiner Spiegelbilder. Es baut sich vor mir auf und sagt: »Na, Miriam? Was soll das denn? Versuchst du immer noch, dir einzureden, dass du das unschuldige kleine Mädchen bist? Wir beide wissen es doch besser.«

Und mit diesen Worten reißt es mir die langen Haare vom Kopf, und zurück bleiben die kurzen roten Haare.

Verängstigt drehe ich mich um. Doch da wartet schon ein weiteres Spiegelbild auf mich. Es lächelt genauso böse wie das erste und fängt an, an meinem Kleid zu ziehen.

»Was soll das, Miriam? Weiß, das ist die Farbe der Reinheit. Ich glaube, diese Farbe passt besser zu dir.« Mit einem Ruck zieht es mir das weiße Gewand vom Leib, und zurück bleibt ein schwarzes Kleid. Der schwarze Stoff klebt an meiner Haut und fühlt sich so unangenehm an, dass ich ihn runterreißen möchte. Aber egal, wie sehr ich ziehe und zerre, das Kleid haftet an meinem Körper.

Ich sinke zusammen und verberge mein Gesicht in dem schwarzen Stoff. Ganz fest umklammere ich meine Beine und beginne zu weinen.

Ein Geräusch lässt mich erstarren. Das Geräusch hallt, obwohl der Raum eigentlich so klein ist. Es ist ein Klicken. Ein Klicken, das nur entsteht, wenn man eine Waffe lädt.

Zitternd sehe ich hoch. Mein Herz schnürt sich zu, als ich meine unendlich vielen Spiegelbilder sehe, von denen jedes eine Waffe auf mich richtet.

Als sie auf mich schießen, trifft mich jede einzelne Kugel. Die Spiegel zerspringen in Tausende kleine Scherben. Klirrend fallen sie zu Boden und versinken in meinem Blut.

»Guten Morgen, wie hast du geschlafen?«

Auf die Frage meines Vaters antworte ich nur mit einem Grunzen. Lustlos hole ich mir einen Joghurt aus dem Kühlschrank und beginne, darin herumzurühren. Ich habe null Hunger.

»So schlimm?« Dad tritt auf mich zu und befühlt meine Stirn. Eins muss man ihm lassen: Er gibt sich echt Mühe. Viel mehr als früher. Aber das vertreibt nicht die Träume und die Einsamkeit.

»Du siehst nicht gut aus. Vielleicht sollten wir zum Arzt gehen.«

Ich schlage verärgert seine Hand weg. »Und was soll der machen? Feststellen, dass ich unter Schlafstörungen leide und ein paar psychische Probleme habe?«

Dad verzieht gequält das Gesicht.

Okay, ich mache es ihm echt nicht leicht. Aber ich habe keine Lust auf Gesellschaft, Small Talk oder Arztbesuche. Ich hasse Arztbesuche! Da sitzt man zwei Stunden im Wartezimmer, fängt sich irgendwelche Bazillen von fremden Leuten ein, verbringt dann fünf Minuten in einem stinkenden Behandlungszimmer und wird nach Hause geschickt, ohne dass es etwas genützt hat.

»Wirklich, Dad«, füge ich etwas ruhiger hinzu. »Ein Arzt kann mir nicht helfen. Das wissen wir doch beide.«

»Ich will aber nicht nur untätig dabei zusehen, wie du leidest. Vielleicht solltest du einen zusätzlichen Termin bei Dr. Frei ausmachen.«

Um ihn etwas zu beruhigen, sage ich: »Okay, ich frag sie mal.«

Er nickt. Er scheint sich davon zwar nicht wirklich überzeugen zu lassen, gibt aber Ruhe.

Weil ich genau weiß, dass mir später übel wird, wenn ich jetzt nichts esse, würge ich den Joghurt runter. Dann schnappe ich mir meine Tasche und gehe zur Schule.

Vor dem Schulgebäude steht Sophia, sie kifft. Mit schnellen Schritten möchte ich mich an ihr vorbeidrücken. Aber Sophia packt mich am Arm und zieht mich zu sich.

Sie bläst mir den ekelhaften Rauch ins Gesicht und lacht. »Miriam, Mann, mach dich mal locker. Ich meine, sieh dich doch mal an. Tiefe Ringe, eingefallene Augen. Zhhh.« Gespielt entsetzt schüttelt sie den Kopf.

Ich sehe sie mit hochgezogener Augenbraue an und frage mich, ob sie das jetzt ernst meint. Schließlich ist sie es, die bis zum Himmel stinkt, seit einer Woche dieselben Klamotten trägt und schrecklichen Mundgeruch hat. »Dasselbe könnte ich dir sagen. Schon mal was von sanitären Anlagen gehört?«

Sophia lacht darüber, als wäre es ein guter Witz. Ich bekomme langsam Zweifel, ob Sophia überhaupt etwas ernst nehmen kann. Wahrscheinlich ist sie so high, dass das unmöglich ist.

»Du denkst, dass ich ein stinkender Kiffer bin«, meint sie plötzlich erschreckend ernst. Sie hat recht, das denke ich wirklich. Traurig schüttelt sie den Kopf. »Immer noch besser als ein gestörter Psycho wie Joanne oder ein trauerndes Nervenbündel wie du. Weißt du, es ist so viel leichter. Und angenehmer.«

»Du zerstörst dir damit dein Leben.«

Sophia lacht schon wieder. Langsam macht es mir Angst. »Ist das dein Ernst? Sieh dich um, Miriam, unser Leben ist doch schon zerstört. Ich versuche nur, so wenig wie möglich davon an mich ranzulassen. Probier doch auch mal, danach geht es viel leichter.«

Es klingt so verlockend, dass ich nicht weiß, was ich getan hätte, wenn in diesem Moment nicht Vanessa aufgetaucht wäre. Sie packt mich am Arm und sagt zu Sophia: »Süße, mach dich ruhig kaputt, wenn es dir Spaß macht, aber lass uns aus der Sache raus.«

Vanessa zieht mich mit sich. Sophia lacht immer noch und ruft mir hinterher: »Du weißt, wo du mich findest!«

»Ganz sicher nicht«, murmelt Vanessa. Wir gehen ins Klassenzimmer und setzen uns auf die Fensterbank.

Vanessa schüttelt den Kopf. »Wir beide sind von uns fünf die Einzigen, die noch einigermaßen normal sind. Ich lass nicht zu, dass Sophia dich da mit reinzieht.«

»Aber sie hat doch recht. Unser Leben ist versaut.«

Vanessa streicht mir die Haare zurück, so, wie sie es früher auch getan hat. »Es geht immer noch weiter abwärts.«

»Auch bei Sophia?«

Vanessa überlegt einen Moment, dann sagt sie: »Sie könnte was mit Jan anfangen.«

»Iihh!«, schreie ich, und eine kurze, einzelne Sekunde lang ist es fast so wie früher. Es fehlt nicht mehr viel, und Vanessa und ich würden anfangen zu lachen. Es klingelt zum Unterrichtsbeginn, und wir setzen uns auf unsere Plätze. Neben mir sitzt Joanne. Ich mache mir wirklich Sorgen um sie. Sophia hat recht, Joanne ist ein Psycho. Dagegen sehe ich erholt und ausgeglichen aus. Gerne würde ich sie fragen, wie es ihr geht. Aber sie reagiert ja eh nicht. Genauso gut könnte ich mit einer Wand reden.

Wie sehr sehne ich mich nach dem Frühling. Nach der wärmenden Sonne, den blühenden Blumen, grünen Bäumen, singenden Vögeln. Wie sehr sehne ich mich nach Erdbeeren, Schmetterlingen und fließenden Bächen. Wie sehr sehne ich mich nach ein bisschen Wärme. Wer weiß, vielleicht könnte sie sogar das Eis in meinem Herzen schmelzen.

Die ersten beiden Stunden vergehen. Ich kann dem Unterricht nicht wirklich folgen. In Gedanken bin ich immer noch bei Sophia und Joanne. Meinen besten Freundinnen. Was ist nur aus ihnen geworden?

In der Pause sitzen Vanessa und ich draußen auf dem Pausenhof und frieren. Wir reden kaum. Und wenn, dann nur über den Unterricht. Ich bin so froh, als es klingelt. Wir haben eine Freistunde. Ich setze mich in die Mensa (natürlich auch nur ein Container) und mache Hausaufgaben. Vanessa setzt sich zu mir, holt auch ihre Hefte raus.

»Weißt du, worauf ich mich am meisten freue, wenn ich mit der Schule fertig bin?«

Ich schüttele den Kopf.

»Kein Latein mehr zu haben. Es ist so eine schreckliche Sprache! Wer hat sich die überhaupt ausgedacht! Und dann heißt es auch noch, es ist so eine logische Sprache. Absolut logisch, wenn es überall tausend Ausnahmeregeln gibt.« Sie schüttelt den Kopf.

Ich muss tatsächlich ganz leicht grinsen. Diese Rede hat Vanessa früher auch schon immer gehalten.

»Das musst ausgerechnet du sagen! Du hast nur Einser und Zweier.«

Vanessa nickt. »Ja. Und jetzt weiß ich auch, was ich damit anfangen will. Die Schule ist echt eine Qual, aber ich ziehe es durch. Und dann werde ich Ärztin.«

Ich sehe sie fragend an. Sollte mich das jetzt überraschen? Wir wussten ja schon immer, dass *Vanessa die Verständnisvolle* ein kleines Helfersyndrom hat.

»Und dann lasse ich mich nach Afghanistan versetzen.«

Beinahe hätte ich mich verschluckt. »Was?«, bringe ich hervor. »Findest du das nicht … ein bisschen extrem?«

»Überleg doch mal, Miriam. Die Kinder dort drüben erleben noch viel Schlimmeres als wir. Die verlieren ihre Eltern und Geschwister, ihr Zuhause. Sie sind todkrank oder verletzt, und niemand hilft ihnen. Ich will ihnen helfen, verstehst du?«

Ich nicke. Aber ob ich es wirklich verstehe, weiß ich nicht. Vanessa will freiwillig in ein Kriegsgebiet. Und den Leuten dort helfen, weil es ihnen noch schlechter geht als uns. Ich habe mir keinen einzigen Gedanken über andere gemacht. Nicht seit dem Amoklauf. Ich habe die Zeit damit verbracht, mir selbst leidzutun. Und mir eingeredet, dass mich niemand verstehen kann. Ich beuge mich über mein Heft und sage nichts mehr zu dem Thema.

Doch Vanessas Plan lässt mich nicht mehr los. In Geschichte und Englisch denke ich an nichts anderes. Dann packe ich meine Sachen zusammen und gehe.

In der Eingangstür drückt sich ein Mädchen an mir vorbei. Aus den Augenwinkeln sehe ich schwarze Haare, dunkle Haut. Überrascht schaue ich auf. Das Mädchen ist Philipp Schwarz' Freundin … gewesen.

Ein Bild durchzuckt mich. Schatten, die unter dem Rand der Klokabine zu sehen sind. Schießpulver, das sich mit dem Geruch von dreckigen Schulklos vermischt. Ein dumpfer Aufschlag.

Beschämt senke ich meinen Blick wieder. Ich würde es nicht schaffen, ihr in die Augen zu schauen. Ich kenne nicht einmal den Namen dieses Mädchens.

Trotzdem teilen wir etwas miteinander. Unsere Freunde. Unsere toten Freunde, beide erschossen von Matias Staudt. Wir müssen beide damit zurechtkommen. Sie versteht mich besser als jede andere.

Aber auch sie hat nicht gesehen, was ich gesehen habe. Was würde sie sagen, wenn sie wüsste, dass ich nichts unternommen habe, um ihren Freund zu retten? Wie würde sie reagieren? Sicherlich würde sie es nicht verstehen. Sie würde mir Vorwürfe machen.

Ich wünschte, ich könnte die Zeit zurückdrehen. Denn nun würde ich mich anders entscheiden. Jetzt ist es zu spät. Sie darf es niemals erfahren. Niemand darf das.

13

Im Fernsehen läuft nur Schrott. Wenigstens eine Sache, bei der meine Mom und ich uns einig sind. Entsetzt schaltet sie den Fernseher wieder aus. »Meine Güte, wozu hat man den Kasten überhaupt?«

Ich zucke mit den Schultern. »Um langweilige Richtersendungen und schlecht gemachte Arztserien zu sehen.«

Meine Mutter schüttelt den Kopf. »Wenn man schon Arztserien gucken muss, dann *Grey's Anatomy.*«

Ich nicke nur zustimmend. Sie sieht mich verwundert an. »Ist irgendwas passiert? Du bist heute so …« Sie sucht nach den richtigen Worten. »Du hast mir noch kein einziges Schimpfwort an den Kopf geworfen. Nicht, dass es mich stören würde, aber ich mach mir fast schon Sorgen … Dein Dad hat mir erzählt, dass du wieder Albträume hattest.«

Normalerweise würde ich mich wütend umdrehen und in mein Zimmer rennen, weil ich es gar nicht mag, wenn mein Vater mit ihr über *mich* redet, als wären wir noch eine Familie. Doch ich bin verwirrt und könnte etwas Rat von einem Erwachsenen gebrauchen. Sogar von meiner Mutter, wenn sonst keiner da ist. »Ich mach mir Sorgen um Joanne, meine beste Freundin.« Das sage ich dazu, weil ich mir nicht sicher bin, ob Mom weiß, wer Joanne ist.

»Warum?«

»Sie … verhält sich seit dem … Amoklauf sehr seltsam. Sie redet mit keinem mehr. Auch nicht mit den Lehrern. Sie wirkt wie eine tote Hülle.«

»Bekommt sie denn Hilfe?«, fragt Mom vorsichtig und so verständnisvoll, wie ich es ihr gar nicht zugetraut hätte.

»Ich weiß es nicht. Bei ihrer Mutter kann ich mir das nicht vorstellen. Sie ist ziemlich schwierig. Aber die Idee, mit ihr über Joanne zu reden, geht mir nicht mehr aus dem Kopf.«

»Schwieriger als ich kann sie ja wohl kaum sein!« Mom zwinkert mir verschwörerisch zu.

Ich ringe mir ein Lächeln ab, auch wenn ich den Witz schlecht finde. Immerhin versucht sie, mir zu helfen. Das ist eine ganz neue Situation für uns beide.

»Anders als du ... Mom.« Ich probiere aus, wie sich diese Anrede auf der Zunge anfühlt. Ich habe es lange nicht mehr gesagt.

Mom berührt mich an der Schulter, und obwohl ich sonst jeden Körperkontakt mit ihr vermeide, mag ich es heute. Es hilft mir sogar. »Wenn du das möchtest, fahre ich dich morgen zu ihr. Wir können zusammen mit ihr reden.«

Ich nicke und lehne meinen Kopf an ihre Schulter. Etwas, was ich früher auch nie getan hätte. Aber heute habe ich keine Kraft, zu kämpfen. Außerdem fühlt es sich viel zu gut an. Geborgen, sicher. Dass ich dieses Gefühl ausgerechnet bei meiner Mom finde, hätte ich nicht gedacht.

»Hat dir schon mal jemand gesagt, wie toll du das alles hinkriegst?«

»Ja, klar«, antworte ich ironisch.

»Nein, wirklich. Du machst das toll. Ich bewundere dich dafür, wie du versuchst, weiterzuleben. Manchmal sehe ich dich an und frage mich, wie bei solchen Eltern ein so wunderbares Mädchen rauskommen konnte.«

Ich würde ihr gerne widersprechen, denn ich weiß, dass es

nicht stimmt. Vielleicht könnte ich es Mom sagen, ihr erzählen, wie es wirklich war. Dass ich mich richtig mies verhalten habe, genauso wie Tobi und so viele andere. Aber es geht einfach nicht. Ich möchte die Stimmung nicht zerstören. Also schmiege ich mich einfach an sie und genieße dieses Gefühl, solange es anhalten mag.

Mom hat ihr Versprechen gehalten: Wir stehen vor Joannes Wohnungstür. Gleich nach der Schule sind wir zu ihr gefahren. Wir haben uns darauf geeinigt, dass ich zuerst spreche und Mom eingreift, wenn Joannes Mutter mich abweist. Und glaubt mir, das wird sie. Sie wird es einfach nicht ertragen können, dass Joanne nicht perfekt ist.

»Bereit?«, fragt meine Mutter.

»Kein Stück«, antworte ich. Dann klingeln wir. Mein Herz klopft bis zum Hals. Nach ein paar Sekunden wird die Tür geöffnet. Es ist Dana, Joannes Mutter. Sie sieht müde und erschöpft aus.

»Miriam.« Sie klingt überrascht. »Äh, tut mir leid, aber ich glaube, Joanne ist nicht in der Verfassung, dich zu sehen. Ihr geht es nicht so gut.«

Sie fühlt sich sichtlich unwohl. Das kann ich verstehen. Mir geht es nicht anders. Nur Mom scheint die Situation nicht seltsam zu finden. Bis vor ein paar Wochen habe ich an dieser Tür ständig geklingelt. Jetzt kommt es mir merkwürdig vor. Wie schnell Gewohnheiten sich doch ändern können.

»Hallo, Dana. Ich wollte gar nicht zu Joanne. Ich wollte mit dir reden.« Als ich ihren irritierten Blick bemerke, füge ich hinzu: »Das ist übrigens meine Mom.«

»Miriams Mutter«, murmelt Dana vor sich hin. Dann streckt sie meiner Mom die Hand hin und schüttelt sie. »Ich hätte nicht gedacht, dass ich Sie mal kennenlerne.« Dabei beäugt sie misstrauisch Moms Piercings und Tattoos.

Dann tritt sie beiseite, damit Mom und ich in die Wohnung können. Dort sieht es genauso aus wie immer. Weiße Tapeten, saubere Möbel und gespenstische Ordnung. Nicht eine Zeitschrift liegt irgendwo herum, jeder Gegenstand hat seinen Platz, und genau da steht er auch. Erst vor zwei Jahren hat Dana alles renovieren lassen und neue Möbel gekauft. Natürlich nur Designerstücke. Joanne und ich haben uns darüber wochenlang lustig gemacht.

Wir setzen uns ins Wohnzimmer.

»Wollt ihr etwas trinken? Tee, Kaffee, Wasser?«

Ich schüttele den Kopf, und auch Mom lehnt dankend ab. Ich hab keine Ahnung, wie man einer Mutter möglichst vernünftig und schonend beibringt, dass ihre Tochter zum Psycho mutiert ist. Ich werd es wohl herausfinden müssen.

»Ich möchte mit dir über Joanne reden. Ich mache mir Sorgen um sie«, fange ich an.

»Hat sie mit dir geredet? Hat sie dir etwas gesagt?«, fragt Dana aufgeregt.

Wieder schüttele ich den Kopf. »Nein, nicht wirklich.« Ich denke an den einen Satz. Aber als Gespräch kann man den wohl kaum bezeichnen. »Sie redet nicht mehr mit mir.«

Dana versteckt ihr Gesicht kurz in ihren Händen. »Ich weiß, dass sie momentan sehr verschlossen ist. Aber so geht es bestimmt vielen an der Schule. Sie macht eben gerade eine sehr schwere Phase durch.«

Das ist so typisch für Dana! »Das ist keine Phase, Dana. Es geht kaum jemandem so schlecht an unserer Schule wie Joanne. Ich mach mir wirklich Sorgen.«

»Sie braucht einfach Zeit, um darüber hinwegzukommen!«

»Ich würde das unter anderen Umständen genauso sehen. Aber ich kann jeden Tag miterleben, wie Joannes Zustand noch schlimmer wird. Wie sie immer blasser wird. Immer lebloser, soweit das bei ihr überhaupt noch möglich ist.«

Ich verschränke die Arme vor der Brust. Hier zu sein, in diesem Raum, weckt viel zu viele Erinnerungen. Es tut weh.

Dana sieht mich feindselig an. In ihren Augen aber kann ich auch etwas anderes erkennen. Angst. Angst davor, die Kontrolle zu verlieren.

»Wir kommen zurecht, danke für euren Besuch.«

Einen höflicheren Rausschmiss gibt es wohl nicht. Aber so schnell lasse ich mich nicht abwimmeln. Mom sieht das wohl genauso, denn jetzt versucht sie es: »Dana, wir wollen Sie nicht vor den Kopf stoßen, aber Joanne braucht Hilfe. Professionelle Hilfe.«

»Das sagen ausgerechnet Sie! Wo waren Sie denn, wenn Miriam nach der Schule bei uns zum Essen war?«

Mom hat es nicht verdient, so etwas an den Kopf geworfen zu bekommen, sie hat mir heute echt beigestanden.

»Hier geht es aber nicht um meine Mutter. Joanne braucht deine Hilfe. Alleine wird sie es nicht schaffen. Das würde keiner von uns.«

Ich straffe meine Schultern und gehe zur Tür. Das war's. Ich wüsste nicht, wie ich Joanne jetzt noch unterstützen könnte. Mehr kann ich nicht tun. Es ist nicht fair, aber so ist es. Sie war wenigstens halbwegs normal zu Matias. Und hat mir sogar einmal die Meinung gesagt, als ich zu weit gegangen war.

Joanne setzt sich zu mir auf die Tischtennisplatte und sieht mich schief von der Seite an. »Jetzt sag mal. Was ist los?«

Ich möchte nicht darüber reden. Ich möchte diese blöde Freistunde einfach vergessen. Aber meine beste Freundin wird sich damit sowieso nicht zufriedengeben. Sie wird mich wegen dieser bescheuerten Sache noch Tage löchern, wenn es sein muss. Also kann ich es ihr auch gleich erzählen.

»Matias Staudt hat mich gerade gefragt, ob ich mit ihm zum Ball gehen möchte.« Ich verdrehe die Augen und lache. Eigentlich ist mir nicht zum Lachen zumute. Vor Tanja und Joanne werde ich mir allerdings nicht anmerken lassen, dass ich ein schlechtes Gewissen habe.

»Was?« Tanja lacht mit und legt sich auf den Bauch, damit sie uns ansehen kann. »Was hast du darauf geantwortet?«

»Was für eine dumme Frage!«, zieht Joanne sie auf. »Miriam hat ihm natürlich ihre unsterbliche Liebe gestanden und überlegt sich jetzt, was für ein Kleid sie anziehen soll.«

Ich kichere und haue Joanne freundschaftlich meinen Ellbogen in die Rippen. Dann schüttele ich den Kopf und sage: »Ich hab ihm gesagt, dass ich lieber alleine auf einen Ball gehen würde als mit ihm.«

Tanja lacht wieder. »Wenn der wüsste, was Tobi und du wirklich an dem Abend vorhabt!« Sie zwinkert mir verschwörerisch zu.

»Das habe ich ihm nicht gesagt!«

Tanja zieht eine Schnute, und ich füge hinzu: »Dafür aber, dass er ein Schwein ist und stinkt wie sonst was. Ach ja, und dass er sich die Haare mal waschen soll. Ich meinte zu ihm, dass ich nicht mal mit ihm ausgehen würde, wenn er der einzige Junge auf der Welt wäre.«

Ich fühle mich besser, jetzt wo ich es den beiden erzähle. Es kommt mir nicht mehr so falsch vor, weil wir darüber lachen können. Da fällt mir auf, dass Joanne nicht mehr mitlacht.

»Das mit dem Schwein und dem Geruch hättest du weglassen können. Das ist echt fies. Es hat ihn bestimmt totale Überwindung gekostet, dich zu fragen.«

Ich weiß selbst, dass es voll unter der Gürtellinie war. Aber Joannes Vorwurf regt mich auf, weil ich mich schon wieder schuldig fühle. Was mischt sie sich da eigentlich ein?

»Ich bitte dich. Wir beide haben uns auch schon über ihn lustig gemacht.«

Sie sieht mich traurig und enttäuscht an. »Eben. Wir haben über ihn gelästert. Aber jetzt hast du ihn richtig schlimm beleidigt. Da ist ein Unterschied. Wenn wir bei mir zu Hause über ihn schlecht reden, kriegt er das wenigstens nicht mit.«

Ich kann es nicht fassen, dass meine beste Freundin so etwas zu mir sagt. Sie sollte immer hinter mir stehen, egal, was ich sage oder tue. Ich fühle mich von ihr in die Enge getrieben.

»Tobi und seine Jungs machen viel gemeinere Dinge«, verteidige ich mich.

»Was ist eigentlich dein Problem, Joanne?«, mischt sich auch Tanja ein.

»Mein Problem ist«, zickt sie uns beide an, »dass du so etwas früher nie gesagt hättest. Nicht so. Du hast recht, Tobi macht echt richtig fiese Sachen!« Sie holt tief Luft und versucht sich zu beruhigen. »Doch das rechtfertigt in keinster Weise, dass du es deinem Freund nachmachst. Nur weil er sich dumm verhält, musst du das nicht auch.«

Ich schnaube und verschränke die Arme vor der Brust. Na klasse! Ist ja nicht so, dass ich davor schon ein schlechtes Gewissen gehabt hätte. Nein, Joanne muss mir noch eins reinwürgen. Der größte Mist ist, dass sie irgendwo recht hat.

14

Ich kann mich gar nicht mehr daran erinnern, wann ich vor dem Gedenkgottesdienst das letzte Mal in der Kirche war. Ich glaube, das war mit Oma, aber ich bin mir nicht sicher. Die Antwort, wann ich das letzte Mal wirklich gebetet habe, ist einfach: noch nie. (Denn ich finde, die paarmal, als ich klein war, zählen nicht. Da wusste ich ja nicht mal, was Beten ist.)

Warum ich jetzt also ausgerechnet in eine Kirche gehe, kann ich nicht sagen. Aber hier stehe ich nun und weiß nichts mit mir anzufangen.

Es gibt Leute, die finden ihre Antworten beim Beten. Es gibt Leute, die finden ihre Antworten beim Lesen. Es gibt Leute, die finden ihre Antworten beim Träumen. Es gibt Leute, die finden ihre Antworten beim Spazierengehen. Es gibt Leute, die finden ihre Antworten beim Joggen. Es gibt Leute, die finden ihre Antworten ganz alleine. Und es gibt Leute, die finden ihre Antworten nur in Gesellschaft anderer. Es gibt Leute, die finden ihre Antworten. Und es gibt Leute, die finden ihre Antworten nicht. Zu denen gehöre ich dann wohl.

Viele alte Menschen gehen in die Kirche, weil sie glauben, Gott vergebe ihnen so die Sünden. Weil sie wissen, dass sie bald sterben werden, nur noch ein paar Jahre haben. Ich glaube, dass sie dort sind, um Asyl bei Gott zu suchen. Denn kein Mensch tut sein ganzes Leben lang nur Gutes. Jeder bereut etwas. Und wenn man alt wird und begreift, dass der

Tod jede Sekunde kommen könnte, denkt man über seine Fehler nach.

Aber Gott kann keine Sünden vergeben. Der Einzige, der das kann, bist du selbst. Du selbst musst dir verzeihen, was du getan hast. Du bist es, der dein ganzes Leben damit leben muss.

Am Ende machen sich diejenigen Vorwürfe, die immer versucht haben, gut und richtig zu handeln, und die, die gemein und egoistisch waren, leben bis zur letzten Sekunde glücklich.

Ich setze mich in die hinterste Kirchenbank und schaue mir alles an. Die Wandmalereien, die Gemälde, die Schnitzereien. Ich betrachte die schöne, ausgeschmückte Kirche.

Früher haben mir Kirchen immer Angst gemacht. Sie erschienen mir so mächtig und alt. Außerdem war es dort immer so still.

Ich habe nie verstanden, warum man in einer Kirche leise sein soll. Während ich hier jetzt sitze, denke ich an etwas, was ich mal irgendwo gelesen habe: *Wenn Kerzen brennen, offenbart sich die Stille unserer Seele.* Es stimmt. Und diese Stille meiner Seele finde ich hier. An einem Ort, der mir eigentlich völlig fremd ist.

Ich bleibe noch eine Weile so sitzen. Ich mache gar nichts. Denke auch nicht. Es ist schön, einmal einfach nur … zu sein.

Dann stehe ich auf und gehe zum Ausgang. Fast stoße ich dabei mit einem älteren Mann zusammen. Er hat einen Stapel Blätter unter dem Arm und eine Brille auf der Nase. Er lächelt mich freundlich an. Dabei kommen viele kleine Lachfältchen um seine Augen zum Vorschein.

»Hoppla, junges Fräulein, nicht so stürmisch!«

Automatisch lächele ich zurück. »Tut mir leid.«

Er lässt mich vorbei, und ich gehe zu dem Ort, den ich aus tiefster Seele verabscheue und gleichzeitig brauche. Zum Friedhof. Zu Tobi.

Ich setze mich, ohne über die Kälte nachzudenken, auf die Erde vor sein Grab. Das ist auch so eine Sache, die ich früher niemals getan hätte. Meine Klamotten hätten schließlich schmutzig werden können.

Heute sind mir solche Nichtigkeiten zwar egal, aber dafür ist alles auch komplizierter geworden. Wenn ich könnte, würde ich sofort wieder die oberflächliche Kuh werden.

Ob Tobi das Mädchen, das ich heute bin, überhaupt lieben würde? Und würde ich ihn noch lieben, wenn er am Leben wäre? Wahrscheinlich wäre unsere Beziehung zu Bruch gegangen wie meine Freundschaft zu Joanne oder Tanja auch.

Es ist so ein großes Loch in meinem Herzen. Ich möchte wieder lachen können. Und singen. Und dieses Gefühl von Geborgenheit spüren. Wie gerne würde ich in den Spiegel schauen können, ohne mich zu verachten oder zu bemitleiden.

Ich kann nicht genau erklären, was heute in der Kirche passiert ist. Ich glaube nicht an die Kirche. Kein bisschen. Vielleicht gibt es irgendetwas da oben, das mächtiger ist als alles andere. Aber die Kirche ist es ganz sicher für mich nicht. Meiner Meinung nach ist die Kirche von Menschenhand erschaffen und somit fehlbar.

Der Glaube war es also nicht, der mich dazu bewogen hat. Es war etwas anderes. Die Kirche war ... ruhig. Von ihr ging ein Frieden aus, den ich schon sehr lange nicht mehr gespürt habe. Ich habe mich ganz gefühlt und nicht in tausend Stücke zerrissen.

Ich verbringe Stunden damit, auf dem Fußboden zu sitzen und das Fotoalbum anzustarren. Dabei sehe ich mir die Bilder nicht einmal richtig an. Ich sitze einfach nur da. Dr. Frei sagt, das ist okay. Sie sagt, ich soll alles tun, was sich okay anfühlt. Ich habe vergessen, wie es sich anfühlt, Dinge zu tun, die einfach nur okay sind.

Es klopft an der Tür. Zu meiner Überraschung ist es meine Mutter, die ein Tablett in den Händen hält. Sie lächelt mich vorsichtig an. Wenn sie so dasteht, einfach in Jogginghose und Jacke, ohne fünf Pfund Schminke und Piercings, sieht sie richtig hübsch aus. So wie früher. Bevor sie abgehauen ist.

»Du solltest etwas essen.«

Auf dem Tablett stehen eine Schüssel mit Nudelsuppe und ein Glas Cola. Sie stellt es vorsichtig auf mein Bett und setzt sich daneben. Überrascht sehe ich sie an. Es ist Jahre her, dass sie mir das letzte Mal Suppe gekocht hat. Schon so lange her, dass ich mich nicht mehr richtig daran erinnere. Die Suppe schmeckt nach Kindheit. Nach Geborgenheit. Nach einer Zeit, in der mein Leben noch schön war.

»Danke«, sage ich nur. Es gibt so viel mehr zu sagen. Irgendwann werde ich ihr erzählen, wie ich mich gefühlt habe, als sie eines Morgens einfach weg war. Wie sehr sie mich enttäuscht hat.

»Wenn du die Zeit zurückdrehen und Dinge ungeschehen machen könntest, würdest du es dann tun?«, frage ich sie.

Sie denkt nicht lange darüber nach. »Ich habe mir diese Frage selbst oft gestellt. Aber irgendwann hab ich es bleiben lassen, weil es mich einfach nicht weitergebracht hat.« Sie schweigt einen Moment und streicht mir die kurzen roten Haare hinters Ohr. Ich habe das Gefühl, dass sie ihr gefallen.

»Wir können Dinge nicht wieder ungeschehen machen. Und selbst wenn wir könnten, sollten wir es nicht. Denn alles hat seinen Sinn, so verrückt das auch klingt.«

Mom streicht mir über die Stirn, auf der sich eine Falte abzeichnet, und fährt fort: »Natürlich waren die ersten Monate und Jahre hart. Und ich bin auch nicht stolz darauf, mich einem Mann nach dem anderen an den Hals geworfen zu haben. Ich tat das, weil ich Liebe suchte, die ich so nicht fand. Ich war sehr jung, als ich schwanger wurde. Ich bin auch nicht gerade eine Vorzeigemutter, das ist mir schon klar. Es ist okay, wenn du sauer bist, weil ich euch verlassen habe. Ich hatte meine Gründe, sicher. Ich hatte mir mein Leben so eben nicht vorgestellt. Ich wollte mehr. Die Welt sehen. Aber ich bin die Mutter, und du bist das Kind. Es war nicht richtig von mir. Du hast jedes Recht, es mir ewig vorzuhalten. Trotzdem hoffe ich, dass du mir wieder ein bisschen Platz in deinem Leben gibst. Irgendwann zumindest.«

Ich löffele noch ein wenig Suppe und biete ihr auch etwas an. Lächelnd macht sie den Mund auf, und ich füttere sie. Wann haben wir das letzte Mal so friedlich zusammengesessen? Nicht vor dem Amoklauf.

»Aber dafür habe ich die Welt gesehen. Mein größter Wunsch hat sich erfüllt. Ich hatte ihn damals aufgegeben, als ich deinen Vater heiratete. Tu mir bitte den Gefallen und heirate niemals, nur weil du schwanger bist. Ich liebe deinen Vater auf eine gewisse Art nach all den Jahren immer noch. Wie könnte ich auch nicht, schließlich ist er der Vater meiner Tochter.« Sie küsst mich auf die Stirn. »Wir sind beide nicht für die Ehe gemacht. In den letzten Wochen hat sich zwischen uns eine Freundschaft entwickelt, die mir tausendmal mehr wert ist als unsere frühere Beziehung.«

Ich denke nach. Es stimmt, meine Mutter hat die ganze Welt bereist. Sie war in Sambia, Madagaskar, Russland und Ägypten. Sie hat den Eiffelturm, den Schiefen Turm von Pisa, die Niagarafälle, die Chinesische Mauer und die Freiheitsstatue gesehen. Aber dafür hat sie einen sehr hohen Preis gezahlt.

»Ich glaube, dass sich das Schlechte und das Gute im Leben im Gleichgewicht halten. Man muss dafür nur etwas tun. Man darf niemals aufgeben.«

Sie muss meinen zweifelnden Blick bemerkt haben, denn sie fragt: »Als ich euch verlassen habe … was hast du Schönes danach gefunden?«

Ohne zu zögern, antworte ich: »Meine Mädels. Vanessa, Joanne, Sophia und Tanja sind die tollsten Freundinnen, die man sich nur wünschen kann. Und später kam dann noch Tobi dazu.« Ihn zu erwähnen, tut wieder so weh. Eine einzelne Träne läuft mir übers Gesicht.

»Siehst du.« Sie wischt die Träne fort und hebt mein Kinn, damit ich ihr ins Gesicht blicke. »Und ich verspreche dir, dass du auch dieses Mal etwas Neues finden wirst. Das ist nämlich die ewige Reise des Lebens. Verlieren und gewinnen. Geben und nehmen. Niemand hat immer nur schöne Zeiten.«

»Aber es gibt Leute, die nie wieder schöne Zeiten erleben.« Ich sollte das nicht sagen, doch es rutscht mir einfach so heraus. Mom weiß, dass ich recht habe. Es gibt Leute, die sich nach einem Schlag nie wieder erholen. So wie Joanne. Sie wird wahrscheinlich nie wieder normal werden.

»Du wirst es schaffen.«

Die Stimme meiner Mutter ist voller Zuversicht. Ich wünschte, ich könnte ihr glauben. Doch ich kann mir nicht vorstellen, dass die Gefühle, die ich in mir habe, jemals Platz für etwas anderes machen werden.

»Wieso bist du dir da so sicher?«

Ich nehme den letzten Löffel Suppe. Es ist, als würde das bisschen Vergangenheit, das ich dabei empfinde, gleich wieder verschwinden.

Meine Mutter betrachtet mich ruhig und zuversichtlich. Mir ist noch nie aufgefallen, dass ihre Augen so schön sind. Ich habe noch nie derart helle und zugleich braune Augen gesehen.

»Du hast schon so viel erlebt, Miriam. Fast zu viel für dein Alter. Aber du bist daran gewachsen. Auch wenn es dir und deinem Dad nicht auffällt – du bist schon jetzt einen riesengroßen Schritt gegangen. Und auch wenn er sich Sorgen macht, glaube ich, dass wir dir vertrauen sollten. Du wirst Zeit brauchen. Und die bekommst du auch. Und irgendwann wirst du aufstehen und plötzlich wieder Lust zu leben haben. Du wirst wieder lächeln können. Ich glaube nicht nur, dass du es schaffst, ich *weiß*, dass du es schaffst.«

Sie steht auf, nimmt das Tablett in die Hand und beugt sich vor, um mich aufs Haar zu küssen. Eine Geste, die ich früher nicht zugelassen hätte. »Die schlechten Erinnerungen an die Vergangenheit verschwinden nie ganz. Aber in den glücklichsten Momenten vergessen wir sie. Und du, Süße, hast noch viele von diesen Momenten vor dir.«

Die Worte meiner Mutter beschäftigen mich. Sie scheint sich so sicher zu sein. So sicher, dass ich den richtigen Weg gehe. Aber ich weiß ja nicht mal, wie dieser Weg aussehen soll, geschweige denn, wo er mich hinführt. Ich beneide Mom um ihren Optimismus.

Zwischen uns hat sich etwas verändert. Ich kann es fühlen. Sie unterstützt mich. Ich nehme ihre Hilfe an. Aber früher oder später wird meine Mom wieder gehen. Denn wenn sie länger an einem Ort ist, fühlt sie sich wie ein eingesperrter Vogel. Sie braucht Freiheit und Abenteuer. Und das wird sie hier nicht finden.

Wenn sie geht, werde ich sie wieder vermissen, so wie damals, als ich noch ein Kind war.

Ich liebe sie nicht mehr so wie früher. Jetzt ist es eher eine Freundschaft, die uns verbindet. Und wie weh es tut, eine Freundin zu verlieren, habe ich in den letzten Wochen gelernt.

Freundinnen sind wichtig. Und es scheint so, als hätte ich nicht mehr viele.

Ich kämme mir die Haare und putze die Zähne. Dabei lasse ich mir extra viel Zeit. Ich versuche, mich auf alltägliche Dinge zu konzentrieren. Auch so eine Sache, die mir Dr. Frei geraten hat. Bevor ich wieder in mein Zimmer gehe, lasse ich mir einige Minuten Zeit, lehne mich einfach nur ans Waschbecken, schließe die Augen und atme nur.

Einatmen, ausatmen, einatmen, ausatmen … Selbst das fällt mir oft schwer. Alles muss ich neu lernen. Ich versuche, mit einfachen Dingen zu beginnen. Wie Atmen.

Vielleicht hat Mom recht. Vielleicht wird es mir eines Tages besser gehen. Doch falls das so ist, werde ich viel Kraft und noch mehr Zeit brauchen, um dahin zu kommen. Ich werde Wochen, Monate und Jahre brauchen, vielleicht sogar mein ganzes Leben.

Es ist undankbar, aber manchmal beneide ich diejenigen, die bei dem Amoklauf starben. Denn sie müssen das nicht. Sie müssen nicht alles neu erlernen wie ich. Sie müssen nicht andere vermissen. Sie müssen nichts mehr fühlen. Und am wichtigsten: Sie müssen nicht erleben, wie es ist, am Boden zu liegen, zerschmettert in Hunderte kleine Teile.

Es ist wie bei einem Puzzle. Jeden Tag nehme ich ein Puzzleteil und füge es hinzu. Jeden Tag lerne ich mich wieder ein bisschen besser kennen. Das ist eine mühselige Arbeit. Und weil es ein Puzzle mit 10 000 Teilen ist, wird es lange dauern. Aber es ist ein Fortschritt. Es ist mehr, als ich vor ein paar Wochen hatte. Mehr, als andere haben.

Ich wusste es. Ich kann nicht schlafen. Ich probiere es auch gar nicht. Ich lege mich ins Bett, kuschele mich in mein Nest aus Decken und Kissen und umarme Bella ganz fest. Bella war früher mein Lieblingskuscheltier. Ein rosarotes Schwein. Vor einigen Jahren hab ich es weggeräumt, weil ich fand, dass ich zu alt dafür war. Jetzt hat Dad es mir wieder ins Bett gelegt. Wenn ich Bella umarme, erinnere ich mich an die glückliche Zeit. Sie beruhigt mich. Weil sie mir zeigt, dass mir niemand meine glücklichen Erinnerungen nehmen kann. Sie werden bleiben.

Ich wälze mich stundenlang herum. Mir ist mal wieder warm und kalt zugleich. Ich bin völlig übermüdet. Am Ende ist die eine Hälfte meines Körpers zugedeckt und die andere nicht. So friere und schwitze ich wenigstens gleichmäßig verteilt.

Meine Augenlider sind schwer. Ich bin so müde. Doch der erholsame Schlaf tritt nicht ein. Immer wieder drifte ich weg, aber ich schlafe nicht wirklich. Meine Augen sind geschlossen, ich verliere das Zeitgefühl, trotzdem bekomme ich um mich herum noch alles mit.

Irgendwann, ich kann nicht sagen, ob nach dreißig Minuten oder drei Stunden, gebe ich auf. Heute Nacht werde ich nicht mehr träumen.

Ich gehe in die Küche und mache mir eine heiße Schokolade. Ich schalte das Radio ein und summe leise die Melodie von *Billy Talent* mit.

Das Licht lasse ich aus. Es ist angenehm, in der Dunkelheit zu sitzen, eine heiße Schokolade zu trinken und Musik zu hören. Mein Blick fällt auf mein Handy, das auf der Küchentheke liegt.

Ich bin ein hoffnungsloser Fall. Ich rufe ständig die Mailbox meines toten Freundes an. Das ist so etwas von erbärmlich. Ich sollte es wirklich lassen. Ich sollte mich von ihm verabschieden.

Stattdessen wähle ich seine Nummer und warte darauf, dass eine Verbindung zwischen den Netzen entsteht. Als es dann anfängt zu klingeln, klingt es anders als sonst. Drei hohe Töne werden gespielt, dann sagt eine Computerstimme: »Kein Anschluss unter dieser Nummer.«

Das Telefon gleitet mir aus den Fingern und fällt zu Boden, der Akku fliegt scheppernd heraus und schlittert über die Küchenfliesen.

Kein Anschluss unter dieser Nummer. Nein, das kann nicht sein! Wo ist seine Stimme? Wo sind diese drei blöden Sätze, die ich mir schon hundertmal angehört habe?!

Ich schlage die Hände vor mein Gesicht, zwinge mich, zu Ende zu denken. Es ist so endgültig. Seine Familie hat sein Handy abgemeldet. Weil er keines mehr braucht. Weil er tot ist …

Tobi ist fort. Für immer.

Ich hatte keine Gelegenheit, Abschied zu nehmen. Es ging alles zu schnell. Ich weiß nicht mal mehr, worüber wir zuletzt geredet haben.

Ich denke an Dr. Freis Worte. Es ist die einzige Möglichkeit, ihm noch Lebewohl zu sagen.

Ich reiße ein Blatt Papier aus meinen Collegeblock und beginne zu schreiben.

15

Der Schnee schmilzt. Die Sonne kommt heraus, die Vögel zwitschern, und langsam lässt sich erahnen, dass der Frühling naht.

Und dennoch bin ich traurig. Traurig, weil ich ganz genau weiß, dass um mich herum das Leben weitergeht. Und ich erlebe immer und immer wieder *den* Tag von Neuem in meinem Kopf. Immer und immer wieder denke ich über mein ganzes Leben nach.

Ist es nur eine große Lüge gewesen?

Diese ganzen Oberflächlichkeiten wie shoppen und auf Partys gehen, was hat mir das gebracht? Außer Streit mit Tobi, weil ich fand, dass er zu viel trank? Außer Probleme mit Dad, weil ich zu viel Geld für Schuhe ausgab? Außer Diskussionen mit Joanne, weil sie sich Oberteile gekauft hatte, die eigentlich ich wollte?

Es hat mich Zeit gekostet. Kostbare Zeit, die ich mit Schönerem hätte verbringen können. Ich wollte immer nur erwachsen werden. Na ja, nicht wirklich erwachsen. Da hat man so viel Verantwortung. Aber so einundzwanzig, zweiundzwanzig, das ist doch ein tolles Alter, fand ich immer. Man hat schon seine eigene Wohnung, aber noch nicht so viele Verpflichtungen. Außerdem muss man nicht mehr in die Schule.

Dass ich immer mehr von meiner Kindheit verloren habe, hat mich nicht gestört. Bis jetzt. Bis zu diesem einen entscheidenden Ereignis. Ich würde alles dafür tun, noch einmal so unbeschwert wie damals sein zu können. Einfach im Gras liegen, mich von der warmen Spätsommersonne bescheinen lassen und mit meinen Kuscheltieren spielen.

Traurig starre ich auf Tobis Grab.

Ich kann nicht richtig benennen, was ich eigentlich fühle. Es ist so ein Ziehen in der Brust, Übelkeit im Magen. Ich vermisse ihn so sehr. Ich versuche, nicht an diesen Augenblick zu denken, als ich mich für mein Leben und gegen seins entschieden habe.

Es haftet an mir wie ein Schatten. Gerade jetzt könnte ich Tobi so sehr gebrauchen. Seine Schulter, an die ich mich lehnen kann. Seine warmen Lippen. Seine wunderschönen Augen, manchmal funkelnd vor Spott, manchmal weich vor Zärtlichkeit.

Ich wünsche mir nur einen Menschen, der mich verstehen kann. Es gibt nur eine Person, die gesehen hat, was ich gesehen habe: Joanne. Aber Joanne ist nur noch eine leere Hülle.

Etwas trifft mein Augenlid, und ich sehe nach oben. Es beginnt zu regnen. Dicke, große Tropfen fallen vom Himmel, und in der Ferne kann ich sogar einen Blitz durch die Luft zucken sehen.

Na super, das hat mir gerade noch gefehlt! Schnell renne ich zur Kirche und flüchte hinein. Schummriges Kerzenlicht empfängt mich. Ich lasse mich auf der hintersten Bank nieder und genieße die Ruhe.

Ich beobachte die Kerzen, deren Flammen sich hin und her bewegen. Ich lausche dem Wind, der draußen über die Bäume fegt. Ich spüre die Kälte der alten Mauern.

Das Quietschen einer Tür durchbricht die Stille, reißt mich aus meinen Gedanken. Erschrocken fahre ich herum. Mein Herz rast. Seit dem Amoklauf habe ich Probleme damit, wenn ich nicht genau weiß, wer sich mit mir in einem Raum befindet.

Am Eingang steht der ältere Mann, den ich vor ein paar Tagen fast umgerannt hätte. Er ist klitschnass. Er schließt die Holztür, wieder hallt der schrille Laut durch den hohen Raum. Als der alte Mann mich sieht, lächelt er und sagt: »Die Kirche ist ein guter Ort, um Trost und Schutz zu suchen.«

»Ich bin nur hier, weil es regnet. Nicht wegen Gott oder so ’nem Mist«, höre ich mich sagen. Es rutscht mir heraus, bevor ich wirklich darüber nachdenken konnte. Der Mann kommt auf mich zu und deutet mit einem Kopfnicken auf die Bank, auf der ich sitze. »Darf ich?«

Ich zucke mit den Schultern. Mir doch egal, was er tut. Er kann von mir aus sitzen, wo er will. Aber er soll mich in Frieden lassen. Ich will nicht reden. Ich will einfach nur ins Leere starren.

»Hier ist es so ruhig. Alle Sorgen und Probleme kommen einem viel kleiner vor.«

»Da müssen Sie ja ’ne Menge Probleme haben, so oft, wie Sie da sind.« Wieder sage ich es, ohne darüber nachzudenken. Zum Glück scheint es den Mann nicht getroffen zu haben, er nickt freundlich.

»Ja, seit fast zwanzig Jahren gehe ich nun hierher, seit meine Frau gestorben ist. Anfangs, weil ich nicht wusste, wohin mit meinem Kummer. Und dann, weil mir das Orgelspielen so viel Freude machte.«

»Ich fang ganz sicher nicht an, auf der Orgel zu spielen, auch wenn ich hier nur rumsitze.«

Der Mann lacht leise. »Niemand zwingt dich dazu. Nicht jedem bedeutet Musik etwas.«

»Ich liebe Musik!«, protestiere ich. Ruhiger füge ich

hinzu: »Es hilft mir, Musik zu hören. Dann fühle ich mich nicht mehr so alleine ...«

Er lächelt immer noch. »Bist du deshalb hier?« Und in seinen Augen kann ich sehen, was er nicht ausspricht: *Weil du einsam bist?*

Einen Moment sehe ich ihn überrascht an. Er hat mich aus dem Konzept gebracht. Das ist eine gute Frage. Aber ich möchte nicht weiter darüber nachdenken. Deshalb antworte ich bissig: »Brauche ich einen Grund, um hier zu sein?«

»Man macht alles aus einem Grund. Du bist nicht zum Beten hier, du magst keine Orgelmusik, warum bist du dann hier?«

»Ruhe.« Ich sage es, noch bevor ich es denke. Aber es ist die Wahrheit. »Ich mag die Ruhe.«

Zum ersten Mal nehme ich mir die Zeit, über die Worte des Mannes nachzudenken. Eigentlich ist er ganz nett. Außerdem haben wir etwas gemeinsam: Wir haben beide einen Menschen verloren, den wir liebten.

»Wie ist Ihre Frau gestorben?«

»Brigitte hatte Krebs, sie starb mit Anfang vierzig. Viel zu früh. Sie hatte noch so viel vor sich. Sie hat ihre Kinder nie groß werden sehen.« In der Stimme des Mannes schwingt etwas unbeschreiblich Schmerzvolles mit. Ich kann ihn gut verstehen. Besser, als er vielleicht glaubt.

»Mein Freund ist mit sechzehn gestorben.« Ich starre auf den Altar, während ich das sage. Ich möchte seinen mitleidigen Blick nicht sehen. »Bei dem Amoklauf diesen Winter. Ich war auch dabei. Ich hatte Glück.« Ich betrachte weiterhin genauestens den Altar. »Wenn man es Glück nennen kann, so etwas zu überleben.«

Es ist das erste Mal, dass ich es einem Fremden erzähle.

»Es ist immer besser, zu überleben, als zu sterben.«

Ich ziehe zweifelnd eine Augenbraue hoch. »Ist es das?« Ich kann kaum die Tränen zurückhalten. Fest beiße ich mir auf die Lippe. »Es fühlt sich nicht so an.«

»Ich weiß, dass solche Sätze oft nicht helfen, aber manchmal steckt ein Fünkchen Wahrheit in ihnen. Im Leben gibt es nun mal viel Leid. Aber das ist kein Grund, aufzugeben.«

Ja, er wird es wohl wissen. Seine Frau zu verlieren, zusehen zu müssen, wie die eigenen Kinder darunter leiden … Trotzdem sehe ich ihn schräg von der Seite an. »Sie haben recht, solche Sätze helfen nicht.«

»Verstehe ich gut«, er schüttelt den Kopf, lächelt leicht. »Mein Bruder hat ein paar Wochen nach Brigittes Tod etwas Ähnliches zu mir gesagt. Ich habe ihn ziemlich unhöflich gebeten, zu gehen.« Der Mann zwinkert mir zu. »Ich konnte ihn noch nie ausstehen.«

Ich lache. Der Klang hallt durch die alte Kirche. Überrascht höre ich hin. Ich glaube, ich lache nicht mehr oft. Früher habe ich das ständig getan. Nun klingt es seltsam fremd in meinen Ohren. Manchmal gebe ich spöttische und gemeine Geräusche von mir, die einem Lachen nahekommen. Ein richtiges, fröhliches Lachen, das habe ich lange nicht mehr gehört.

Ich sehe den Mann wieder an. Obwohl er fünfzig Jahre älter ist, ist er mir ähnlicher, als es *normale* Jugendliche meines Alters jemals sein werden. Er ist mir ähnlicher, als es meine Eltern jemals wieder sein werden.

»Mein Name ist Miriam«, sage ich leise.

»Miriam. Nett, dich kennenzulernen. Ich heiße Georg. Und ich werde jetzt an die Orgel gehen. Also solltest du vielleicht besser verschwinden …« Er steht auf und geht zur

Treppe. Dort dreht er sich nochmals um. »Ich würde mich aber auch freuen, wenn du zuhören würdest.«

Obwohl ich Orgelmusik wirklich nicht besonders mag, bleibe ich sitzen und lausche der Musik.

Es beginnt ganz leise und langsam. Lange, einzelne Töne, die das ganze Gebäude mit Leben füllen. Ich lehne mich zurück, entspanne mich …

Meine erste Klavierstunde bekomme ich mit sieben. Anfangs bin ich furchtbar stolz, Klavier spielen zu dürfen. Als ich älter werde, finde ich es plötzlich dumm.

Joanne ist es, der es auffällt. Sie hört mir immer gerne zu. Jedes Mal, wenn sie da ist, spiele ich ihr etwas vor. Jetzt nicht mehr. Mein Klavier steht unberührt im Raum.

»Warum spielst du nicht mehr?«, fragt sie.

Am Anfang ziere ich mich ein bisschen, ihr die Wahrheit zu sagen. Dann gestehe ich ihr, dass ich mich schäme.

»Wofür?«

Ich antworte ihr, dass das Klavier so ein schrecklich klassisches Instrument ist und ich es peinlich finde, es zu spielen.

Über meine Antwort muss Joanne furchtbar lachen. Ich werfe ihr einen bösen Blick zu. Ich finde das gar nicht lustig. Da sagt Joanne etwas zu mir, was ich mein ganzes Leben nicht vergessen werde.

»Miriam«, sagt sie. »Ein Instrument ist doch nicht etwas, was man einer Epoche zuschreiben kann. Es ist wie der Rest in deinem Leben. Es ist das, was du daraus machst. Natürlich ist es klassisch. Aber nur, wenn du auch Klassik spielst.«

Du hast die Macht über dein eigenes Leben. Dein Leben ist

immer nur so langweilig oder eintönig, wie du es gestaltest. Es liegt in deiner Hand, daraus etwas zu machen.

Als ich zu Hause in den Flur trete, bleibe ich überrascht stehen und schnuppere in die Luft. Schnell schlüpfe ich aus Schuhen und Jacke und lasse sie liegen, wo sie hinfallen. Dann folge ich dem Geruch ins Wohnzimmer, wo meine Mutter auf der Couch sitzt und mir entgegenlächelt.

»Gut, dass du kommst. Der Lieferant war vor fünf Minuten da.« Stolz hält sie eine Riesen-XL-Schachtel hoch.

»Pizza Speciale! Mit Schinken und Pilzen. Und Mozzarella. Die einzig wahre Pizza ist die mit Mozzarella.«

Ist heute irgendein besonderer Tag? Hab ich etwa Geburtstag? Und seit wann machen Mom und ich gemütliche Pizzaabende? Habe ich irgendwas verpasst?

»Guck mich nicht so an! Dein Vater schiebt Überstunden, und ich dachte mir, wir machen einen Mädelsabend.«

Ich ziehe spöttisch die Augenbrauen hoch und lasse mich neben meine Mutter auf die Couch plumpsen. »Kaufst du ihm diese Ausrede wirklich auch nur eine Sekunde lang ab?«

Und warum sage ich so was, als wäre es das Normalste der Welt? Als wäre alles normal. Es fühlt sich zumindest so an, als könnte es wieder normal werden. Als könnte es das Normalste der Welt sein, mit meiner Mutter solche Abende zu erleben.

»Es steckt eine Frau dahinter, oder?«

Als ich nicke, schreit sie auf. »Ha, hab ich's mir doch gedacht! So ein Workaholic kann schließlich nicht mal Tomas sein. Kennst du sie?«

Ich schüttele den Kopf. »Nicht offiziell. Sie war ein-, zweimal zum Arbeiten hier. Sie ist eigentlich ganz nett. Vielleicht ein bisschen zu verklemmt. Oh, und außerdem total verheiratet. Ich hab ihren Ehering gesehen.«

Im ersten Moment hatte ich es damals selbst nicht glauben können. Mein Vater hat was mit einer verheirateten Frau, ausgerechnet mein Vater! Aber es macht meinen Dad glücklich. Also ist es vielleicht okay.

»Nein, dein Vater hat eine Affäre mit einer verheirateten Frau?! Das hätte ich ihm nicht zugetraut! Respekt.«

Ich finde Moms Reaktion total lustig. Sie reagiert wirklich genauso wie ich damals.

»Also, was machen wir heute Abend?«, frage ich gut gelaunt.

Mom springt auf und kramt aus ihrer Tasche ein paar DVD-Hüllen heraus. »Ich hab uns *Pretty Woman*, *In den Schuhen meiner Schwester*, *Briefe an Julia* und *27 Dresses* ausgeliehen.«

Uff, schwere Wahl. »Können wir alle sehen?« Ich klimpere unschuldig mit den Wimpern. Es überrascht mich, wie leicht es mir fällt, mit meiner Mom so zu reden.

»Sonst hätte ich ja nicht alle vier mitgenommen.« Mom kniet sich schon vor den Fernseher und legt die erste DVD ein. »Aber vorher hole ich uns noch was zu trinken.«

»Cola oder Bier!«, rufe ich. Meine Mutter drehte sich irritiert und zugleich entsetzt zu mir um. »Mädchen, spinnst du! Du kannst doch zu einer guten italienischen Pizza kein Bier trinken.«

»Wodka?«, frage ich kleinlaut.

Meine Mutter schüttelt grinsend den Kopf. »Weiß Tomas, wie gut du dich im Barschrank auskennst?«

»Ich bitte dich, der denkt doch immer noch, dass ich sein

liebes, kleines Mädchen bin. Wahrscheinlich denkt er sogar, dass ich noch Jungfrau bin.«

Bei dem Gedanken muss ich grinsen. Ich habe so oft bei Tobi übernachtet. Und er bei mir. Dad hat es nie wirklich begriffen. Vielleicht war es auch besser so.

»Ich glaube, ich muss mal ein ernstes Wörtchen mit deinem unwissenden Vater reden«, sagt Mom, als sie mit einer Flasche Wein und zwei Gläsern zurück ins Wohnzimmer kommt. Großzügig schenkt sie uns ein, und wir stoßen an. Dann schaltet sie auf Play.

Meine Mutter hat recht. Diese Pizza ist unglaublich gut!

Von dem Film bekommen wir nur die Hälfte mit. Es ist viel zu schön, mit meiner Mutter einfach nur zu reden. Ich erzähle ihr von Dads Affäre, meiner Zeit nach dem Umzug und am Ende sogar davon, wie ich Tobi kennengelernt habe. Und Mom erzählt mir von den ganzen Ländern, die sie gesehen hat, und ich wünsche mir, der Abend würde nie enden. Es ist wirklich beeindruckend, wo sie schon überall war.

Alle vier Filme schaffen wir dann doch nicht. Während des dritten Films schlafe ich ein und wache erst wieder auf, als mein Wecker mich aus dem Schlaf reißt. Mein Vater hat mich ins Bett getragen. Von den zwei Flaschen Wein, die Mom und ich getrunken haben, habe ich leichte Kopfschmerzen.

16

Heute ist Dienstag, der 18. Februar. Mein Leben änderte sich vor dreiundreißig Tagen. Ja, das ist noch gar nicht so lange her. Ein Monat, in dem so viel passiert ist. Wirklich so viel. Nach dem Amoklauf dachte ich, dass dieses Erlebnis mein Leben verändern würde. Aber es waren die Entscheidungen, die die Menschen um mich herum und ich selbst getroffen haben.

Ihr müsst euch einmal vorstellen, dass der Auslöser dafür Matias Staudt war. Die Tatsache, dass wir ihn gemobbt haben. Unser Handeln bringt unweigerlich neue Konsequenzen mit sich. Oft sind diese Taten bedeutender, als wir denken.

Ich habe gesehen, was alles passieren kann. Was Gewalt anrichten kann. Damit meine ich nicht nur den Amoklauf. Ich meine auch die Zeit davor. Als für mich noch alles perfekt war. Damals, als wir Matias Staudt gemobbt haben. Wir haben ihn zerstört. Ich konnte sehen, wir alle konnten sehen, was wir aus ihm gemacht haben. Aber ich habe einfach weggesehen. Wir haben einfach nie darüber nachgedacht, wie er sich fühlt. Wir sind schuld an dem, was passiert ist. Wir tragen dafür die Verantwortung.

Es ist nicht einfach, damit zu leben. Zu wissen, was wir falsch gemacht haben. Und es zu sehen. Zu begreifen, was andere wegen der eigenen Dummheit durchleben müssen. Die tote Fünftklässlerin. Tobi. Sie sind nicht ohne Grund gestorben. Der Grund waren wir selbst. Aber sie sind ohne

Sinn gestorben. Tobi hat sich sein eigenes Grab geschaufelt.

Bevor wir in die Schule gehen, sind wir einfach nur glückliche Kinder. Wir sind so, wie wir sind. Aber sobald wir in die Schule kommen, ist das vorbei. Dann richten wir uns nach anderen. Ziehen bestimmte Klamotten an, um den anderen zu gefallen. Sagen bestimmte Sachen, weil wir wissen, dass sie sie hören wollen.

Die Schule formt uns zu den Menschen, die wir einmal sein werden. Wir gehen auf irgendwelche Partys, um den anderen zu gefallen. Wir kaufen in ganz bestimmten Läden ein. Und wir lachen andere Schüler aus, um dazuzugehören. Irgendjemand gibt immer den Ton an. Nämlich die Zicken und die Machos. Und die suchen sich ein oder zwei Opfer aus, die sie dissen. Und weil niemand von uns anderen zu den Opfern gehören will, machen wir auch mit. Beugen uns dem Gruppenzwang.

Ich kann nicht mal sagen, wer bei Matias Staudt angefangen hat. Er war schon ein Außenseiter, als er an diese Schule kam. Die Mädchen, die mit ihm zusammen in einer Grundschule waren, erzählten uns, dass er eklig sei. Also haben wir uns von Anfang an von ihm ferngehalten. Wir konnten gar nicht sagen, ob es stimmte, weil wir ihn ja nie kennenlernten. Wir glaubten es einfach.

Ich kann mir vorstellen, wie das passiert ist. Matias hatte aus irgendeinem unwichtigen Grund mit den coolen Jungs in der ersten Klasse Streit. Diese Jungen verbreiteten Gerüchte über ihn, und alle glaubten es. Später auf der weiterführenden Schule ging es mit dem Gerede weiter. Und wieder wollte niemand etwas mit ihm zu tun haben. Matias wurde immer behandelt, als wäre er ein Stück Dreck. Und das nur, weil irgendein Junge in der ersten Klasse ihn nicht mochte.

Ich habe eigentlich nie richtig darüber nachgedacht, wie es dazu gekommen ist, dass Matias so behandelt wurde. Denn Matias Staudt hat mich nie interessiert, solange es mir gut ging. Und das ist traurig.

Alle sagen immer, es sei richtig, anderen Menschen zu helfen. Sie reden von Zivilcourage. Uns wird erklärt, dass alle Menschen gleich sind. Man soll seine Mitmenschen so behandeln, wie man selbst behandelt werden möchte. Dann kommen wir in die Schule, und es heißt: »Halt dich von dem fern.« Oder: »Freunde dich lieber mit der an.«

Irgendwann spricht man dann im Unterricht über Mobbing. Alle sitzen im Stuhlkreis und erzählen, wie scheiße sie es finden, während sie dem Jungen oder dem Mädchen in die Augen sehen, dem sie genau das antun. Und im selben Atemzug macht der Lehrer den Schüler nieder, den er nicht ausstehen kann.

Beim Schulwechsel heißt es dann: »Geh nicht auf die Hauptschule, da sind nur Asoziale und Ausländer.«

Wir bekommen immer wieder zu hören, dass alle Menschen gleich sind. Aber gleichzeitig wird uns weisgemacht, wir seien etwas Besseres. Das ist traurig. Mich macht es traurig. Diese Welt ist so verlogen. Es ist immer dasselbe. Die Starken machen die Schwachen nieder. Die Reichen beuten die Armen aus. Die Mächtigen nutzen die Entmachteten aus. Es wird wohl nie anders sein. Es ist ein Teufelskreis. Und niemand kommt heraus.

Wir haben Matias Staudt aus ganz verschiedenen Gründen gemobbt. Die einen, weil sie sich dadurch selber nicht so klein fühlten. Andere, weil sie Angst hatten, selbst gedisst zu werden, wenn sie nicht mitmachten. Und wieder andere haben mitgemacht, weil sie es genossen, Macht über Schwächere zu haben. Und ich habe einfach nie wirklich darüber nachgedacht. Ich habe nicht darüber nachgedacht, wie er sich fühlen musste. Ich habe es einfach getan, und ich weiß nicht mal, warum. Vielleicht, weil es alle gemacht haben. Für mich war es eine ganz harmlose Sache. Und aus dieser Sache ist *das* geworden. Mein jetziges Leben. Also hat mein unüberlegtes Verhalten mein Leben zerstört.

Wir durchleben die Hölle, Tag für Tag. Mein Dad kann das nicht verstehen. Was meine Mom angeht – ich bin noch nicht so weit, mich ihr vollständig anzuvertrauen. Niemand aus unseren Familien wird uns jemals verstehen können. Niemals werden wir uns an ihre Schultern anlehnen und uns ausheulen können. Ich möchte es auch gar nicht. Ich möchte darum nicht weinen. Ich möchte so wenig wie möglich darüber nachdenken. Zum Alltag zurückkehren.

Ich möchte wieder leben. Wieder fühlen.

Ich möchte Tobi wieder spüren. Seine Küsse. Seine Umarmungen. Sein Lächeln sehen. Sein Lachen hören. Seine spöttischen Kommentare. Seine Hand in meiner fühlen. Ich möchte den Augenblick noch einmal erleben, als ich ihn im Urlaub zum ersten Mal sah. Und den Moment, als ich mich in ihn verliebte. Unser erstes Date. Und unseren ersten Kuss. Sein Mund, wenn er *Ich liebe dich* sagt. Und seine Augen, wenn er mich ansieht, als wäre ich das Beste in seinem Leben.

Ich möchte die Zeit einfach zurückdrehen. Und das letzte Jahr immer und immer wieder erleben. Wie in einer Warteschleife. Denn es war das beste Jahr meines Lebens. Und ich möchte mein Leben zurück.

Ich würde die Welt gerne wieder betrachten wie früher. Denn so blöd es auch klingt, die Welt sieht jetzt ganz anders aus. Greller. Oberflächlicher. Größer.

Die Welt hört sich jetzt ganz anders an. Lauter. Gefährlicher. Trauriger.

Die Welt fühlt sich jetzt ganz anders an. Kälter. Hoffnungsloser. Rauer.

Ich möchte mein Leben zurück. Und die Zeit.

Ich glaube, ich verstehe jetzt, wie Matias Staudt sich all die Jahre gefühlt hat.

Heute ist die Schule schlimm. Joanne fehlt schon den dritten Tag. Und in der zweiten Stunde schreit mich mein Englischlehrer fünf Minuten lang vor der gesamten Klasse an, nur weil ich meine Hausaufgaben vergessen habe. In der dritten Stunde müssen wir uns einen Vortrag über Klassengemeinschaft anhören. Und in der vierten Stunde hat eine Klassenkameradin einen Zusammenbruch und muss von ihrer Mutter abgeholt werden.

Jetzt bin ich reif für die Ferien. Oder zumindest für einen sehr, sehr starken Kaffee. Stattdessen ruft mir auch noch Sophia zwischen den Containern hinterher. Natürlich muss das heute passieren! Ich drehe mich genervt zu ihr um.

»Was willst du?«, blaffe ich sie an.

Ich kann sie wieder nur entsetzt mustern. Was nur ist aus dem Mädchen geworden, das meine Freundin war? Sie hat blutunterlaufene Augen, strähnige Haare, bleiche, spröde Haut. Ich begreife einfach nicht, warum sie sich das antut, warum sie sich selbst so sehr hasst. Das Mädchen, das ich kenne, ist einfach verschwunden.

Ich will sie nicht sehen. Ich bin es leid, tagtäglich mit ansehen zu müssen, wie die Menschen, die mir am Herzen liegen, sich selbst verlieren. Ich will weder Sophia sehen noch Joanne. Aber wenn sie dann doch einmal fehlen, so wie Joanne die letzten Tage, mache ich mir Sorgen.

»Ich will nur reden.« Sophia hebt schuldabweisend die Hände. »Aber du ignorierst mich ja nur noch, kommst nicht mal in der Pause zu mir, schreist mich an, wenn ich reden will ...«

Darauf könnte ich jetzt so viel erwidern. Zum Beispiel, dass sie ziemlich komisch drauf ist (was definitiv an dem Gras liegt, das sie raucht). Oder dass sie ja auch nicht zu mir kommt in den Pausen. Oder dass ich nicht weiß, worüber wir reden könnten, weil uns nichts mehr verbindet.

Mir fallen in nur einer Sekunde so viele Sachen ein, die ich ihr an den Kopf werfen könnte. Aber ich tu's nicht. Ich habe keine Lust, mit ihr zu diskutieren. Also zucke ich einfach nur mit den Schultern.

Aber Sophia gibt nicht auf. Sie hat Machtspielchen schon immer geliebt. Anderen zeigen, dass sie weniger wert sind als sie, das konnte sie schon immer gut. Nur war ich bis jetzt noch nie unter ihren Opfern.

»Aber ich vermisse dich ja so sehr!« Selbst ein Tauber hätte den Spott in ihrer Stimme hören können. »Warum machen wir nicht mal wieder was zusammen?«

Ich zeige ihr den Mittelfinger und will weitergehen. Da bricht plötzlich die Fassade, und was ich sehe, ist die Sophia, die ich kenne. Sie sieht mich an. Mit ihren großen, traurigen Augen. Eine Träne läuft über ihr Gesicht.

»Denk nicht schlecht von mir«, flüstert sie. »Es tut so weh, Miriam ...«

Sie möchte noch mehr sagen, aber da taucht Vanessa vor

uns auf. Sie sieht mich seltsam an. Sophias Blick wird plötzlich wieder hart und ihre Haltung selbstsicher.

»Also, Miriam, Schätzchen, du weißt ja, wo du mich findest. Es wäre doch schade, wenn wir nicht wieder mehr zusammen machen würden.«

Dann rauscht sie davon wie eine Königin.

»Was sollte das, bitte schön?!«, fragt Vanessa.

»Ich glaube, da drinnen steckt immer noch die richtige Sophia. Und es geht ihr echt beschissen«, sage ich und schaue Sophia hinterher.

»Was war das denn?«

Ich lache so sehr, dass ich mich an Sophia festhalten muss, um wieder Luft zu kriegen. Tanja kriegt den Mund vor Entsetzen nicht mehr zu. Und vor Neid. Denn eins ist klar: Der Typ, der Sophia gerade angemacht hat, ist extrem heiß.

»Oh mein Gott, Sophia! Bitte sag mir, dass du den Typen anrufen wirst!« Tanja schüttelt Sophia richtig durch vor Aufregung.

Sophia allerdings zuckt mit den Schultern und schmeißt die Nummer des Typen in den nächsten Mülleimer.

Okay, jetzt kriegt Tanja sich gar nicht mehr ein.

»Bitte sag mir, dass du das gerade nicht echt gemacht hast!« Tanjas Stimme klingt absolut mordlustig. Sie hat sich vor einem Monat von ihrem Freund getrennt und schläft seitdem aus Frust mit jedem. So einen hätte sie sich nicht entgehen lassen.

»Ich hätte ihn sowieso nicht angerufen.« Sophia zuckt mit den Schultern.

Da muss ich lachen. Tanjas Gesichtsausdruck ist einfach

genial. Wir steuern in Richtung Pimkie. Unsere Flipflops klappern, wir haben alle große Sonnenbrillen auf, und jede von uns schleppt mindestens drei Einkaufstüten. Ich liebe den Sommer.

»Hast du sie noch alle?!«, fängt Tanja wieder an.

»Ich bitte dich. Wenn der was von mir will, soll er sich was Originelleres überlegen. Ich kann echt was Besseres haben, wenn ich will. Jungs wollen eh nur das eine von mir. Und dann sollen sie sich wenigstens anstrengen, wenn sie's bekommen wollen.«

Sophia lässt nicht einfach jeden Typen an sich ran, im Gegensatz zu Tanja. Die hatte mehr Typen, als ich zählen kann. Und jedes Mal denkt sie, dieses Mal ist es der Richtige. Aber spätestens nach einem Monat ist es dann wieder vorbei.

»Ach wirklich?« Tanja zieht spöttisch die Augenbrauen hoch. »Glaubst du das? Beweis es. Bei dem Typen da vorne.« Sie nickt in Richtung eines Jungen, der mit zwei seiner Kumpels und einem Mädchen an der Mauer lehnt. Der Junge sieht echt extrem gut aus. Dunkelblonde Haare, gut eins fünfundachtzig groß, muskulös, braun gebrannt. So ein Typ, bei dem man sich eh nicht traut, hinzugehen, weil er bestimmt schon eine Freundin hat.

In Sophias Augen glitzert es verdächtig. Sie liebt Herausforderungen. Vor allem, wenn sie gute Chancen hat. Und die hat sie. Weil sie es immer schafft, die Typen um den Finger zu wickeln, wenn sie will.

»Was soll ich machen?«

»Besorg mir seine Nummer.«

»Okay.« Sophia geht langsam rückwärts, während sie Tanja ins Gesicht blickt. »Nichts leichter als das.«

Sie dreht sich um und geht auf ihn zu. Tanja und ich beobachten sie gebannt.

»Dir ist schon klar, dass sie das ohne Probleme schafft.« Das ist keine Frage. Das ist eine Feststellung. Natürlich weiß Tanja das.

»Ja, schon. Aber ich sehe ihr dabei so gern zu. Die Typen wirken immer so hilflos.«

Sophia fängt an, mit dem Typen zu reden. Hier und da ein bisschen fummeln, ein kokettes Lachen, ein Augenaufschlag. Der Typ ist Wachs in Sophias Fingern.

Es dauert nur fünf Minuten, bis Sophia zurückkommt. Mit der Nummer. Tanja und ich können gar nicht mehr aufhören zu lachen. Dann verschwindet Tanja kurz, weil sie vor lauter Lachen aufs Klo muss.

»Ich verrate dir was, aber du darfst es Tanja nicht sagen«, sagt Sophia, als Tanja außer Sichtweite ist.

Ich nicke und sehe Sophia neugierig an.

»Ich hab am Anfang ein bisschen geflirtet und ihn dann um seine Nummer gebeten. Ich hab diesem Typen die Wahrheit gesagt. Dass ich eine Wette mit meiner Freundin laufen habe. Nur deshalb hat er mir seine Nummer gegeben.«

Ich sehe Sophia von der Seite an. Glaubt sie das wirklich? Dann ist sie echt blind und hat nicht gemerkt, wie der Typ sie anschmachtet. Aber es sieht ihr ähnlich, dem Jungen die Wahrheit zu sagen. Sophia ist immer direkt und redet nicht um den heißen Brei herum. Und das liebe ich am meisten an ihr.

Sophia ist damals tatsächlich mit dem Typen zusammengekommen. Sie waren noch zusammen, als der Amoklauf passierte. Ich habe keine Ahnung, wie es jetzt zwischen ihnen steht.

17

Oma und Opa kommen zu Besuch. Ich habe sie schon seit ein paar Tagen nicht mehr gesehen und umarme sie stürmisch. Es tut gut, ihre Gesichter zu sehen. Opas Gesicht ist so wissend. Und Omas Gesicht so verständnisvoll.

Es ist noch gar nicht lange her, da dachte ich tatsächlich, die beiden könnten mich vor allem bewahren. Aber jeder Mensch wacht einmal auf und merkt, dass er schutzlos und alleine ist.

Wir setzen uns in die Küche. Mom kocht Tee. Dad ist arbeiten. Ist ja nichts Neues. Es fühlt sich fast an wie früher. Am Esstisch zu sitzen, Tee zu trinken und zu reden. Am Ende hilft mir das vielleicht sogar mehr als hundert Gespräche mit Dr. Frei.

Plötzlich klingelt es. Mom steht auf und öffnet die Tür. Ich weiß nicht, wen ich erwartet habe, aber mit Joannes Vater habe ich ganz sicher nicht gerechnet. Er betritt die Küche nach meiner Mutter. Er wirkt müde und erschöpft. Augenringe, strähniges grau-schwarzes Haar. Trübe Augen. Er wirkt noch kleiner, als er ohnehin schon ist.

Meine Mom bittet ihn, sich zu setzen. Er lässt sich auf den freien Küchenstuhl sinken und sieht mir in die Augen. Ich weiß, was kommt. Ich erlebe dies nicht zum ersten Mal. Menschen haben diesen Blick nur in einer ganz bestimmten Situation. An *dem* Tag, an diesem einen, schrecklichen Tag, habe ich diesen Gesichtsausdruck öfter gesehen. Bei Polizisten, Ärzten und Angehörigen.

»Miriam.«

Ich kann ihm ansehen, was er sagen will. Und zugleich ist es mir so unbegreiflich. Um Gewissheit zu haben, und auch, um ihm die schweren Worte abzunehmen, frage ich: »Ist sie tot?«

Er nickt. »Ja.«

Mehr gibt es nicht zu sagen. Ich weiß, dass ich später weinen werde. Jetzt noch nicht. Ich muss erst begreifen.

Der Schmerz kommt nicht gleich, wenn man es erfährt. Zumindest nicht der ganze Schmerz. Nicht mal annähernd der ganze Schmerz. Erst wenn ich alleine in meinem Zimmer bin, wird der Schmerz kommen. Dann werde ich an Joanne denken. Werde mich an all das erinnern, was wir zusammen erlebt haben. Und ich werde um das Mädchen und die beste Freundin weinen.

»Wie ist es passiert?«

Eigentlich ist das nicht wichtig. Es spielt keine Rolle, ändert nichts. Ich möchte es trotzdem wissen.

»Sie hat sich die Pulsadern aufgeschnitten.«

»Oh Gott.« Meine Oma schlägt sich entsetzt die Hände vor den Mund, sieht verzweifelt Opa an. Der löst ihre verkrampfte Hand und hält sie in seiner. Danach greift er auch nach meiner Hand, streichelt mich tröstend.

Mom steht auf und beginnt, die Küchenzeile zu säubern.

Was sagt man? Was sagt man, wenn jedes Wort es im Grunde nur noch schlimmer macht? »Es tut mir so leid.« Mehr Worte habe ich nicht. Joanne hat sich das Leben genommen.

»Das ist so bescheuert!«

Belustigt drehe ich mich zu Joanne, die neben mir sitzt. Sophia, Tanja und Vanessa sitzen vor uns. So, wie ich sie kenne, haben alle drei Tränen in den Augen.

Ich bin selbst kurz vorm Heulen. Dass die Szene vorne auf der Bühne ausgerechnet Joanne kaltlässt, überrascht mich. Normalerweise ist sie die Erste, die losheult. In den Osterferien haben wir alle zusammen *Titanic* gesehen. Joanne hat bei der Stelle, wo das Schiff den Eisberg streift, angefangen zu weinen, und erst eine Stunde, nachdem der Film längst vorbei war, wieder aufgehört.

»Das ist total romantisch!«, widerspreche ich ihr leise.

»Klar, es ist ja auch so romantisch, wenn er sich umbringt, weil er denkt, sie ist tot, und dann bringt sie sich um, weil er wirklich tot ist. Ich hab mich ja auch nicht umgebracht, als mein Freund sich von mir getrennt hat«, flüstert sie zurück.

Sie vergleicht sich nicht im Ernst gerade mit Romeo und Julia!

»Sie tun das doch, weil sie ohne den anderen nicht leben können.«

»Das ist einfach nur absolut feige. Sich selbst umzubringen, ist absolut feige! Da rennen die Leute einfach nur vor ihrem Leben davon.«

Jetzt ist es Joanne, die vor ihrem Leben davongelaufen ist.

Ich sehe aus dem Fenster. Der Schnee ist getaut. Eine Spinne spinnt sich ihr Netz draußen am Fensterrahmen. Ich beobachte sie genau. Ich mag Spinnen eigentlich nicht besonders. Normalerweise schreie ich, wenn ich eine Spinne im Haus finde. Joanne hat sie dann immer für mich rausgetragen. Ganz behutsam hat sie sie angefasst.

Joanne ist tot. Um es zu begreifen, sage ich es immer wieder in Gedanken zu mir. Joanne ist tot. Tot ist Joanne. Ist Joanne tot? Joanne tot ist. *T-o-t. J-o-a-n-n-e. I-s-t.* Je nachdem, in welche Reihenfolge man diese drei Wörter bringt, kommen ganz verschiedene Aussagen heraus. Manche ergeben keinen Sinn. Andere schon.

Früher haben Joanne und ich Sätze umgestellt. Das ist so ein Spiel von uns gewesen. Dabei kamen die lustigsten Dinge heraus. Aber diese Wörter kann man drehen und wenden, wie man will, sie bleiben ernst und traurig.

»Wir haben Joanne schon beerdigt. Nur wir beide. Dana wollte, dass wir mit ihr alleine sind.« Die Stimme von Joannes Vater bringt mich zurück in die Küche. Ich sehe wieder aus dem Fenster. Die Spinne bewegt sich flink und anmutig, während ihr Netz immer schöner und majestätischer wird. Ja, das Leben geht immer weiter. Selbst wenn wir es nicht wollen.

»Miriam, hat Joanne irgendwelche Andeutungen gemacht? Hätten wir es wissen können?«

»Nur wenn ihr Gedanken lesen könnt«, antworte ich bitter. Es ist hart. Aber es ist die Wahrheit. »Schließlich hat sie seit dem Amoklauf den Mund nicht mehr aufgemacht. Wir werden wohl nie erfahren, was in ihrem Kopf vorging.«

Harald nickt, während er in seiner Jackentasche kramt. Dann holt er etwas heraus. Weiß und ziemlich zerknittert. »Sie hat Abschiedsbriefe hinterlassen. Einen für uns und einen für dich.«

Er hält ihn mir hin. Auf dem weißen Kuvert steht unverkennbar in Joannes Schrift *Miriam*. Ich bin unfähig, mich zu bewegen. Als ich ihn nicht entgegennehme, legt Harald den Brief seufzend auf den Tisch. »Du warst ihre beste Freundin. Ich bin froh, dass Joanne dich hatte.«

Ich nicke nur. Greife nach dem Brief. Meine Arme fühlen sich unglaublich schwer und steif an. Meine Hände zittern. Ich bin mir nicht sicher, ob ich wissen will, was darin steht. Ich renne hoch in mein Zimmer, weil ich es bei meiner Familie und Harald nicht mehr aushalte.

Ich knalle die Tür hinter mir zu und lasse mich auf den Boden sinken. Ich atme schnell. Tränen brennen in meinen Augen. Plötzlich ist mir speiübel. Ich atme ein paarmal tief ein und aus. Dann reiße ich das Kuvert auf. Und beginne zu lesen.

Meine liebste und beste Freundin,
erinnerst Du Dich noch an den Sommer vor drei Jahren? Damals haben wir uns eine riesige Weltkarte besorgt und sie unten in Deinem Keller aufgehängt. In unserem Raum, wo niemand außer uns beiden war. Wir haben all die Städte und Länder, zu denen wir hinwollten, markiert. Und Fotos von Denkmälern und Orten aufgeklebt, die wir sehen wollten. Wir haben gespielt, dass wir schon da wären.
Für mich wird es nur ein Spiel bleiben. Ich werde niemals einen dieser Orte sehen. Aber Du wirst es. Du wirst für uns beide um die Welt reisen.
Es tut mir so unendlich leid. Alles, was an diesem Tag und davor passiert ist. Ich kann mit dieser Schuld einfach nicht mehr leben. Glaub mir, ich habe es ver-

sucht. Bitte, sei nicht sauer, dass ich gehe. Ich kann einfach nicht mehr. Vielleicht ist es feige, dass ich einfach verschwinde. Ich denke, ich verstehe Romeo und Julia jetzt besser. Sie haben sich umgebracht, weil es nichts Schönes mehr in ihrem Leben gab. Und bei mir ist es genauso. Ich hätte niemals wieder richtig leben können. Tobi werde ich von Dir grüßen, dort oben, wo auch immer es nach dem Tod weitergeht.
Lebe für uns beide. Liebe für uns beide. Mach all die Dinge, die Du tun möchtest. Und lass Dich von nichts aufhalten. Du schaffst alles. Hast Du schon immer.
Joanne

Ich wiege mich hin und her. Ein fast animalisches Geräusch kommt aus meiner Kehle. Und dann fließen die Tränen.

Ich denke an den Sommer vor drei Jahren, als Joanne und ich die Karte in meinem Keller aufgehängt haben, in unserem Raum, den wir mit Kissen und Decken ausgestopft haben. Wir spielten, um die Welt zu reisen und all die magischen Orte zu sehen.

Ich denke an Joannes Lachen und daran, wie wir oft auf meinem Bett lagen und über Jungs und Klamotten redeten, damals, als wir zu alt wurden, um im Keller zu spielen.

Ich denke daran, wie Joanne Tobi damals in der Pause direkt vor allen die Meinung gesagt hat, als ich Streit mit ihm hatte. Und daran, dass sie immer für mich da war. Dass ich sie besser kannte als sonst jemanden. Dass es andersherum genauso war.

Und ich denke daran, dass Joanne mit der Schuld nicht mehr leben konnte. Mit der Schuld, die auch auf mir lastet. Dabei war Joanne immer noch eine von denen, die Matias nie wirklich schlecht behandelt haben. Im Gegensatz zu mir. Und Tobi.

Nichts bleibt im Leben. Nicht mal die beste Freundin. Gar nichts.

Ich sitze auf dem Fußboden, schluchzend, in der einen Hand den Brief, der schon ganz nass von den vielen Tränen ist. Ich halte mir den Bauch, weil es so wehtut. So weh wie vor einem Monat, als Tobi starb. Jetzt habe ich beide verloren. Jetzt sind sie fort. Für immer.

Joanne hatte Angst, dass ich böse auf sie sein könnte. Dabei verstehe ich sie so gut. Ich beneide sie sogar fast darum, dass sie den Mut hatte, es zu beenden.

Ich möchte auch, dass es vorbei ist. Ich will nicht immer weiter alles verlieren. Aber sterben, das möchte ich auch nicht. Ich möchte die Zeit zurückdrehen. Zurück zu diesem Sommer. Als noch alles okay war. Alles wunderschön und perfekt.

Ich bin müde. So müde. Mein Herz ist ganz wund. Wund und verzweifelt. Ich rolle mich auf dem Fußboden zusammen, den Brief an meine Brust gedrückt, und schließe die Augen.

Dann habe ich plötzlich diese Melodie im Kopf. Es ist ein melancholisches Stück von einem französischen Komponisten. Joanne hat es geliebt. Ich musste es stundenlang für sie spielen. Langsam stehe ich auf und setze mich ans Klavier. Ich öffne den Klavierdeckel und streiche über die Tasten, dann beginne ich zu spielen.

Ich brauche eine Weile, bis sich meine Finger wieder an die Bewegungen gewöhnt haben. Sie haben ihre Geschmeidigkeit verloren. Aber bald verselbstständigen sie sich, so wie früher, und treffen von ganz allein die richtigen Töne. Alles an mir scheint die traurige Melodie jetzt zu verstehen. Als würde ich sie nur für Joanne spielen.

Ich beende das Stück und bemerke erst jetzt, dass Mom in der Tür steht und lauscht. Wie lange sie wohl schon zuhört?

»Ich wusste gar nicht, dass du noch spielst«, sagt sie und setzt sich zu mir auf den Klavierhocker.

»Habe ich auch nicht«, antworte ich und streiche wehmütig über die Tasten. »Bis jetzt.«

Warum. Ein einfaches Wort. Fünf Buchstaben, nichts weiter. Aber wenn dieses Wörtchen dir nicht mehr aus dem Kopf geht, wenn es immer und überall gegenwärtig ist, kann es sehr viel Macht über dich bekommen. Dann kann es dich verschlingen.

Ich hatte gerade angefangen, dieses Wort loszulassen. Zu akzeptieren. Das Leben anzunehmen, wie es ist. Aber es kommt mir vor, als hätte das Leben sich gegen mich verschworen. Als würde irgendeine höhere Macht wollen, dass ich für eine Sünde büße. Und an so einen Scheiß glaub ich eigentlich nicht.

Joanne ist tot. Einfach weg. Wie Tobi. Alle Menschen, die ich liebe, verschwinden einfach. Verschwinden für immer. Tobi und Joanne. Jetzt sind es schon zwei Gräber, die ich besuche.

Ich sollte aufpassen, dass ich nicht langsam zu einem Geist werde, so oft, wie ich mich auf dem Friedhof aufhalte. So oft, dass ich weiß, dass die Witwe von dem Grab neben Tobi jeden zweiten Tag um Punkt drei kommt und eine halbe Stunde bleibt. Manchmal bringt sie ihre Enkelkinder mit, Zwillinge. Ich schätze, sie sind drei oder vier Jahre alt.

Der Pfarrer macht jeden Freitagnachmittag gegen 16 Uhr seine Runde über den Friedhof. Und mindestens alle zwei Wochen findet eine Beerdigung statt.

Heute Morgen war ich an Joannes Grab. Ein weißer Grabstein mit goldener Inschrift:

Alles Wachsen ist ein Sterben,
jedes Werden ein Vergehen.
Alles Lassen ein Erleben,
jeder Tod ein Auferstehen.

Ich habe ziemlich viel nachgedacht. Über den Sinn des Lebens und so. Ich habe mich einfach gefragt, warum ich lebe. Warum wir alle leben. Ob es Zufall ist, wen wir lieben und was wir tun. Ob es Zufall war, dass wir Matias Staudt gemobbt haben. Und dass er auf uns geschossen hat. Natürlich habe ich keine Antwort gefunden. Ich möchte das, worum Joanne mich gebeten hat, wirklich tun. Ich möchte für uns beide leben. Aber ich weiß nicht, wie. Sie fehlt mir so sehr.

Nachmittags erzähle ich es Dr. Frei. Sie sieht bestürzt aus. Sie hört mir zu, ohne mich einmal zu unterbrechen. Ab und zu nickt sie verständnisvoll. Als ich schließlich schweige, fragt sie: »Hast du das Gefühl, dass du damit klarkommen *musst*? Findest du, dass Joanne dich unter Druck gesetzt hat?«

Darüber denke ich nach. »Irgendwie schon. Einige Leute sagen mir, dass ich so gut mit der Situation umgehe. Das finde ich aber gar nicht. Wenn sie das sagen, habe ich das Gefühl, dass alle es ganz selbstverständlich finden, dass ich immer weitermache.«

»Vielleicht ist es für sie ja auch selbstverständlich. Für alle anderen geht das Leben schließlich ganz normal weiter. In diesem Moment passieren so schlimme Dinge, und du und ich reden einfach nur. Und gleichzeitig passieren so viele wunderschöne Dinge. Bevor an deiner Schule geschossen wurde, war dein Leben ja auch nicht perfekt. Es gab Probleme. Du musstest ohne Mutter durch die Pubertät, dein Vater hatte nie besonders viel Zeit für dich. Aber das war in Ordnung für dich, weil es auch viele schöne Dinge gab. Die Schule, dein Freund und deine Freundinnen. Diese Dinge sind jetzt fort. Du hast miterlebt, wie eine Person, die du kanntest, dich erschießen wollte. Dein ganzes Urvertrauen wurde dadurch erschüttert. Und dieses Vertrauen musst du jetzt wiederfinden. Das ist ein Prozess, der über Jahre geht.

Du hast angefangen, es zu akzeptieren, was sehr gut ist. Das ist ein großer Schritt. Du kannst wirklich stolz auf dich sein. Nun musst du wieder schöne Dinge im Leben finden. Dadurch wird das Geschehene nicht weniger furchtbar, da will ich dir gar keine Hoffnungen machen. Aber diese Last wird dir leichter vorkommen, wenn du Menschen findest, mit denen du sie teilen kannst. Und langsam wirst du dann auch dein Vertrauen zurückgewinnen.«

Sie hat recht. Auch vor dem Amoklauf sind mir schlimme Dinge passiert. Aber trotzdem war mein Leben schön. Weil es auch viel Gutes gab.

»Was würdest du gerne machen, Miriam?«

Diese Frage kommt unerwartet und überfordert mich. Ich bin mir nicht sicher, wie sie es meint. »Jetzt?«

»Ja. Oder morgen oder nächste Woche. Was fändest du schön?«, antwortet sie mir.

»Ferien«, sage ich, bevor ich darüber nachdenke. Aber es stimmt. Ich will eine Pause von der Schule.

Dr. Frei nickt. »Und warum?«

»Ich brauche Ruhe. Endlich mal ein bisschen Abstand.« Ich überlege einen Moment. »Es wäre auch schön, wegzufahren.«

Dr. Frei lächelt nur. Dieses Lächeln, das sie ständig lächelt.

»Dann mach das doch. Deinen Eltern würde es sicherlich auch gefallen.«

Ich sehe sie zweifelnd an.

»Würde es denn was ändern?«

»Probier es doch einfach aus.«

18

Ich stehe tatsächlich davor. Ich stehe vor dem Ort, den ich die letzten fünf Jahre fast jeden Tag aufgesucht habe. Dem Ort, an dem ich Tausende Erfolge und Niederlagen hatte. Streit mit meinen Freundinnen. Probleme mit Tobi. Auseinandersetzungen mit Lehrern. Aber auch Dutzende Aktionen, bei denen Joanne und ich mitgeholfen haben. Aufführungen, Spenden, es gab immer etwas zu organisieren. Gute Noten. Klassenausflüge. An diesem Ort fand die letzten fünf Jahre ein großer Teil meines Lebens statt.

Es ist, als würde ich keine Luft mehr bekommen. Es liegt einzig an dem Gedanken, bei meiner Schule zu sein, dem Tatort. Je näher ich der Schule auf dem Weg hierher kam, desto schlimmer wurde es. Und jetzt stehe ich davor, vor diesem schrecklichen Platz, und weiß nicht weiter. Ich möchte da nicht rein. Aber irgendwie doch. Ich will beides. Ich weiß nicht, was ich will.

Es sieht so anders aus als noch vor einem Monat. Inzwischen ist hier eine Baustelle. Auf den ersten Blick würde man die Schule gar nicht erkennen, sie sieht aus wie ein riesiger Sandkasten.

Ich weiß, dass die Stadt alles komplett renovieren lässt, um die traumatischen Erinnerungen auszulöschen. Aber ich glaube, das kann man gar nicht. Allein der Gedanke, dass hier der Amoklauf stattgefunden hat, reicht, um mir ein flaues Gefühl im Magen zu verursachen. Ob die Schule noch aussieht wie damals, spielt im Endeffekt keine Rolle. Es ändert gar nichts.

Eigentlich dürfte ich gar nicht hier sein. Vor der Absperrung hängt ein großes Schild: *Betreten der Baustelle verboten!* Doch die Arbeiter haben längst Feierabend gemacht.

Ich stehe direkt vor dem Haupteingang. Früher war hier eine massive alte Holztür, fast schon ein Tor. Jetzt ist sie weg. Damit sie uns nicht an *davor* erinnert.

Ich könnte über die Schwelle gehen. Aber der erste Schritt, der ist wirklich schwer. Es ist das Kopfkino, das mich davon abhält. Ich kann die Schreie wieder hören. Und die Stille. Diese verdammte Stille, bevor Matias Staudt das Jungsklo im ersten Stock betrat, um Philipp Schwarz zu erschießen. Die Angst fühlt sich so real an, als würde der Amoklauf genau in diesem Augenblick geschehen. Ich habe das Bedürfnis, mich umzudrehen und mich zu versichern, dass hinter mir niemand mit einer Waffe steht. Tausend Gefühle kommen wieder hoch, rauben mir die Luft zum Atmen. Ich merke, dass ich kurz vor einer Panikattacke stehe. Mein Herz beginnt zu rasen.

Doch dann mache ich plötzlich einen Satz nach vorne. Die unsichtbare Mauer ist überschritten. Ich habe nicht gedacht, dass ich das schaffen würde. Aber ich habe es geschafft.

Ich brauche einen Augenblick, bevor ich in dem Dämmerlicht etwas erkennen kann. Es sieht nicht so aus, wie ich erwartet habe. Es befinden sich keine Möbel in den Gängen. Die Bilder, die die Schüler gemalt hatten, wurden abgehängt. Es ist nur ein kahler, halb fertig renovierter Raum.

Alles ist anders. Aber die Erinnerungen bleiben. Als ich zur Eingangstür blicke, holen mich Gefühle ein, die ich nicht steuern kann. Als ich wieder in den Flur sehe, holen mich Gedanken ein, die ich nicht vertreiben kann.

* * *

Tja. Hier bin ich. Die ganze Nacht habe ich nicht schlafen können. Die letzten zwei Jahre habe ich mich auf den Tag gefreut, an dem ich eine weiterführende Schule besuchen würde. Jetzt ist es so weit. Und es fühlt sich gar nicht mehr so toll an.

Die ganze Nacht habe ich vor Aufregung nicht schlafen können. Ich habe erwartet, dass ich mich jetzt anders fühlen würde. Größer. Schließlich bin ich jetzt eine Gymnasiastin. Aber die Wahrheit ist, dass ich mich klein und unbedeutend fühle. Ich bin eine von hundertdreißig neuen Fünftklässlern. Und ich hab keine Ahnung, wer die anderen sind.

Was ist, wenn ich keine Freunde finde? Wenn sie finden, dass ich ein Freak bin? Vielleicht sind die Mädchen alle fies zu mir, und die Jungs schubsen mich herum.

Ich blicke mich nervös um. Viele meiner Mitschüler kennen sich schon von den Grundschulen. Aber ich bin gerade erst in den Sommerferien hergezogen, weil meine Eltern sich getrennt haben. Seitdem habe ich meine Mom nicht mehr gesehen. Ich würde es niemals zugeben, doch sie fehlt mir.

Manchmal, wenn Dad arbeitet und nichts merkt, krame ich die alten Familienalben wieder hervor. Wo wir noch eine Familie sind. Und stelle mir vor, wie es wäre, wieder glücklich zu sein. Eine glückliche Familie. Seit Mom uns verlassen hat, habe ich nur eine Karte zum Geburtstag und eine zu Weihnachten bekommen. Anfangs hab ich sehr geweint. Aber schnell habe ich gemerkt, dass das meinen Dad noch trauriger macht. Also habe ich damit aufgehört.

Mein Dad und ich sind hierhergezogen, zu meinen Großeltern in die Heimatstadt meines Vaters. Es tut gut, meine Oma und meinen Opa jeden Tag sehen zu können. Es hilft. Ein bisschen zumindest.

Und jetzt, jetzt stehe ich hier. In der neuen Schule. Es ist September. Schulanfang. Mein Dad meint, dass es mir leichtfallen wird, neue Freunde zu finden. Ich bin mir da nicht so sicher.

Meine Oma berührt meine Schulter. »Sieh mal, da drüben auf dem Schild steht *5a*. Das ist deine Klasse. Geh ruhig hin. Wir bleiben hier.«

Ich sehe sie unsicher an, aber Oma lächelt aufmunternd. Mit wackeligen Knien gehe ich zu der Eingangshalle. Dort stehen schon einige Kinder. Sie reden miteinander. Ich stelle mich dazu. Es ist bescheuert, ich weiß, trotzdem fange ich an zu weinen.

»Hey«, sagt ein Mädchen, das sich bis eben noch mit einem anderen Mädchen unterhalten hat. Sie wendet sich mir zu und hält mir ein Taschentuch hin. Sie hat schwarze Locken und extrem hellblaue Augen.

»Na, komm schon, so schlimm sind wir auch nicht.«

Ich lächele sie schüchtern an, während ich mir die Tränen abwische.

»Ich bin Joanne. Und das ist Sophia«, sagt sie.

Jetzt betrachte ich auch das andere Mädchen. Sie ist ziemlich mager und hat hellblonde, kurze Haare. Joanne dagegen ist eher mollig. Sie hat dunklere Haut und eine Stupsnase. Die beiden tragen das gleiche T-Shirt mit einem gelben Smiley, der angeknabbert ist.

Sophia bemerkt meinen Blick. »Cool, was? Wir haben uns das T-Shirt zusammen gekauft. In den Sommerferien.«

Ich nicke nur.

»Und wie heißt du? Auf welcher Grundschule warst du denn? Ich hab dich noch nie gesehen.«

Sie schauen mich neugierig an. Es scheint sie wirklich zu interessieren. »Ich heiße Miriam. Ich bin nicht von hier. Mein Dad und ich sind vor Kurzem hergezogen.«

»Sind deine Eltern geschieden?« Ein anderes Mädchen stellt sich zu uns. Es hat braunes, welliges Haar, das bis zur Taille reicht. Dunkelgrüne Augen.

Ich nicke wieder nur.

»Meine auch, seit einem halben Jahr. Am Wochenende lebe ich bei meinem Vater und unter der Woche bei meiner Mutter. Ich bin übrigens Vanessa.«

»Du bist aber nicht auf unsere Schule gegangen, oder?«, fragt Joanne sie.

»Nein. Ich wohne in einem Vorort.«

»Da ist Tanja, meine Nachbarin.« Sophia deutet auf ein Mädchen, das auf uns zukommt. Sie hat rote, lange Haare. Und sie ist groß. Fast einen Kopf größer als ich.

Vanessa winkt ihr begeistert zu. Tanja winkt zurück.

»Woher kennst du Tanja?« Sophia klingt überrascht.

»Wir haben zusammen Gitarrenunterricht.«

»Du spielst Gitarre?«, fragt Joanne begeistert. »Ich wollte immer Schlagzeug spielen. Aber meine Mutter zwingt mich stattdessen, Geige zu lernen. Schlagzeug ist ihr zu laut.«

»Ich spiele Klavier.« Ich finde es toll, mitreden zu können.

»Echt? Ich muss unbedingt zu dir kommen! Ich will dich spielen hören. Und selber drauf rumklimpern!«, ruft Joanne.

Und Sophia fügt hinzu: »Ich komme mit!«

Ich habe jetzt gar nicht mehr so viel Angst. Die ganze Klasse wirkt auf einmal total nett, obwohl ich noch nicht viele kenne. Die ganze Jahrgangsstufe wirkt super. Ach was, die ganze Schule!

Ich drehe mich im Kreis und betrachte dabei alle genau. So viele Schüler, die gerade wie ich neue Leute kennenlernen, Freunde finden.

Da sehe ich einen Jungen. Klein, fett, mit ungewaschenen Haaren und einer Brille. Er steht in der hintersten Ecke der Aula. Alleine. Er wirkt traurig.

»Das ist Matias.« Sophia hat meinen Blick bemerkt. »Er kommt auch von unserer Schule. Halt dich lieber von ihm fern.«

»Er ist echt widerlich«, schaltet sich Joanne ein. »Sogar in der vierten Klasse hat er noch in der Nase gebohrt. Und boarrr!« Joanne hält sich gespielt die Nase zu. »Das stinkt vielleicht, wenn der einen fahren lässt. Und das tut er ständig. Es scheint ihm nicht mal peinlich zu sein!«

Ich sehe diesen Jungen wieder an. Er tut mir leid. Aber ich bin neu an der Schule und möchte einfach nur selbst Anschluss finden.

»Hey, Miriam, wollen wir uns nebeneinandersetzen?«

Ich lächele Vanessa glücklich an. Ich gehöre jetzt dazu.

Ich habe mir nie ernsthaft darüber Gedanken gemacht, wie Matias sich gefühlt hat. Ich … nun ja, ich *wollte* es auch gar nicht. Ich wollte nicht wissen, wie sich die Einsamkeit anfühlt. Wer möchte das schon? Wir laufen einfach mit. Wir haben einfach das getan, was alle taten.

Langsam drehe ich mich im Kreis, betrachte alles ganz genau. Unter meinen Füßen raschelt die Schutzfolie, die den Boden vor Farbklecksen schützen soll. Ich schließe die Augen und drehe mich immer schneller. Und noch schneller. Es gibt nur noch mich und den Wind, den ich selbst durch die Drehung erzeuge. Ich kreise so lange um mich selbst, bis ich hinfalle. Dann bleibe ich dort sitzen.

Hier haben Joanne und ich uns kennengelernt. In dieser riesigen Eingangshalle. Genau hier habe ich zum ersten Mal Matias Staudt gesehen. Wer hätte gedacht, dass es so enden würde? Wer hätte ahnen können, wozu ein Kind später einmal fähig sein würde?

19

Osterferien! An den Bäumen rascheln hellgrüne Blätter, die Wiesen sind von Blumen bunt gesprenkelt, und die Insekten summen und surren. So lange habe ich mich nach dem Frühling gesehnt. Doch jetzt, wo er da ist, ist er noch schöner als in meiner Erinnerung. Die Sonne vertreibt die bösen Gedanken.

Bei uns ist das Packfieber ausgebrochen. Ich sitze in einem Chaos aus Klamotten, Schmuck und Sonnenbrillen. Es ist verdammt früh, halb sieben, normalerweise würde ich an einem Samstag nicht so früh aufstehen. Aber in zwei Stunden wollen wir losfahren. Ich habe einfach unglaubliche Laune! Ich kenne zwar immer noch nicht unser Urlaubsziel, aber es muss irgendwo in Deutschland sein, weil wir mit dem Auto fahren und Badesachen, aber auch Jacken einpacken.

Ich schmeiße wahllos Sachen in meinen Koffer: meine grüne Jacke, meine schwarze Jeans, meine blaue Sonnenbrille, meine weißen Ballerinas, mein rosa gepunktetes Top, meinen Jeansrock, Leggins, die abgetragenen Vans …

Ich kann es immer noch nicht ganz fassen. Ich fahre tatsächlich weg. Ich komm hier mal raus! Ich könnte wild durchs Zimmer tanzen und dabei laut singen. So glücklich war ich schon lange nicht mehr. Vor lauter Glück landen meine bunten Kuschelsocken von Oma auch im Koffer.

Dann fällt mein Blick auf meine jeansblauen Pumps, und ich schreie den Gang hinunter: »Mom, kann ich dort, wo wir hinfahren, Pumps tragen?«

»Klar! Pumps kann man doch immer tragen. Ich habe selbst zwei Paar dabei.« Ich zucke zusammen, weil Moms Stimme direkt hinter mir ist. Lächelnd lehnt sie im Türrahmen. Sie trägt eine geblümte Tunika und eine weiße Jeans. Dazu Riemchensandalen mit minimalem Absatz. Ihre Haare hat sie hochgesteckt.

Schwungvoll versuche ich, meinen Koffer zuzubekommen. Aber der Reißverschluss will sich nicht schließen.

»Mist!« Ich drücke den Kleiderberg mit aller Kraft zusammen und versuche es noch mal.

»Setz dich mal drauf, vielleicht funktioniert das.«

»Danke, bin ich so fett?«, frage ich sie empört und setze mich auf den Koffer. Es ist bestimmt ein lustiges Bild. Ich verrenke meinen Kopf und rüttele am Reißverschluss. Er bewegt sich keinen Millimeter.

»Könntest du mir bitte mal helfen, anstatt so dämlich zu grinsen?«

»Zieh die Beine an und mach dich schwer.« Mom kniet sich vor meinen Koffer. »Gott, Miriam, der Koffer ist einfach zu klein. Hast du keinen größeren?«

Ich starre entgeistert auf meinen XL-Trolley. »Ich bin mir nicht sicher, ob es den überhaupt noch eine Nummer größer gibt.«

Wir ändern unseren Schlachtplan und setzen uns zu zweit auf den Koffer.

»Was macht ihr da?« Dad steht im Türrahmen und schaut uns ungläubig zu. »Ihr wisst schon, dass wir nur acht Tage wegfahren?«

»Du verreist mit zwei Frauen. Was erwartest du da?«

Genau in diesem Moment bewegt sich der Reißverschluss.

»Ja!«

»Endlich«, ruft Mom erleichtert.
»Können wir dann vielleicht frühstücken?«, fragt Dad.

Zwei Stunden später befinden wir uns auf der Autobahn auf dem Weg zu unserem Reiseziel. Wo auch immer das sein mag. Ich sitze auf der Rückbank und schaue aus dem Fenster. Vorne sitzen meine Eltern und streiten sich wie Kinder um die Musik.

An mir zieht die Landschaft vorbei. Hügel, Felder, Dörfer und Wälder. Ich lehne meinen Kopf an die Scheibe und atme erleichtert auf. Es ist so ein befreiendes Gefühl, mein Zuhause immer weiter hinter mir zu lassen. Ich schließe die Augen, nehme nur noch helle und dunkle Streifen wahr. Sonne und Schatten. Sonne und Schatten.

Ich werde erst wach, als mein Vater von der Autobahn abfährt. Ich habe tatsächlich die ganze Zeit geschlafen und habe keine Ahnung, wie lange wir unterwegs sind.

Neugierig sehe ich mich um. Wir sind definitiv noch in Deutschland. Da ist nämlich ein Stand, auf dem *Hof-Eier* steht. Es gibt viele Wiesen und Felder. Die krummen Bäume wiegen sich im Wind.

Es sieht hier so anders aus als in der Gegend, in der ich lebe. Beim Anblick der fremden Landschaft löst sich etwas in mir. Es ist ein unglaubliches Gefühl. Weg. So weit weg von zu Hause. Wie weit weg, spielt da gar keine Rolle. Einfach nur fort. Ich lächele.

Vielleicht ist es genau das, was ich gebraucht habe. Ein paar Tage für mich haben. Nur für mich. Und meine Eltern. Keine Schule. Keine Gegend, die ich in- und auswendig kenne.

Plötzlich erstreckt sich etwas wunderschön Blaues vor mir.

Und Vögel. Vögel, die über dem Blauen kreisen. Und Watt. Küste. »Das Meer!«, rufe ich vor Glück. Ich kann einfach nicht anders. Wir sind an der Nordsee. Wir sind am Ziel unserer Reise.

Das Meer. Für mich gibt es nichts Schöneres. Der Wind, das Rauschen der See, die kreischenden Möwen, die Sonnenuntergänge. Sogar der Regen ist am Meer schöner als zu Hause. Oh ja, ich LIEBE das Meer. Das Meer ist für mich schon immer ein magischer Ort gewesen. Ich fühle mich frei.

Wir fahren noch eine halbe Stunde durch Dörfer und Landschaften, dann halten wir in Büsum. Ich reiße die Autotür auf und renne schreiend raus. Normalerweise wäre mir das peinlich, aber im Moment kann ich nicht anders. Ich hüpfe aufgedreht im Kreis herum und rufe dabei laut meinen Eltern zu: »Ich liebe euch! Ihr seid so toll! Ich liebe, liebe, LIEBE euch! Ich liebe das Meer! Ich LIEBE einfach die ganze WELT!« Keine Ahnung, warum ich so rumkreische. Ich muss es einfach sofort rauslassen.

Ich schnappe mir einen Koffer und meine Handtasche aus dem Kofferraum und steuere damit auf das Haus zu, das Dad gerade aufsperrt. Es ist ein kleines Haus aus roten Ziegelsteinen. Davor ist ein netter Vorgarten mit Narzissen und bunten Tulpen angelegt. Das Dach ist mit Stroh gedeckt.

Drinnen bekomme ich einen Grünschock. Alles ist grün. Grüne Wände, grüne Bilder, grüne Kissen. Nur die Möbel sind weiß. Überall stehen Blumen. Ich drehe mich um und betrachte alles, das Wohnzimmer, die kleine Küche, das enge Schlafzimmer und das Bad. Auf Dauer könnte ich hier nicht leben. Das ganze Grün würde mich wahnsinnig machen. Aber für eine Woche ist es perfekt. So passend zum Frühling.

Über eine schmale, knarzende Holztreppe gelangt man in ein Zimmer mit vier Schrägen, das ebenfalls grün gestrichen ist. In der Mitte des Zimmers steht ein Doppelbett. An die Wände drängen sich eine Kommode, ein Sessel und ein Mantelständer. Es gibt hier oben nur eine einzige Tür, hinter der sich ein weiteres Badezimmer verbirgt.

Mom, Dad und ich einigen uns schnell darauf, dass wir Frauen das Zimmer unterm Dach beziehen. Dann packen wir unsere Sachen aus. Mom macht das Radio an, das auf ihrem Nachtkästchen steht. *Lucy In The Sky With Diamonds* von den Beatles läuft gerade. Wir drehen das Radio ein bisschen lauter, weil wir beide den Song so mögen, und räumen tanzend unseren Schrank ein. Wobei es einen mittelmäßigen Streit um die Platzverteilung gibt. Aber nichts Schlimmes. Wir necken uns nur.

»Oh mein Gott!« Ich reiße meiner Mutter den Tanga aus der Hand, den sie gerade aus der Tasche zieht. Leopardenmuster. Zumindest vorne. Hinten ist ja so gut wie nichts.

»Das trägst du nicht im Ernst!«

»Wieso nicht, Männer stehen auf so was.« Mom zuckt mit den Achseln.

»Die Teile sind doch total unbequem!«

»Na und? Im Übrigen ist die da auch nicht ohne.« Sie hält eine meiner Unterhosen hoch. Pink und mehr Spitze als sonst was. Ja, sie hat recht, die ist auch heiß. Und ich hab sie nur wegen Tobi gekauft. Aber immer noch was anderes als das Teil von meiner Mutter.

»Weiß dein Vater, dass du so was besitzt? Du bist erst fünfzehn, er sollte wirklich besser auf dich aufpassen.«

»Weiß er es bei dir?«, entgegne ich frech, nehme ihr meine Unterhose aus der Hand und räume sie in den Schrank.

Abends gehen wir in ein kleines Restaurant. Wir bestellen uns Fisch, während wir draußen sitzen, keine dreißig Meter vom Hafen entfernt. Glücklich beobachte ich Schiffe, die sich auf der See bewegen. Wie schön das alles ist. Der Geruch der Fischkutter stört hier überhaupt nicht. Er gehört einfach an diesen Ort. Ohne ihn würde etwas fehlen.

Das Meer glitzert in der untergehenden Sonne. Der Himmel verfärbt sich langsam leicht orange. Über uns kreischen die Möwen. Der Wind weht über die Stadt. Und das Meer rauscht. Es ist so wie immer am Meer.

So wie immer.

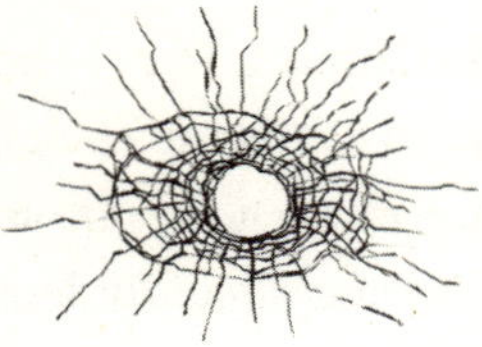

20

»Hey, Schlafmütze, aufwachen!«

Ich grummele und drehe mich auf die andere Seite. Ich will noch nicht aufstehen. So gut wie heute habe ich schon lange nicht mehr geschlafen. Traumlos.

»Komm schon, du willst doch nicht die ganzen Ferien verschlafen.«

Da reiße ich die Augen auf. Ferien, stimmt ja. Wir sind ja am Meer. Die Sonne scheint mir ins Gesicht, man kann die Vögel durchs offene Fenster hören, und wenn man ganz genau lauscht, auch die Schreie der Möwen unten am Meer.

Ich seufze zufrieden und drehe mich um. Auf der anderen Seite des Betts sitzt Mom, ungeschminkt und mit verwuschelten Haaren. Ich muss lachen bei Moms Anblick.

»Lach nicht, du siehst auch nicht viel besser aus. Es ist ja kein Geheimnis, wie Frauen ungeschminkt und am Morgen aussehen.«

Ich hebe schuldabweisend die Hände. »Ich sag ja gar nichts.«

Ich gehe ins Bad und stelle die Dusche an.

»Und wer hat dir jetzt erlaubt, als Erste zu duschen?«

Ich strecke meinen Kopf aus der Tür: »Das war ich.«

Dann verschwinde ich schnell in der Dusche, um nicht von der Socke getroffen zu werden, die meine Mutter nach mir wirft. Ich kann hören, wie sie auch ins Bad kommt und den Wasserhahn zum Zähneputzen aufdreht. Als ich aus der Dusche komme, wirft sie mir ein Handtuch zu. Ich wickele mich in den flauschigen Frotteestoff und nehme mir ein zweites Handtuch, um meine Haare trocken zu rubbeln. Durch das kleine Fenster scheint mir die Sonne grell ins Gesicht, sodass ich die Augen zukneifen muss. Durch das Glas fühlen sich die Strahlen sehr warm auf der Haut an. Fast schon so warm wie die Sommersonne.

Mom ist unter der Dusche. Der süßlich-blumige Geruch ihres Duschgels verteilt sich im ganzen Raum, während die Glasscheibe beschlägt.

Ich wische mit der Handfläche den Dampf vom Spiegel. Zum ersten Mal seit Langem sehe ich mein Spiegelbild und finde mich nicht zum Davonrennen. Die Augenringe sind nicht mehr so dunkel. Die Augen wirken wacher.

Zuerst krame ich in meinem Kulturbeutel nach einem Abdeckstift. Aber dann überlege ich es mir anders. Ich tusche mir nur die Wimpern leicht und lasse den Rest, wie er ist. Es gibt ein Gerangel zwischen Mom und mir, weil ein Spiegel im Badezimmer eindeutig einer zu wenig ist. Ich mache etwas, was ich mit meiner neuen Frisur noch nie gemacht habe: zwei Zöpfe. Die Haare sind gerade lang genug, dass die kleinen Stummelchen halten. Die Strähnen, die mir vorne zu kurz sind, rutschen wieder raus. Das ist mir egal.

Ich glaube, heute wäre mir alles egal. Aber nicht aus dem üblichen Desinteresse, das mich manchmal überkommt, sondern weil ich mich so wohl in meinem Körper fühle. Ich fühle mich wohl, so wie ich bin.

Mom und ich decken den Frühstückstisch draußen auf der Terrasse. Der Tag ist viel zu schön, um ihn drinnen zu beginnen. Dad macht Witze darüber, ob wir beide heute noch bei einer Modenschau mitlaufen wollen, weil wir uns so chic gemacht haben. Nachdem Mom ihm mit einem Schneidebrett eins übergebraten hat, ist er endlich leise und macht Kaffee.

»Ich fahre nie wieder mit euch in den Urlaub!«, ruft Dad.

Ich schüttele lachend den Kopf. Wir gehen durch eine enge Fußgängerzone. Die Gebäude sind alle drei- oder vierstöckig, sodass die Sonne kaum darüber hinwegscheinen kann. Im Schatten ist es doch noch recht kalt, und ich bekomme eine Gänsehaut.

Es ist ein angenehmer und ruhiger Tag. Über die Osterferien scheinen nicht allzu viele Touristen an die Nordsee zu fahren. Die stehen alle entweder auf Skiern in der Schweiz oder bräunen sich am Strand von Hawaii.

In meine Handflächen schneiden gefühlte zehntausend Einkaufstüten, vollgestopft mit Souvenirs, Schmuck, ein paar Klamotten und Lebensmitteln. Heute Abend koche ich.

»Dass dein Vater immer gleich so übertreiben muss.« Mom verdreht die Augen.

»Übertreiben?« Dad sieht sie ungläubig an. »Ihr habt gesagt, wir besorgen was fürs Abendessen. Und jetzt habt ihr lauter Krimskrams gekauft, der zu Hause eh nur einstaubt.«

Ich beiße mir auf die Lippe, um nicht wieder zu lachen. Was hat Dad denn erwartet? Er ist mit zwei Frauen in die Innenstadt gegangen.

»Es ist schöner Krimskrams.« Ich sehe ihn mit meinem Liebe-Tochter-Lächeln an.

Er zuckt hilflos mit den Schultern. »Ihr habt ein halbes Vermögen ausgegeben …«

»Wenn du ein Problem damit hast, solltest du uns vielleicht von Geschäften fernhalten.«

Als würde er das schaffen.

Und dann, endlich, stehe ich am Meer. Der Wind weht mir einzelne Strähnen ins Gesicht. Das Meer rauscht. Es ist dieses beruhigende, unglaubliche Gefühl, das mich überkommt, wenn ich das gleichmäßige Rauschen der Wellen höre. Ich hebe Muscheln in allen Farben und Formen auf. So lebendig habe ich mich schon seit einer Ewigkeit nicht mehr gefühlt.

»Sieh dir mal die an! Die haben ja nicht mehr alle Tassen im Schrank!«, ruft meine Mom und zeigt auf ein paar Verrückte, die bei 12 Grad Celsius ernsthaft schwimmen gehen.

Da ziehe ich einfach meine Schuhe aus und renne ins Wasser. Es ist mir egal, dass ich klitschnass werde. Meine Jeans saugt sich voll und wird ganz schwer. Es ist wirklich kalt. Im ersten Moment zucke ich zusammen, weil es sich anfühlt wie tausend Stiche auf meiner Haut. Aber ich gewöhne mich ganz schnell an die Temperatur.

Mom steht kurz mit offenem Mund da. Dann lacht sie und läuft hinterher. Wir spritzen uns gegenseitig voll. Wir kreischen wie zwei kleine Mädchen. Wir *fühlen* uns wie zwei kleine Mädchen.

»Um Himmels willen, kommt aus dem Wasser raus, es ist doch viel zu kalt!« Dad hat recht. Das Wasser ist scheißkalt. Trotzdem macht es mir nichts aus.

»So nass, wie ihr seid, könnt ihr zu Fuß nach Hause gehen, so lasse ich euch nicht ins Auto!«

Mom sieht mich an, mit hochgezogenen Augenbrauen und einem Funkeln in den Augen. Obwohl das Wasser so kalt ist, durchflutet mich Wärme. Weil das Leben so schön ist. Schön und schrecklich zugleich.

»Komm schon, Dad, sei nicht so eine Spaßbremse. Komm rein!«

»Du hast sie ja nicht mehr alle! Einer muss sich schließlich um euch kümmern, wenn ihr eine Lungenentzündung bekommt.«

Da packen wir meinen Vater und zerren ihn ins Meer. Kopf voran. Wir lachen laut und triumphierend. Mein Vater steht auf, Sand und Wasser spuckend. Aber auch er lacht dabei. Dann packt er mich und taucht meinen Kopf ins Wasser. Und Mom, diese Verräterin, hilft ihm dabei! Ich glaube, wir drei haben zusammen noch nie so viel gelacht. Noch nie.

Abends sitzen wir auf der Terrasse und spielen ein Spiel. Jeder bekommt einen Zettel auf die Stirn geklebt, auf dem der Name einer Persönlichkeit steht. Dann muss man erraten, wer man ist. Dad kennt das Spiel im Ernst noch nicht. Er ist Lady Gaga. Soll ja für den Anfang noch nicht so schwer für ihn sein. Und Mom ist Simba aus *König der Löwen*. Das errät sie bestimmt. Ganz früher musste sie den Film nämlich ständig mit mir gucken, weil ich ihn so geliebt habe.

Mom klebt mir meinen Namen auf die Stirn, sie hat ihn sich für mich ausgedacht. Stirnrunzelnd betrachtet Dad uns, dann schüttelt er lächelnd den Kopf.

»Was ist?«, frage ich ihn.

»Nichts.« Er sieht glücklich aus. »Du bist als Erste dran.«

Also fange ich an zu raten. »Bin ich ein Tier?«

Dad nickt. »Ja.«

Mom hat sich meinen Namen ausgedacht … Und auf ihrem Nachtkästchen liegt eines der *Twilight*-Bücher. »Bin ich Jacob Black?«

Meine Mutter lacht. »Nein, du bist kein Werwolf. Jetzt bin ich dran! Bin ich menschlich?«

»Nein.«

»Und ich?«

»Ja, Dad.«

Meine Mutter legt mir eine Hand auf die Schulter. »Na ja, so sicher wäre ich mir da nicht.«

Ich lache laut auf. Stimmt, bei Lady Gaga kann man sich nicht so sicher sein.

Ich bin wieder dran. »Bin ich eine Frau?«

»Ja.«

»Definitiv … Bin ich ein Tier?«

»Ja.«

»Bin ich ein Mann?«

»Nein.«

»Na ja, so genau weiß man das nicht …«

»Bin ich ein Fernsehstar?«

»Bin ich weiblich?«

Bin ich, bin ich, bin ich … So geht es mit der Fragerei weiter. Nach zehn Minuten weiß ich, dass ich ein Charakter aus dem Fernsehen bin. Vielleicht doch aus *Twilight*? Ich komm nicht drauf. Die Auswahl an Filmcharakteren ist ja auch nur riesig. Meine Eltern lachen sich darüber auf jeden Fall kaputt und sagen mir die ganze Zeit, dass es total einfach ist.

»Oh Mann, ich komm einfach nicht drauf!«

»Gibst du auf?«

Ich nicke.

»Nala!«

»Nala?« Wie jetzt? Ich sehe Mom verwundert an.

»Ja, Nala. Du weißt schon, die Löwin aus *König der Löwen*. Hast du vergessen, wie oft wir den gesehen haben?«, sagt meine Mutter. Mom hatte denselben Gedanken wie ich … Sie hat an dieselben schönen Augenblicke gedacht wie ich. Ich kann nicht anders. Ich beginne zu lachen und gleichzeitig auch ein bisschen zu weinen.

»Oh Mom!«, rufe ich und falle ihr um den Hals. Jetzt weinen wir beide. Darauf wäre ich wirklich *niemals* gekommen. Vielleicht war sie doch nicht so eine schlechte Mutter. Und jetzt ist sie zurückgekommen.

Der Verlierer muss abwaschen. Während ich das Geschirr spüle, betrachte ich die Landschaft durch das Küchenfenster. Eine Katze läuft über die Straße. Und ein Auto fährt vorüber. Am Himmel kreisen Möwen. Meine Eltern unterhalten sich. Das Leben geht weiter. Immer weiter voran. Manchmal kommt es uns so vor, als wäre das Leben vorbei. Aber so ist es nicht. Das Leben schreitet voran. Und irgendwann, wenn wir uns besser fühlen, gehen wir wieder mit. Es gibt nur eine einzige Regel, die wir kennen müssen: Das Leben wartet nicht. Auf niemanden.

Wir haben es nicht in der Hand, wie lange wir leben. Der Tod kommt einfach eines Tages. Bei manchen überraschend, bei anderen langsam. Bei manchen schnell und ohne Schmerzen, bei anderen voller Leid und Furcht. Wir haben es nicht in der Hand, *wann* und *wie* wir sterben. Wir können nur entscheiden, was wir mit der Zeit anfangen, die uns gegeben ist.

Nach dem Abwasch gehe ich noch mal raus, ohne Schuhe. Ich habe nur eine Sache dabei, eine kleine Flasche mit dem Brief.

Ich laufe die Straße hinunter, über eine sandige Wiese, einen Hang hoch, bis ich bei den Dünen bin. Ich renne immer weiter den Strand entlang.

Längst hat es zu dämmern angefangen, bald wird es ganz

dunkel sein. Der Wind ist stärker als am Morgen, die See ist aufbrausend und unruhig.

Während ich am Strand entlanglaufe, trete ich auf Muscheln und Steine. Einmal bohrt sich etwas schmerzhaft in meine Fußsohle, doch ich beachte es nicht.

Mein Atem wird schneller und schneller. Immer ungleichmäßiger, bis ich am Ende Seitenstechen bekomme und vollkommen fertig stehen bleibe.

Ich stütze mich auf die Oberschenkel und versuche, tief und gleichmäßig zu atmen. Erschöpft lasse ich mich auf den Boden fallen. Ich setze mich dem Meer zugewandt hin. Es ist so schön hier. Den nassen Sand zwischen den Zehen zu spüren, den kühlen Wind. Ich liebe das Meer. Ich liebe es, einfach nur hier zu sein und das Blau zu betrachten. Horizont und See. Alles blau. Ich weiß, dass wir nicht ewig bleiben können. Die Zeit rennt mir davon. In wenigen Tagen werden wir abreisen. Zurück in die Realität. Zurück ins Leben. Oder das, was davon noch übrig ist.

Nachdem sich meine Atmung einigermaßen beruhigt hat, betrachte ich die Flasche in meiner Hand. Denke an das, was in dem Brief steht. Ich wünschte so sehr, Tobi könnte ihn lesen. Es gibt so viele Dinge, die ich ihm niemals sagen werde.

Ich stehe auf und gehe ein Stückchen ins Wasser. Es ist kalt. Noch einmal sehe ich die Flasche an, denke an die Worte, die sich in ihr befinden. Dann werfe ich sie so weit ins Meer, wie ich kann. Das Glas blitzt kurz in der untergehenden Sonne auf, dann ist die Flasche verschwunden.

Als ich das letzte Mal am Meer war, habe ich meinen Freund kennengelernt. Dieses Mal ist Mom dabei. Als hätte ich meinen Freund gegen meine Mutter getauscht. Die Zeit mit Mom ist schön, es ist schön, sie wiederzuhaben. Doch hätte man mir die Wahl gelassen, ich hätte Tobi genommen.

Ich lache. Ich will, dass es wie immer klingt. Dass er nichts merkt. Aber es klingt gekünstelt und aufgesetzt. Ich versuche, ihm nicht in die Augen zu sehen. Sonst merkt er was. Ich möchte einfach einen schönen Abend haben und nicht an den Rest denken. Nicht an Dad. An seine Reise. Und an Moms Karte.

Tobi kommt auf mich zu. Fragt mich etwas. Keine Ahnung, was. Ich lächele gezwungen und sehe nur ganz kurz auf. Da tritt er in mein Sichtfeld und hebt mein Kinn mit seinen Fingern an. Ich versuche, seinem Blick auszuweichen. Aber er wartet einfach so lange, bis ich ihn doch ansehen muss. Erst dann beginnt er zu sprechen: »Alles okay? Du bist den ganzen Abend schon so komisch.«

»Klar, alles okay«, sage ich.

»Hab ich etwas falsch gemacht?« Bei seiner Frage muss ich auflachen. Es ist kein nettes Lachen. »Glaub mir, du bist so ziemlich der Einzige in meinem Leben, der nichts falsch macht.«

Er seufzt und streicht mir eine Haarsträhne zurück. Dann nimmt er mich in den Arm. Ganz fest. Es tut gut, umarmt zu werden.

»Ich versteh dich nicht. Manchmal bist du so unnahbar. Ich versuche ja, dich zu begreifen. Aber ich kann es nur, wenn du mich an dich ranlässt.«

»Das tue ich doch.« Wir gehen auf dieselbe Schule, ich

schlafe mindestens zwei Tage die Woche bei ihm, wir wissen alles voneinander. Wie meint er das denn jetzt?

»Dann sag mir, was los ist.«

Ich schüttele den Kopf. Ich will nicht. Nicht heute Abend.

Abrupt löst sich Tobi von mir. »Dann lass es eben.«

Ich kann es nicht ertragen, wenn er wütend ist.

»Es ist wirklich nichts.«

»Dann kannst du es mir doch sagen.«

»Ich will uns den Abend nicht versauen.«

»Das ist er ja schon.«

Ich hole tief Luft. »Mom hat mir eine Karte geschickt. Sie hat sich seit zwei Jahren nicht mehr blicken lassen. Nur immer diese bescheuerten Karten. Ich komm bestens ohne sie klar. Sie soll aus meinem Leben verschwinden und nicht einfach auftauchen, wie sie will.«

Es ist wirklich lächerlich, dass ich mir davon den Tag verderben lasse. Aber zu spät. Jetzt ist es raus. Was denkt Tobi nun? Bestimmt, was für eine zickige und launische Freundin er doch hat!

»Es kann dir doch egal sein. Und wenn dir deine Mutter alle zwei Wochen eine Karte schicken würde, hat sie noch lange keinen Platz in deinem Leben, wenn du das nicht möchtest.«

Was er sagt, klingt so logisch. Aber ich kann es nicht umsetzen. Ich habe zwei Jahre gebraucht, um zu akzeptieren, dass ich keine Mutter mehr habe. Ich habe so getan, als wäre sie tot. Für mich ist sie ja auch gestorben! Wenn da nicht immer diese bunten Postkärtchen aus der ganzen Welt gewesen wären.

»Wenn Mom mir nichts mehr schicken würde, wäre das der Beweis, dass sie mich einfach vergessen hat. Das wäre leichter für mich.«

»Warum?«

»Weil sie dann nicht mehr an mich denken würde. Zu wissen, dass sie an mich denkt und trotzdem wegbleibt, finde ich schlimmer.«

Tobi überlegt, dann sagt er: »Du findest es besser, wenn deine Mutter dich vergisst? Weil sie ihre Freiheit mehr liebt als dich?«

Ich nicke. Ja, er hat es verstanden. Besser, als ich selbst es verstehe.

Er nimmt mich in den Arm, und das tut so unglaublich gut. Beruhigt mich. Drängt die dummen Tränen wieder zurück, die gekommen sind.

»Jeder braucht seine Mutter«, flüstert er.

Ich löse mich so weit von ihm, dass ich ihm in die Augen sehen kann. Ganz langsam streiche ich ihm über die Wange. Dann stelle ich mich auf die Zehenspitzen und küsse ihn.

»Da bist du ja.«

Mom kommt in der Dunkelheit langsam auf mich zu. In der Hand hält sie eine Strickjacke, die sie mir reicht.

Sie setzt sich neben mich, und gemeinsam sehen wir den hohen Wellen entgegen. »Dein Vater hat sich Sorgen gemacht.«

Dein Vater hat sich Sorgen gemacht. Sie kann nicht mal zugeben, dass sie es auch tut. Sie ist mir eine wirklich gute Freundin geworden. Aber als Mutter sehe ich sie nicht so richtig an. Weil sie eben nicht der Muttertyp ist. Vielleicht liegt es ja inzwischen auch an uns beiden. Ich bin auch nicht der Tochtertyp. Ich brauche keine Mutter mehr. Dafür bin ich viel zu selbstständig. Ich bin es gewohnt, meine Entscheidungen alleine zu treffen. Ich schmeiße den Haushalt alleine. Ich brauche sie nicht als Mutter.

Trotzdem tut es so verdammt gut, mich an ihre Schulter anzulehnen.

Manchmal müssen wir einsehen, dass wir nicht perfekt sind. Dass nicht immer alles perfekt laufen kann. Und vielleicht ist das okay. Vielleicht müssen wir nicht immer perfekt funktionieren wie Maschinen, um das perfekte Leben führen zu können. Vielleicht sind es ja genau diese kleinen Fehler, die das Leben lebenswert machen. Es ist okay, so zu sein, wie du eben bist. Denn genau das ist es, was uns Menschen ausmacht.

Überall im Leben versuchen wir, perfekt zu sein. In der Schule, in der Familie, bei der Arbeit, im Alltag. Immer muss alles so laufen wie geplant. Wenn wir aber akzeptieren, dass nicht alles so laufen muss wie geplant, eröffnen sich neue Wege. Wir sollten nicht so viel planen, sondern einfach leben. Wir haben Träume. Und oft verschieben wir sie auf später. Wir vergessen, dass später vielleicht zu spät ist. Zu leben ist eigentlich so einfach. Wir machen es selbst so kompliziert.

21

Alle Zeit, so schön sie auch ist, vergeht irgendwann. Wir fahren wieder nach Hause, und ich bekomme mit jedem Meter, mit dem wir uns nähern, mehr Angst. Was ist, wenn alles wieder so wird wie vor dem Urlaub? Ich wünsche mir, dass die Autofahrt niemals aufhört. Aber schließlich sind wir da, und ich muss aussteigen.

Ich sehne mich zurück an die Küste. Ich habe mir vorgestellt, wie es wäre, einfach dort zu bleiben. In dem kleinen grünen Haus am Meer zu wohnen. Es wäre so einfach, alles hinter sich zu lassen und neu anzufangen.

Beim Anblick unseres Hauses fallen mir wieder tausend Augenblicke mit Tobi und Joanne ein. Ich muss daran denken, wie wir einen Kuchen gebacken haben. Tobi und ich waren gerade erst zusammengekommen, und Joanne nahm ihn an diesem Tag genau unter die Lupe. Sie wollte überprüfen, dass er mich »auch wirklich verdient hat«.

Oh, Joanne. Sie hat immer auf mich aufgepasst. Sie war die Vernünftige von uns beiden, hat dafür gesorgt, dass ich auf dem Boden der Tatsachen bleibe.

Wie sehr ich sie vermisse. Das Loch in meinem Herzen ist kein Stückchen kleiner geworden. Es ist noch genauso tief und schwarz wie vor dem Urlaub.

»Wird es denn niemals aufhören? Wird es immer so wehtun?«

Dr. Frei sieht mir direkt in die Augen, während sie mir

antwortet. Ihr Blick ist fest und bestimmt. »Viele Menschen wünschen sich, das Erlebte zu vergessen und weiterzumachen wie zuvor. Wenn du genauso denkst, lautet die Antwort darauf Nein. Du wirst es nie wieder vergessen können. Narben bleiben ein Leben lang, und sie werden auch immer wieder wehtun. Doch sie werden ein Teil von dir. Du wirst lernen, mit dieser Erfahrung zu leben. Mit der Zeit wirst du wieder neue Freundschaften schließen.«

»Ich werde also nie wieder die Alte sein.«

Dr. Frei schüttelt den Kopf. »Nein. Die wärst du so oder so nicht geblieben. Wir Menschen verändern uns. Immer wieder. Immer weiter. Wir wachsen an dem, was wir erleben. Und manchmal zerbrechen wir auch daran. Ob du daran zerbrichst oder wächst, kannst nur du entscheiden.«

Nicht gerade aufbauende Worte, denkt ihr jetzt bestimmt. Aber immerhin ist es die Wahrheit, da bin ich mir sicher. Ich werde nie wieder die Alte sein. Ich werde jemand Neues sein.

»Ich hab Angst davor, dass mir diese Person, zu der ich werde, nicht gefällt.« Und dann sage ich etwas, was ich noch niemandem erzählt habe. »Als ich gesehen habe, wie Tobi starb … da bin ich leer geworden. In mir drinnen ist so viel Leere. Wie soll ich die denn jemals wieder füllen?«

Dr. Frei reicht mir ein Taschentuch.

»Ich fühle mich so schuldig. Ich habe ihm nicht geholfen. Ich hab ihn nicht gerettet. Ich weiß nicht mal, warum! Wieso war ich nicht bei ihm? Wieso stand ich einfach nur still in der Ecke?«

»Weil du in diesem Augenblick überhaupt nicht dazu in der Lage warst. Du hast unter Schock gestanden. Dein Gehirn konnte nicht richtig verarbeiten, was es da gesehen hat. Und du wolltest leben. Niemand macht dir Vorwürfe. Außer dir selbst. Du musst akzeptieren, dass du Tobi nicht helfen konntest. Und dazu musst du dir vergeben.«

»Und dann verschwindet die Leere?«

Dr. Frei nickt mir aufmunternd zu. »Mit der Zeit wird sie es. Es ist wichtig, dass du es langsam angehst und dich nicht unter Druck setzt, dich endlich wieder gut zu fühlen. Heilung braucht Zeit. Und du hast schon große Fortschritte gemacht. Probier Dinge aus, die dir gefallen könnten. Triff dich mit Freunden. Dann wirst du vor allem auch Tobi mit guten Gedanken in Erinnerung behalten. Nicht mit Schuldgefühlen und Reue.«

Sie gibt mir noch mal die Adresse von der Gruppentherapie und meint, ich solle doch mal vorbeischauen. Ich muss ja nicht bleiben, wenn es mir nicht gefällt. Ich überlege mir, wie es wäre, zu so einer Gruppenstunde hinzugehen. Ist es wie im Fernsehen? Muss ich aufstehen, mich vorstellen und sagen, was ich erlebt habe? Das weiß doch eh jeder. Aber einen Versuch ist es ja vielleicht wert.

Am ersten Freitag nach den Ferien gehen Dad, Mom und ich ins Kino. Nach dem Film müssen meine Eltern beide noch aufs Klo. Also lehne ich mich an die Wand und warte auf sie. Als plötzlich jemand meinen Namen ruft, drehe ich mich überrascht um und sehe Vanessa zusammen mit einem Typen.

»Hey, was machst du denn hier?«, frage ich.

»Wahrscheinlich genauso wie du ins Kino gehen.« Sie umarmt mich und deutet hinter sich. »Das ist mein Cousin Stephen.«

Ich mustere den Jungen hinter ihr. Vielleicht zwei, drei Jahre älter als Vanessa und ich, mit dunkelbraunen Augen und dunkelblonden Haaren.

»Hey, ich bin Miriam.«

Er nickt. »Vanessa redet viel über dich.«

»Ach, wirklich?« Ich drehe mich wieder zu ihr. »Von deinem Cousin hast du nie besonders viel erzählt.«

Vanessa zuckt mit den Schultern. »Tatsächlich? Dabei haben Stephen und ich ein ziemlich gutes Verhältnis zueinander.« Ich grinse sie vielsagend an, und sie schreit auf. »Iih, doch nicht so. Ist ja voll pervers!«

Stephen stupst sie an. »So hässlich bin ich auch wieder nicht.«

Oh nein, ist er ganz sicher nicht. Eigentlich sieht er sogar recht gut aus. Nicht so gut wie Tobi … aber auch nicht schlecht.

»So meine ich das ja gar nicht. Das wäre nur so, als würde ich mich an meinen Bruder ranmachen!« Sie wendet sich wieder mir zu. »Stephen wohnt im Moment bei mir, weil meine Mom auf Geschäftsreise ist. Er ist also mein Babysitter. Meine Mutter hat Angst, dass ich mich umbringe.«

Als Vanessa merkt, was sie da gesagt hat, sieht sie verlegen zu Boden. Genauso wie ich auch. Keine von uns weiß, was sie sagen soll. Stephen rettet die Situation.

»Ich hab von Joanne gehört. Vanessa hat erzählt, dass sie deine beste Freundin war. Tut mir echt leid.«

Bei jedem anderen wäre ich sauer geworden, wenn er so etwas gesagt hätte, schließlich kannte er sie doch gar nicht. Aber bei ihm klingt es ehrlich.

In dem Moment kommt Mom zurück und stellt sich zu uns. »Oh, störe ich gerade?«

»Überhaupt nicht, Mom. Das ist Vanessa, eine Freundin von mir, und das ist ihr Cousin Stephen.«

»Nett, Sie mal kennenzulernen.« Vanessa hält meiner

Mom, ganz wohlerzogene Tochter, die Hand hin. »Dazu hatte ich die letzten Jahre ja keine Gelegenheit.«

Wow, Vanessa, ich liebe dich. Du bist absolut höflich und würgst Mom doch eins rein. Mom lächelt. Sie weiß genau, was Vanessa ihr damit sagen will. Und sie nimmt es hin, weil sie weiß, dass es stimmt. »Sag ruhig Du zu mir.«

Vanessa nickt. Dann sieht sie betreten zu Boden. Meine Mom räuspert sich. Es entsteht eine kurze Pause.

Um die Stille zu durchbrechen, sage ich: »Meine Psychologin hat mir die Adresse von so einer Gruppenstunde gegeben. Vielleicht willst du ja auch hingehen?«

Vanessa nickt. »Und wie ist es dort?«

Ich zucke mit den Achseln. »Weiß nicht. War noch nicht da.«

Sie stößt mich mit dem Ellbogen an. »Ach, so ist das! Ich soll hingehen und dir dann sagen, wie es war, oder was?«

»Ich schicke dich doch immer als Erste ins Kreuzfeuer.« Ich ziehe eine Augenbraue hoch und bringe sie damit zum Lachen.

Als ich am Abend auf Facebook gehe, habe ich eine Freundschaftsanfrage von Stephen. Müde klicke ich mich durch ein paar Seiten, bevor ich auf Joannes lande.

Ich sehe mir unsere gemeinsamen Fotos an. Es gab so viele Partys, auf denen wir fotografiert wurden. Darauf sehen wir so glücklich aus.

Wie kann etwas so einfach verschwinden? Auf ein Unglück folgt das nächste, und bevor ihr euchs verseht, steht ihr alleine da. Weil alles Gewohnte, alles Selbstverständliche aus eurem Leben verschwindet.

Die Vorstellung, jetzt noch mal auf irgendeine Feier zu gehen …

Ich bin so anders. Und Joanne war es auch, bevor sie … sich umgebracht hat. Die traurige Wahrheit ist, dass es fast keinen Unterschied machen würde, wenn sie noch am Leben wäre. Denn eigentlich ist sie schon bei dem Amoklauf gestorben.

Langsam scrolle ich über ihre Chronik. Sie hat Dutzende Posts in den letzten Wochen bekommen. Überall stehen Sätze wie: *Wir vermissen Dich*, *Du wirst mir fehlen* oder *Du warst jemand ganz Besonderes.*

Es treibt mir die Tränen in die Augen, während ich gleichzeitig wütend werde. Diese ganzen Menschen kannten Joanne doch gar nicht richtig. Nicht so wie ich.

Sie haben schon recht, Joanne war etwas Besonderes, aber woher wollen sie das denn wissen?! Lauter Leute aus Joannes Musikschule oder ihrem Sportverein, die Joanne nur einmal die Woche gesehen haben.

Eigentlich möchte ich nichts posten. Ich finde das affig. So selbstdarstellerisch. Schließlich wird Joanne keinen einzigen der Kommentare lesen.

Nur habe ich irgendwie auch das Gefühl, dass ich es ihr schuldig bin. Dass ich von ihr Abschied nehmen sollte. Doch alle Worte klingen so gekünstelt. Was sollte ich ihr schon posten?

Da fällt mein Blick auf die riesige Collage an meiner Wand, die Joanne und ich zusammen gemacht haben. Wir haben ganz viele Bilder von uns aufgehängt. Und in der Mitte steht auf einem weißen Blatt in großen, schwarzen Buchstaben unser Spruch.

Niemand außer Joanne würde verstehen, was ich ihr damit

sagen will. Also ist es perfekt. Meine Finger zittern leicht, als ich beginne zu tippen.

Ihr Profilbild strahlt mich an. Man sieht auf dem Foto nur ihr Gesicht und einen Teil ihrer Schultern, aber ich weiß, wie sie an dem Tag ausgesehen hat. Sie lag im Schnee, trug nur Leggins und einen dicken, roten Strickpullover, ihre langen, schwarzen Haare um sie herum ausgebreitet. Wir haben uns gegenseitig neue Profilbilder gemacht.

Ich sitze auf meinem Bett, den Laptop auf dem Schoß, und beginne zu weinen. Schon wieder. Ich kann mich so gut an den Tag erinnern. Er war wunderschön.

Wir werden nie wieder solche Tage haben. Sie hat es beendet. Und ich sitze alleine auf meinem Bett, ohne beste Freundin, ohne Freund.

Irgendwann werde ich vielleicht wieder eine beste Freundin haben. Und auch einen Freund. Aber sie werden niemals Joannes und Tobis Platz einnehmen. Sie werden neue Plätze kriegen. Tobis und Joannes Plätze werden für immer leer bleiben.

Langsam holt mich die traurige Wahrheit ein: Ich werde niemals aufhören, um sie zu weinen. Es wird besser werden. Vielleicht werde ich irgendwann wochenlang nicht mehr ständig an sie denken müssen.

Die Leere wird trotzdem nicht verschwinden. In Wirklichkeit gewöhnst du dich nur daran. Sie wird ein Teil von dir. Du beginnst zu akzeptieren, dass das Leben eben so geworden ist. Dass du alleine bist. Du wehrst dich nicht mehr dagegen.

Aus einem Impuls heraus schreibe ich Stephen eine Nachricht: *Ich bin froh, dass Vanessa dich hat. Danke, dass du auf sie aufpasst.*

Er ist für sie da. So, wie meine Mom für mich da ist. Vielleicht ist sie doch nicht so eine schlechte Mutter, wie ich immer dachte.

Am nächsten Morgen beschließe ich, zur Gruppentherapie zu gehen. Und so kommt es, dass ich das alte Gebäude betrete, von dem schon die Farbe abbröckelt, und den Raum suche, in dem sich meine Gruppe trifft.

Es ist kein großer, kahler Saal, wie man ihn aus Filmen kennt, und in der Mitte sitzen auch keine weiß gekleideten Patienten im Stuhlkreis. Es ist ein kleiner Raum mit großen Fenstern, die ihn offen und hell wirken lassen. An den Wänden befinden sich einige alte, massive Regale. Darin stehen Tierfiguren, Brettspiele, Bastelutensilien und ein paar Bücher. Außerdem hängen überall selbst gemalte Bilder. Wie in einem Kindergarten. An den runden Tischen sitzen einige Schüler. Ein paar kenne ich vom Sehen.

Ein Mann mittleren Alters kommt auf mich zu. Er hat ein offenes Lächeln. »Hallo, ich bin Richard.«

Er streckt mir die Hand entgegen. Verunsichert schüttele ich sie. »Miriam. Ich wollte mir mal ansehen, wie eine Gruppentherapie so abläuft.«

Richard nickt. »Du bist immer willkommen.«

»Meine Psychologin hat mich so oft damit genervt, dass ich eigentlich gar keine andere Wahl hatte.«

Habe ich gerade einen Witz gemacht? Ich schüttele über mich selbst den Kopf.

Richard zeigt mir einen freien Platz, dann wendet er sich den anderen zu. »Wie ihr seht, haben wir einen Neuzugang aus eurer Schule. Miriam möchte sich mal unsere Gruppe angucken.«

Zum Glück sagen sie jetzt nicht alle wie in den Filmen

im Chor *Hallo, Miriam!*. Dann wäre ich aufgesprungen und lachend rausgerannt.

Einige sagen Hallo, andere nicken mir nur zu.

Neugierig mustere ich die Schüler, die mit mir an einem Tisch sitzen. Wir sind alle ungefähr im selben Alter. Eines der Mädchen spricht mich gleich an: »Hi, ich bin Frederike. Warst du schon mal bei einer Gruppentherapie?«

Ich schüttele den Kopf. So habe ich mir das Ganze gar nicht vorgestellt. Wir sitzen überhaupt nicht in einem Stuhlkreis. Und wenn ich mich hier so umhöre, reden die meisten nicht einmal über den Amoklauf.

»Wir arbeiten heute mit Tieren«, sagt ein Junge. »Ich heiße übrigens Timo.« Er lächelt schief. »Wir sollen uns eine der Figuren auf dem Tisch aussuchen und erklären, warum wir dieses Tier sind. Und dann sollen die anderen für dich ein Tier aussuchen und auch wieder begründen, warum du dieses Tier bist.«

»Am besten hörst du einfach erst mal zu«, sagt Richard und nickt mir aufmunternd zu – aber ohne mir das Gefühl zu geben, bemitleidenswert zu sein. Allerdings verstehe ich nicht so ganz, warum wir uns mit Tieren vergleichen sollen. Es sieht nicht nur aus wie im Kindergarten, es sind auch die *Methoden* eines Kindergartens.

»Los, Lisa, fang an! Gib mir Tiernamen!«, ruft Frederike. Unfreiwillig muss ich lachen.

»Okay …« Lisa überlegt kurz, streicht sich die Haare aus dem Gesicht. Dann nimmt sie sich das Reh. »Ich bin das Reh, weil ich verdammt schreckhaft bin. Und ich laufe vor allem davon.« Ihre Hände spielen verunsichert an dem Tier herum. Ich glaube, es kostet sie Überwindung, ihre Gedanken laut auszusprechen.

Der Junge neben ihr schüttelt den Kopf. Ich kenne ihn vom Sehen. Er greift nach einer Figur. »Ich finde eher, dass du eine Katze bist.«

Der Junge macht einen entspannten Eindruck. Er schaut Lisa direkt an und stockt auch nicht beim Sprechen. Ich würde ihm niemals ansehen, dass er den Amoklauf miterlebt hat. Er scheint so normal zu sein. Vielleicht ist es aber auch nur Fassade.

»Du bist vorsichtig, das stimmt. Aber trotzdem gehst du auf Leute zu und bist neugierig auf das, was um dich herum geschieht.«

Das dritte Mädchen schaltet sich ein. Sie heißt Corinna und war früher in Tobis Klasse. Ich habe ein paarmal mit ihr gesprochen, allerdings nicht mehr seit dem Amoklauf. Sie ist auch der Meinung, dass Lisa eine Katze ist.

Timo sucht für Lisa einen Schwan aus, weil er findet, dass sie oft so unnahbar erscheint. Da beginnt Lisa aufzuzählen, warum nicht sie, sondern *er* ein Schwan sein könnte. Und Frederike vergleicht ihn mit einem Geier, weil er sich immer gleich auf alles stürzt. Sie werden dabei zwar lauter und sagen nicht nur nette Sachen übereinander, scheinen sich aber trotzdem nicht böse zu sein.

Corinna bemerkt irgendwann meinen etwas verwunderten Gesichtsausdruck. Sie lächelt mich an. Anders als früher, als Tobi noch gelebt hat. Sie hat sich auch verändert.

»Weißt du, wir reden immer so miteinander«, flüstert sie mir zu. »Am Anfang war es noch nicht so. Aber jetzt kennen wir uns schon seit ein paar Monaten, und inzwischen freue ich mich richtig auf die Stunden.«

Im Laufe des Gesprächs erfahre ich, dass der andere Junge Daniel heißt. Er sagt immer, was er denkt, und wirkt extrem selbstbewusst. Aber er ist trotzdem nett. Bei ihm sind sich alle einig, dass er ein Erdmännchen ist. Er hat immer einen Witz auf Lager und ist entspannt.

Ich fühle mich gar nicht mal schlecht. Vielleicht fühle ich mich sogar wohl in dieser Runde. Ich hatte erwartet, dass ich über den Amoklauf reden müsste. Aber keiner von ihnen tut es. Manchmal werden sie sogar von ihrer Aufgabe abgelenkt und sprechen über ganz andere Dinge, normale Dinge.

Am Ende der Stunde sagen mir alle aus der Gruppe, dass ich unbedingt wiederkommen soll. Ich glaube, ich werde wirklich wieder hingehen. Es ist überhaupt nicht schlimm. Lächelnd mache ich mich auf den Weg zu meiner Bushaltestelle. Es wird schon wieder. Langsam bekomme ich mein Leben wieder in den Griff. Ich werde es schon schaffen.

An mir drücken sich Leute vorbei, die es eilig haben, aber ich gehe langsam und gemütlich. In dem Gedränge der Fußgängerzone kommt mir ein Gesicht entgegen, das ich gut kenne. Die Frau trägt einen Hosenanzug und Pumps. Ihr brauner Bob umrandet ihr schmales Gesicht. Sie trägt dieselbe eckige Brille wie früher. Sie hat sich kaum verändert. Nur ihre Wangen sind etwas eingefallen, sie ist dünner geworden.

»Tatjana?« Ich bleibe vor ihr stehen und sehe Tobis Mutter überrascht an.

Sie sieht auf und macht große Augen. »Miriam.« Ihre Lippen formen meinen Namen, doch sie sagt ihn so leise, dass ich ihn nicht höre.

Ich mache den Mund auf und wieder zu. Ich weiß nicht, was ich sagen soll. Über drei Monate haben wir uns nicht gesehen. Seitdem ist so viel passiert.

Obwohl sie eine sehr große Frau ist, wirkt sie verunsichert, fast schon verloren. Also gebe ich mir einen Ruck: »Ich konnte nicht auf seine Beerdigung … Es ging einfach nicht.«

Ich schüttele traurig den Kopf. Tatjana und ich haben uns damals auf Anhieb verstanden.

»Du bist nervös!«, lacht Tobi, als wir vor seiner Haustür stehen. Ich werfe ihm einen bösen Blick zu. Ich kann meine Hände nicht ruhig halten, wippe auf den Füßen hin und her.

»Findest du das lustig?« Ich kneife die Augen zusammen. »Es gibt nichts Schlimmeres, als wenn die Mutter des Freundes einen nicht ausstehen kann.«

Er zieht mich an seine Seite und wuschelt mir durch die Haare. Na super! Ich mache mir die Mühe und drehe mir Locken, und er zerstört meine Frisur. Da hätte ich auch ungekämmt herkommen können. Seine Eltern sollen doch keinen schlechten Eindruck von mir bekommen …

»Sie werden dich lieben. Mach dir deswegen mal keine Sorgen.« Und dann sperrt er die Haustür auf. Rein in die Höhle des Löwen.

Ich weiß überhaupt nicht, wie ich mich verhalten soll. Worüber soll ich mit seinen Eltern reden?

»Mama? Papa? Ich hab jemanden mitgebracht.« Er nimmt mich bei der Hand und führt mich durch einen schmalen Gang ins Wohnzimmer. »Ich hab euch doch von Miriam erzählt.«

Bei meinem Namen sehen die beiden Menschen, die vor dem Fernseher sitzen, auf. Sie lächeln mich nett an und wenden sich mir zu.

»Hallo Miriam, ich bin Tatjana.« Sie reicht mir die Hand.

»Paul«, zwinkert mir sein Vater zu. Auch er hält mir die Hand hin. Ich schüttele beide Hände nacheinander und versuche zu lächeln.

»Du hättest uns ruhig vorwarnen können, Tobias!«, rügt Tatjana ihren Sohn. »Jetzt kriegt deine Freundin einen total schlechten Eindruck von uns.« Dann wendet sie sich wieder an mich. »Wir verbringen normalerweise nicht den ganzen Tag vor der Glotze. Hätte ich gewusst, dass du kommst, hätte ich einen Kuchen gebacken.«

Ich halte die Plastiktüte in meiner linken Hand hoch. »Ich hab Kuchen mitgebracht.« Selbstbewusst klingt meine Stimme ja nicht gerade. *Krieg dich wieder ein, Miriam!*

»Wenn das so ist.« Seine Mutter lächelt mich an und nimmt mir den Kuchen ab. »Willkommen in der Familie!«

»Mir ging es genauso. Ich war mir nicht sicher, ob es für dich okay wäre, wenn ich dich anrufe. Nach alldem …«, sie macht eine unbeholfene Geste mit ihren Händen, als wolle sie das *Nach alldem* damit bekräftigen, »… hätte ich es verstanden, wenn du mit der Vergangenheit abschließen willst.«

Ich schüttele den Kopf. »Ich wusste nur nicht, was ich sagen soll. Weil … na ja …«

Wie soll ich ihr sagen, dass ich mich wegen Tobis Tod schuldig gefühlt habe? Dass dieses Schuldgefühl immer noch nicht ganz weg ist?

»Hast du vielleicht Zeit für einen Kaffee?«, frage ich.

»Ja, gerne.«

In einem Seitengässchen, abseits von dem Getümmel, finden wir ein gemütliches, ruhiges Café.

Die Frühlingssonne scheint auf die kleinen, runden Tische.

Wir beschließen, uns nach draußen zu setzen. Der Lärm der vielen Menschen dringt an dieser Ecke nur noch gedämpft zu uns vor.

Ich lächele Tatjana nervös an. »Was ich eigentlich gerade sagen wollte …« Ich schließe kurz die Augen und lege mir die Worte zurecht. »Ich war dabei. Ich hab ihn auf dem Boden liegen sehen.«

Ich blinzele und sehe auf meine Fingernägel.

»Oh, Miriam! Das wusste ich nicht!« Sie berührt mich an der Hand, dann drückt sie sie mitfühlend. Aber ich will ihr Mitgefühl nicht. Sie versteht nicht.

Mit gepresster Stimme sage ich: »Ich war da. Und ich habe nichts getan, um ihm zu helfen. Ich stand einfach an einer Tür und habe zugesehen.«

Ich traue mich nicht, sie anzusehen. Wie wird sie wohl reagieren? Ich mag Tobis Mutter wirklich. Sie hat mich behandelt, als wäre ich auch ihr Kind, sie hat mich bemuttert. Das war schön, denn von zu Hause kannte ich es nicht. Und ich kann ihr nicht zeigen, wie dankbar ich ihr dafür bin. Stattdessen muss ich ihr so etwas Grausames sagen.

In dem Moment kommt der Kellner und erkundigt sich, ob wir schon wissen, was wir gerne hätten. Tatjana bestellt sich einen Milchkaffee, und ich nehme einfach das Gleiche wie sie.

Als der Kellner gegangen ist, kommt mir die ganze Welt sehr ruhig vor. Tatjana sagt nichts. Vorsichtig sehe ich nach oben und blicke in ein Augenpaar, das so verdammt viel Ähnlichkeit mit Tobis hat. Und auch den Gesichtsausdruck kenne ich von ihm.

»Gibst du dir etwa die Schuld?« Sie schüttelt ungläubig den Kopf. »Du hättest nichts tun können, um ihn zu retten. Niemand beschuldigt dich.« Sie sieht mich eindringlich an.

Ich kratze an dem Holztisch herum. Meine Hände brauchen eine Beschäftigung.

»Niemand außer Matias Staudt hat daran Schuld!«, sagt sie plötzlich.

Überrascht über diese harten Worte sehe ich sie einen Moment lang an. Dann schüttele ich den Kopf. »Es war nicht alles seine Schuld. Ich frag mich, wie es in ihm drinnen ausgesehen haben muss, dass er so etwas Schreckliches fertigbringen konnte. Manchmal, da tut er mir fast schon leid. Auch wenn er gleichzeitig immer ein Monster für mich bleiben wird.«

Erst als ich es ausspreche, merke ich, dass es stimmt. Sein Leben muss all die Jahre wirklich grausam gewesen sein. Natürlich rechtfertigt das noch lange keinen Amoklauf. Trotzdem bin ich der Meinung, dass man ihm nicht allein die Schuld daran geben darf. Doch ich habe das noch nie ausgesprochen.

»Wie meinst du das?« Tatjana sieht mich verwirrt an.

Ich zucke mit den Schultern, weil ich nicht weiß, wie ich meine Gedanken in Worte fassen soll. »Seit Tobis Tod habe ich viel darüber nachgedacht. Darüber, wie wir Matias behandelt haben. Wir waren wirklich gemein zu ihm. Aber wahrscheinlich kann man das nur verstehen, wenn man dabei war.«

Der Kellner kommt mit unseren Getränken und unterbricht das Gespräch. Tatjana nimmt einen Schluck, doch ich stochere mit dem Löffel nur in meinem Milchschaum herum.

Sie findet, ich soll mir keine Schuld geben. Das ist so eine unendliche Erleichterung. Wenn mir sogar Tobis Mutter keine Schuld gibt, liege ich vielleicht wirklich falsch. Niemand scheint erwartet zu haben, dass ich mein Leben für Tobi aufs Spiel setze.

»Ich verstehe es wirklich nicht«, meint Tatjana leise. »Wie kannst du so etwas sagen, obwohl du dabei warst?«

Ja, wie kann ich das? Ich habe keine Antwort darauf. Diese Einstellung kam langsam, schleichend, über die Monate.

Matias hat sieben Lehrer und Schüler erschossen. Er ist ein Mörder. Er hat selbst entschieden, die Tat zu begehen. Die logische Schlussfolgerung daraus wäre, ihn zu hassen. Aber das tue ich nicht. Zumindest nicht nur.

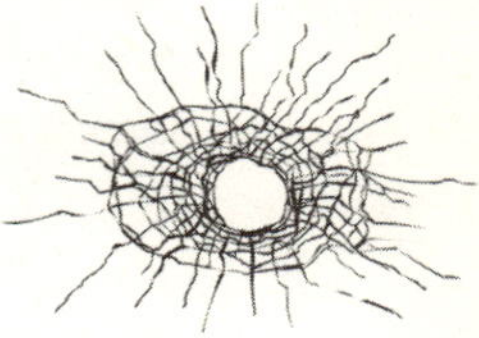

22

In meinem Traum bin ich wieder am Meer. Am Meer in Spanien. Ich liege mit Tobi am Strand. Aber dann verzerrt sich sein Gesicht, und Tobi verwandelt sich in Matias Staudt. Er legt seine Hände um meinen Hals, schleift mich zum Wasser und taucht meinen Kopf unter. Immer wieder und wieder. Ich bekomme keine Luft mehr. Das Salzwasser brennt in meiner Lunge. Dann ertrinke ich.

Ich öffne meine Augen und atme tief durch. Nur ein Traum. Ich lebe noch. Ich bekomme noch Luft. Ein Blick auf den Wecker zeigt mir, dass es erst 23:26 Uhr ist.

Ich weiß, dass ich es mit Schlafen erst gar nicht zu versuchen brauche. Also schalte ich das Licht ein, schnappe mir meinen Laptop und lasse ihn hochfahren, während ich mir in der Küche einen Tee koche.

Ich setze mich im Schneidersitz auf mein Bett, den Laptop auf meinem Schoß, den Kamillentee neben mir. Auf Facebook sehe ich, dass Stephen online ist. Kurz überlege ich, ihn anzuschreiben, aber da ploppt auch schon eine Nachricht von ihm auf. *Na, noch wach?*

Ich tippe zurück: *Ja, konnte nicht schlafen. Und du?*

Stephen schreibt: *Vanessa hat im Schlaf geschrien. Jetzt geht's wieder, aber ich bleib zur Sicherheit noch etwas bei ihr.*

Ich weiß, dass Vanessa auch schlecht schläft. Das hat sie mir erzählt. Aber ich beneide sie darum, dass sie jemanden hat, der auf sie aufpasst.

Ich schreibe: *Es ist gut, dass sie nicht alleine ist.*

Stephen schreibt: *Es ist furchtbar, sie schreien zu hören. Ich fühl mich dann immer so hilflos, weil ich nicht weiß, wie ich ihr helfen kann.*

Ich lächele. Das totale Idiotengrinsen. Ich finde es nur so unglaublich süß von ihm, dass er sich um seine Cousine kümmert. Ich habe weder Geschwister noch Cousins oder Cousinen.

Ich schreibe: *Sie hat Glück mit dir.*

Ob ihm das schon mal jemand gesagt hat? Wenn nicht, wird es allerhöchste Zeit. Keine Ahnung, ob Stephen noch zur Schule geht, studiert oder arbeitet. Auf jeden Fall hat er auch noch ein eigenes Leben. Und auf jemanden aufzupassen, der so abgefuckt ist, wie Vanessa und ich es sind, ist zeitaufwendig und anstrengend.

Das würde jeder machen, ploppt es auf.

Ich verdrehe die Augen. Warum können Typen nie Komplimente annehmen? *Ja, klar!*

Stephen schreibt: *Hast du denn niemanden, der bei dir bleibt?*

Selbst wenn ich jemanden hätte, würde ich es gar nicht zulassen. Nur von Tobi würde ich mich trösten lassen. Obwohl … von Joanne auch. Aber sie werden mich beide nie wieder trösten.

Nicht so richtig. Mehr tippe ich nicht dazu. Stephen muss ja nicht wissen, wie es in mir drinnen aussieht. Er hat sowieso schon genug mit Vanessa zu tun.

Was ist mit deinen Eltern?

Ich weiß gar nicht, ob ich im Schlaf schreie. Auf jeden Fall ist noch nie jemand gekommen.

Die merken das nicht.

Es dauert ein bisschen, bis ich darauf Antwort bekomme.

Ich glaub, die würden kommen, wenn du sie darum bittest.

Jetzt muss ich einen Moment überlegen, bevor ich zurückschreibe: *Hast du so 'n Helfersyndrom oder was? Man sollte meinen, es reicht, den Betreuer für* ein *Mädchen zu spielen … ;)*

Da schreibt Stephen: *Vanessa hat mir von deiner Mom erzählt. Sie ist nur wegen dir zurückgekommen, also wird sie auch nur wegen dir aufstehen.*

Das versetzt mir einen Stich. Ich verabschiede mich mit der Behauptung, ich würde jetzt wieder ins Bett gehen, und melde mich ab.

Mom. Sie ist jetzt Teil meines Lebens. Nur, aus welchen Gründen ist sie das? Weil ich sie wirklich liebe oder weil ich einfach nur jemanden brauche, an den ich mich klammern kann? Inzwischen glaube ich daran, dass es mir wieder besser gehen wird. Irgendwann werde ich niemanden mehr brauchen, an den ich mich klammern muss. Wird sie dann wieder fortgehen? Oder wird sie bleiben? Kann sie wirklich wieder meine Mutter werden?

Am nächsten Tag ist Vanessa krank. Wahrscheinlich ist sie so müde und erschöpft von der Nacht, dass sie einfach ein bisschen Ruhe braucht.

Trotzdem überkommt mich Panik. Als Joanne das letzte Mal fehlte, kam sie nicht mehr wieder. Deshalb bringe ich Vanessa gleich nach der Schule die Hausaufgaben vorbei. Ich rede mir ein, dass ich das nur mache, damit ihr in der Schule keine Lücken entstehen. Was natürlich totaler Schwachsinn ist. Es ist ein Kontrollbesuch.

Stephen öffnet mir mit zerzausten Haaren und müdem Blick. »Miriam. Komm doch rein.«

»Ich wollte nur sehen, wie es Vanessa geht.«

»Nicht so gut. Über Nacht hat sie Fieber bekommen. Ich bin damit völlig überfordert. Ich hab meine Mutter angerufen. Sie ist vorbeigekommen und hat mir gesagt, was ich machen soll. Sie ist geblieben, bis ich von der Schule nach Hause gekommen bin. Jetzt ist sie ins Krankenhaus gefahren, sie hat Dienst. Und ich fühl mich vollkommen unnütz.«

Er wirkt hilflos, wie er so dasteht. Tut mir richtig leid, deshalb berühre ich seinen Arm. »Du machst das toll. Was ich gestern geschrieben habe, war ernst gemeint. Sie hat Glück, dass sie dich hat.«

»Ach, Quatsch.« Stephen wirkt verlegen.

Ich muss mir ein Grinsen verkneifen. Typisch Jungs!

Ich möchte in Vanessas Zimmer gehen, doch Stephen hält meine Hand fest. »Miriam, es tut mir leid, wenn ich dich gestern verletzt habe. Oder verärgert. Oder was auch immer. Du bist bestimmt nicht aus Facebook raus, weil du müde warst. Ich hab was Falsches geschrieben. Ich weiß nicht, was, aber es tut mir echt leid.«

»Du hast nichts Falsches geschrieben. Nur etwas, was mich daran erinnert hat, dass es da noch was gibt, worüber ich mir klar werden muss.«

Ich öffne Vanessas Tür einen Spaltbreit. Sie liegt in ihrem Bett, die Augen geschlossen. Sie schläft. Ich schlüpfe ins Zimmer und schließe die Tür hinter mir. Leise ziehe ich einen Stuhl an ihr Bett und setze mich zu ihr.

Sie wirkt so zerbrechlich. Ihre braunen Wellen sind zu einem Zopf geflochten, ihr Gesicht glüht vor Fieber, die Lippen sind trocken. Ihr muss es echt beschissen gehen.

Ich krame in meiner Tasche nach den Hausaufgaben und

lege sie auf den Schreibtisch. Dann schaue ich ihr beim Schlafen zu. Beobachte, wie sich ihr Brustkorb bei jedem Atemzug hebt und wieder senkt. Sie lebt. Sie ist nicht wie Joanne. Sie wird sich nicht umbringen.

Die Angst ist trotzdem da. Was wäre, wenn ich auch noch Vanessa verlieren würde? Das wäre zu viel. Aber ich werde sie nicht verlieren. Sie wird bleiben. Zumindest für den Moment. Und was nächstes Jahr ist oder in fünf Jahren, das kann ja eh keiner sagen.

Nach einer Weile schleiche ich mich wieder aus dem Zimmer. Im Wohnzimmer spielt Stephen Xbox. Ich trete in sein Sichtfeld, aber so, dass er noch sieht, wen er auf dem Bildschirm abknallt. Ich versuche echt, die Ballergeräusche im Hintergrund auszublenden.

»Ich geh dann mal wieder. Ich hab Vanessa die Hausaufgaben oben hingelegt. Muss sie aber nicht machen, wenn sie keinen Bock hat.«

Stephen starrt nur auf den Bildschirm. Jetzt stellt er das Spiel endlich auf Pause und sieht mich an. »Nur keinen Stress.«

Er klingt müde und abweisend.

»Alles klar?«

»Jep.«

Okay, ich kenne diese Stimmungen bei Jungs. Den Ton legen die auf, wenn sie ein Problem haben und es nicht wahrhaben wollen.

»Also, tschüss dann.« Noch bevor er irgendwas erwidern kann, verschwinde ich.

Zu Hause streite ich mich gleich mal mit meiner Mutter. Sie fragt mich, warum ich so spät von der Schule komme, und da kriege ich einen Ausraster. Nun liege ich schmollend auf dem Bett. Höre Musik. Krickele meine Hausaufgaben hin. Nicht sehr ordentlich. Egal …

Irgendwie kotzt mich das alles gerade an. Dieser ganze gespielte Alltag. Meine Mutter, die sich so rührend um mich kümmert. Diese Normalität. Gar nichts ist normal. Das hier ist doch kein Leben. Nur meine leere Hülle, die irgendwie weitermacht.

In meinen Ohren dröhnt Linkin Park. *Valentine's Day*. Eins meiner Lieblingslieder. Passt zu meiner Stimmung. Genau wie das Wetter. Immer mehr Wolken ziehen auf. Es wird richtig schwarz am Himmel, obwohl es erst später Nachmittag ist. Mein Fenster ist offen, und ich kann den starken, kühlen Wind spüren. Bald wird es regnen.

Ich fühle mich fehl am Platz. Müde. Ausgelaugt. Völlig erschöpft. Als würde ich krank werden. Nur, dass ich nicht krank werde.

But the heartless wind kept blowing, blowing. Oh ja, ich liebe dieses Lied. Die Melodie, den Text, den Rhythmus, die Power am Ende. Einfach genial. Aus einem Impuls heraus renne ich die Treppe hinunter, schlüpfe in meine Vans und die Jeansjacke und verschwinde. Zum Friedhof.

Heute besuche ich Joanne. Ihre Mutter hat das Grab so schön mit Blumen bepflanzt. Rosa und Gelb. Traurig lese ich ihren Namen auf dem Grabstein. Immer und immer wieder. Wie schnell alles vorbei sein kann. Joanne und ich hatten ja keine Ahnung …

Kurz vor Ende der zweiten Stunde bekomme ich eine SMS von Tobi. Unauffällig lese ich sie:

> Was machst du heute
> Abend? Mathestunde
> ist voll langweilig.
> Vermiss dich, Tobi

Joanne liest mit und stößt mich an: »Vergiss es. Heute Abend wollten wir was machen. Dein Schatz muss sich hinten anstellen.«

Stimmt. Joanne und ich wollten Pizza essen und uns ein paar Filme in der Videothek ausleihen. Um sie ein bisschen zu ärgern, tippe ich schnell ein:

> Sry, kann nich.
> Die Furie bringt
> mich sonst um :D

»Die Furie? Na, vielen Dank!« Joanne dreht sich gespielt beleidigt weg. Ich lache. »Ach, komm schon! Du weißt, dass ich dich über alles liebe!« Ich beuge mich vor und küsse sie auf die Backe.

»Iih, Joanne und Miriam sind lesbisch!«, ruft Markus hinter uns.

»Was?«, fragen einige aus der Klasse, während andere »Quatsch!« rufen. Der Rest lacht einfach nur.

»Echt, Miriam hat gerade Joanne geküsst. Ich hab's gesehen!«

»Ich wusste es schon immer!« Patrick grinst zufrieden.

»Ich weiß nicht. Sehen die beiden lesbisch aus?«, fragt Pia unsere lesbische Klassenkameradin Greta. Greta hat sich schon vor einem Jahr geoutet. Keiner hat Probleme damit, bis auf ein paar Jungs, die enttäuscht sind, weil sie auf Greta standen.

»Ich weiß nicht.« Greta mustert uns beide. »Miriam ist schon heiß. Bei Joanne bin ich mir da nicht so sicher.«

Ich nehme mein Mäppchen und werfe es nach ihr. Inzwischen lacht jeder in der Klasse.

»Wenn ich lesbisch wäre, hätte ich einen besseren Geschmack und würde mich bestimmt nicht auf Miriam einlassen!«, ruft Joanne.

Noch lauteres Gelächter und Gejohle. Da steht Greta kurzerhand auf, nimmt mein Gesicht in ihre Hände und küsst mich auf die Wange, wie ich es bei Joanne getan habe.

»Miriam, du Schlampe, zwei Mädchen an einem Tag! Schäm dich!«, ruft Patrick und gibt Markus High five für diesen Spruch. Unsere Klasse hört man bestimmt bis ins Lehrerzimmer.

Vergeblich bemüht sich Frau Klaas, Ruhe in die Klasse zu bringen: »Seid leise! Bitte. Ruhe. Miriam, Joanne, Greta. Es ist mir egal, wer hier wen küsst, aber tut das bitte nicht in meinem Unterricht.« Frau Klaas versucht, uns mit böser Miene anzufunkeln. Aber ihre Augen verraten, dass sie es eigentlich auch lustig findet.

Joanne und ich prusten los und mit uns noch einmal die komplette Klasse. »Das erzähl ich Tobi!«, schreit irgendjemand, und damit bricht das komplette Chaos aus.

Da klingelt es zur Pause. Die anderen rennen schon raus, nur Joanne und ich bleiben hocken und rollen uns fast auf dem Boden vor Gekicher.

Frau Klaas sieht ungeduldig auf die Uhr. »Hopp, ihr beiden! Sonst muss ich euch hier einsperren.«

Joanne und ich können uns kaum auf den Beinen halten und stolpern lachend aus dem Klassenzimmer.

»Oh Mann, Patrick ist …«

Bumm.

»Was war das?«

Bumm.

Um uns herum fangen die Leute an zu kreischen. Ich sehe Philipp, wie er rennt. Und dann kapiere ich, was ich da eben gehört habe.

Alles war so normal. Bis zu diesem Augenblick. Selbst der Augenblick davor ließ uns nicht erahnen, was kommen würde.

Nichts warnt uns vor. Wir haben keine Zeit, Abschied zu nehmen. Wir können nicht jede Sekunde im Leben daran denken, was alles passieren kann. Und genauso soll es auch sein. Wenn wir immer an alle Gefahren denken würden, wenn wir uns immer bewusst wären, was in diesem Moment passieren könnte, würden wir ein Leben in Angst leben.

Uns kann *immer* so viel zustoßen. Aber wirklich geschehen tut es selten. Statistiken bringen da gar nichts. Entweder es trifft dich … oder eben nicht. Wenn es dich trifft – tja, dann hast du eben Pech gehabt. Und wenn nichts passiert? Hast du eigentlich ein Riesenglück, nur weißt du es gar nicht.

Ein Donner lässt mich aufschrecken. Aus den schwarzen Wolken beginnt es zu regnen. In Strömen trifft mich das kalte Wasser, und es fühlt sich gut an.

Am nächsten Tag ist Vanessa immer noch nicht in der Schule. Ich rechne es mir hoch an, dass ich bis zur vierten Stunde durchhalte, bevor ich mir meine Sachen schnappe und einfach verschwinde. Ich bin eigentlich kein Freund vom Schuleschwänzen. Aber jetzt ist es nicht mehr zum Aushalten. Draußen fühle ich mich gleich besser. Frische Luft, keine schlecht gelaunten Lehrer, keine Spanischstunde.

Ich wandere ziellos durch die Gegend, an Geschäften vorbei, bis ich in eine Wohngegend komme. Fußgänger aller Art, Hunde mit ihren Herrchen, Mütter mit ihren Babys, alte Menschen mit ihren Gehhilfen kommen mir entgegen.

Ein Polizeiwagen fährt an mir vorbei. Aber ich habe Glück, und der Fahrer hält nicht an, um zu fragen, warum ich nicht in der Schule bin.

Schließlich stehe ich vor unserem Gartentor. Ich bin nach Hause gegangen, zu meiner Mom. Ich umarme sie einfach so, ohne Vorwarnung. Vollkommen überrascht erwidert sie meine Umarmung.

»Ich war so lange sauer auf dich. So wütend, weil du einfach gegangen bist. Und jetzt habe ich mich oft gefragt, ob ich dir nicht einfach verzeihen kann.«

Ich merke, wie sich meine Mutter versteift. »Und, zu welchem Entschluss bist du gekommen?«

»Ich weiß nicht … Jetzt bist du hier. Du kommst, wenn ich Hilfe brauche. Vielleicht gehst du irgendwann wieder. Aber für den Moment bist du hier.«

Mom drückt mich ganz fest an sich. »Ich werde immer wieder zurückkommen. Es wird nicht so sein wie das letzte Mal. Das verspreche ich dir. Ich habe aus meinen Fehlern gelernt.«

»Ich weiß«, flüstere ich und dränge die Tränen zurück. Es wird wehtun, wenn sie geht. Doch sie muss es tun. So ist ihr Leben. Sie wird zurückkommen. Sie wird für mich da sein. Und das ist das Einzige, was zählt.

23

Mitte Mai beschließen Vanessa und ich, shoppen zu gehen. Früher haben wir das ständig gemacht, aber in den letzten Monaten haben wir nicht viele Gedanken an Klamotten verschwendet. Jetzt ist es etwas Besonderes. Bei jedem zweiten Teil könnten wir losheulen, weil es so gut zu Joanne, Tanja oder Sophia gepasst hätte.

Nachdem Vanessa und ich in ungefähr zwanzig Läden waren und eine ziemlich ansehnliche Ausbeute in unseren Tüten herumtragen, setzen wir uns für eine Pause in ein nettes Café und bestellen uns einen riesigen Eisbecher. Wir nehmen von jeder Sorte eine Kugel. Das sind über zwanzig Sorten. Wir schaffen das nie. Aber egal. Es ist eine Tradition, die wir früher zu fünft hatten. Und Traditionen sollten nicht vergessen werden.

»Ich liebe dieses Eis«, nuschelt Vanessa, während sie sich einen riesigen Löffel davon in den Mund schiebt.

»Soll mein Handy dir mal ausrechnen, wie viele Kalorien das sind?«

Vanessas Blick ist tödlich. »Ist mir egal. Dann nehme ich wenigstens glücklich zu.«

»Weil du ja überhaupt nicht essen kannst, was du willst, und trotzdem schlank bleibst.«

»Tja, Schicksal. Es gibt Leute wie mich, die können essen, was sie wollen, und es gibt Leute wie dich, die sofort auseinandergehen.«

»Es gibt Leute wie dich, die müssen dünn sein, um als

hübsch durchzugehen, und es gibt Leute wie mich, denen ist die Attraktivität schon in die Wiege gelegt.«

Wir lachen über unsere total eingebildeten Kommentare. Es fühlt sich gut an, so normal zu sein.

»Weißt du, bei wem du trotz deiner schlechten Figur einen bleibenden Eindruck hinterlassen hast?« Sie zwinkert mir zu.

»Keinen Plan.« Ich sehe sie überrascht an.

»Bei meinem Cousin.«

»Stephen?«

»Mhm. Der arme Junge kann nicht mehr aufhören, von dir zu reden.« Zufrieden schiebt sich Vanessa noch einen Löffel Eis in den Mund. »Ich rätsele seit Tagen, was du mit ihm angestellt hast, um ihn so zu faszinieren.«

»Du glaubst, Stephen mag mich?« Ich ziehe eine Augenbraue hoch. »Also, ich meine, auf diese *eine* Art?«

»Jep, bin mir absolut sicher.«

Oh. Ich meine: *Oh.* »Über so was hab ich nicht mehr nachgedacht, seit …« Ich lasse den Rest des Satzes offen im Raum stehen. Vanessa weiß schon, was ich meine.

»Ich will dir damit auch nicht sagen, dass du dich ihm an den Hals werfen sollst. Aber das Leben um uns herum geht weiter.« Vanessa berührt meine Hand. »Lass nicht zu, dass Tobi der einzige Junge in deinem Leben bleibt. Denn er ist nicht da. Stephen schon. Ich will nur, dass du mal darüber nachdenkst. Wenn Stephen dir nicht gefällt, ist das was anderes.«

»Stephen ist schon nett, soweit ich das bis jetzt einschätzen kann, nur …« Ich kann nicht aussprechen, dass es mir wie Verrat vorkommt.

»Ich will dir den Tag nicht verderben, Süße. Denk einfach mal darüber nach.«

»Willst du mir damit sagen, dass ich nur leben kann, wenn ich einen Typen habe?« Ich sehe sie herausfordernd an. Ich will mir den Tag ganz sicher nicht versauen lassen. »Wenn das so ist, sollten wir für dich aber ganz schnell einen finden.«

Vanessa lächelt mich über unseren Eisbecher hinweg an. »Brauchen wir nicht mehr. Ich hab schon einen kennengelernt.«

»Nein.« Ich grinse breit.

»Doch.« Vanessa strahlt über das ganze Gesicht. »Er heißt Maik. Wir haben uns vor zwei Wochen das erste Mal getroffen. Ich wollte nur nichts sagen, weil ich nicht wusste, wie du reagierst.«

»Wie ich reagiere? Ich freu mich für dich! Was hast du denn sonst erwartet?«

Nervös streicht sie sich eine Haarsträhne hinters Ohr. »Ich weiß nicht so genau.«

Vanessa hat recht. Um uns herum leben alle weiter. Und auch wir müssen weitermachen. Ich bekomme Vanessas Worte nicht mehr aus dem Kopf. Sie beschäftigen mich die ganze Woche lang. Ich denke darüber nach, wie es wäre, wenn ich mich wieder auf einen Jungen einlassen würde. Wenn dieser Junge Stephen wäre.

Mist, warum hat Vanessa mir das nur erzählt? Ich will doch überhaupt keinen Typen in meinem Leben. Ich bin ja schon froh, wenn ich morgens aufstehen kann, ohne Angst zu haben. Ich bin glücklich um jeden noch so kleinen Schritt, den ich wage. Das hier wäre ein Riesenschritt.

Früher habe ich alles mit Joanne besprochen. Sie hatte immer einen Spruch auf Lager. Und auch wenn ich weiß, dass sie mir nicht antworten kann, gehe ich zum Friedhof und setze mich an ihr Grab.

Ich kann mir genau vorstellen, was sie sagen würde. Es kommt mir so vor, als könnte ich sie hören. *Was ist los, Miri? Du ziehst ein Gesicht, als würde die Welt untergehen. So schlimm ist es bestimmt nicht.*

»Es ist alles so kompliziert, Joanne. Ich weiß nicht, was ich mit mir anfangen soll. Da steht dieser Junge auf mich, und er scheint auch ganz nett zu sein.«

Wenn sie mir darauf antworten könnte, würde sie sagen: *Wo ist dann das Problem?*

Und ich würde ihr erklären: *Ich weiß nicht, ob ich schon wieder so weit bin. Ob ich Tobi schon loslassen kann. Wenn ich das nicht kann, wäre es Stephen gegenüber doch nicht fair.*

Aber Joanne ist nicht hier. Sie wird mir niemals wieder antworten, und ich werde ihr niemals wieder meine Probleme erzählen können.

Vielleicht würde alles anders kommen, wenn ich nicht in der nächsten Woche zur Gruppensitzung gehen würde. Wie es der Zufall will, sollen wir diesmal darüber sprechen, was uns zum Thema Freundschaft und Partnerschaft einfällt.

Ich sitze mit Lisa, Timo, Corinna, Frederike und Daniel zusammen. Lisa erzählt, dass sie mit ihrem Freund Schluss gemacht hat, weil sie sich nach dem Amoklauf nur noch gestritten haben. Sie waren beide nicht damit einverstanden, wie der andere sich verhalten hat.

Timo hat seine Freundin durch den Amoklauf erst kennengelernt. Sie ist Krankenschwester und hat ihn nach dem Amoklauf behandelt. Es hat ihm gutgetan, mit ihr zu reden, und am Ende sind sie zusammengekommen.

Erst will ich natürlich überhaupt nichts erzählen. Was geht das denn die anderen an? Aber schließlich erinnere ich mich daran, wie gut ich mich nach dem Reden immer fühle.

»Es gibt da einen Typen. Er mag mich, und ich finde ihn eigentlich auch ganz nett. Aber ihn zu mögen, kommt mir wie ein Verrat gegenüber Tobi vor. Wir haben nie Schluss gemacht, und deshalb habe ich jetzt das Gefühl, ihn zu hintergehen.«

Ich kreuze die Arme vor der Brust. Niemals hätte ich gedacht, dass ich mal über so etwas reden würde …

»Bestimmt hätte dein Freund nicht gewollt, dass du dich vor der Welt verschließt. Wenn du diesen Jungen also magst, ist es deinem Freund gegenüber Verrat, wenn du ihn nicht besser kennenlernst.« Corinna lächelt mich an, während sie das sagt. Na toll. Noch mehr zum Nachdenken.

»Du solltest nicht zu viel von dir verlangen«, meint Frederike. »Wenn du so weit bist, wirst du es bestimmt merken.«

Daniel bringt es auf den Punkt: »Du hast nur Angst, wieder jemanden zu verlieren. Aber das wirst du im Leben so oder so. Willst du dann nicht wenigstens auch glückliche Stunden haben?«

Das hat gesessen. Direkt. Und ziemlich wahr. Natürlich habe ich Angst davor, wieder verletzt zu werden. Stephen ist ganz anders als Tobi. Tobi ist immer ruhig geblieben und hat einen kühlen Kopf behalten. Soweit ich Stephen einschätze, können wir beide bestimmt prima streiten. Ich habe viel mit Tobi geredet. Wir hatten einfach viele Gemeinsamkeiten. Egal, was war, er hat es mir sofort angesehen. Und wir haben viel herumgealbert. Stephen ist eher der schweigsame Typ.

Ich müsste ihn erst besser kennenlernen. Und eins ist ja

klar: Ich sollte die beiden nicht miteinander vergleichen. Das ist nicht fair.

Jeder hat seine eigene Geschichte. Nicht nur mein Leben hat sich verändert. Auch das anderer.

Ich habe aufgehört, diesen Gedanken zu bekämpfen. Der Amoklauf hat mich verändert.

Nichts bleibt – das lernen wir, wenn wir erwachsen werden. Wir können nichts festhalten. Nicht mal uns selbst. Wir wandern durchs Leben und lassen immer wieder Menschen hinter uns. Die wenigsten begleiten uns unser ganzes Leben lang. Ich finde, das ist das Schwerste dabei. Immer alleine zu sein. Natürlich gibt es Leute, die einem helfen können. Doch zuletzt stehen wir allein vor der Welt.

24

Okay, es ist kein großes Ding. Ich werde mich jetzt beruhigen und einfach klingeln. Es ist nicht so schwer. Einfach nett lächeln und Stephen fragen, ob er Lust hat, mit mir in den Park zu gehen. Bei dem schönen Wetter geht jeder normale Mensch in den Park und legt sich auf die Wiese.

Oh verdammt! Warum stell ich mich so an? Es ist ja nicht mal ein richtiges Date. Trotzdem bekomme ich totale Panik. Ich will das doch gar nicht. Ich bin noch nicht so weit.

Stopp, ermahne ich mich selbst, dreh jetzt ja nicht durch! Warum sollte ich ihm keine Chance geben? Wenn es schrecklich ist, muss ich ihn ja nicht mehr sehen. Und falls ich merke, dass ich Tobi gegenüber ein schlechtes Gewissen habe, kann ich es sofort beenden. Schnell drücke ich auf die Klingel.

Meine Handflächen werden feucht. Ich flehe den Himmel an, dass Stephen nicht aufmacht. Und gleichzeitig weiß ich, dass ich enttäuscht sein werde, wenn es so sein sollte.

Als sich mehrere Sekunden nichts rührt, atme ich erleichtert auf. Es ist ja auch eine dumme Idee. Ich will mich schon wieder umdrehen, da kommen Geräusche aus dem Haus. Trampeln auf der Treppe. Kindergeschrei.

Nein, verflucht!

Die Haustür öffnet sich, und ein etwa dreijähriges Mädchen steht in der Tür. Sie hat blonde Ringellöckchen und Sommersprossen. In der Hand hält sie ein Eis. Sie starrt mich mit offenem Mund an.

Ich hab ziemlich wenig Erfahrung mit kleinen Kindern. Ich lächele sie nett an, in der Hoffnung, dass sie nicht schreiend vor mir wegrennt, und sage: »Hey, ist Stephen da?«

In dem Moment tritt er aus der Küche. Als er mich sieht, blinzelt er überrascht. »Miriam, was machst du denn hier?« Er nimmt die Kleine auf den Arm.

»Störe ich? Ich bin eigentlich gekommen, weil … weil ich dachte …« Okay, jetzt, wo ich so darüber nachdenke, kommt es voll blöd, ihn zu fragen, ob wir in den Park wollen. Wir kennen uns ja nicht mal richtig. »Na ja, vielleicht hast du ja Lust, ein bisschen mit mir abzuhängen. Du weißt schon, Zeit miteinander zu verbringen.«

Ach du Scheiße, kann ich bitte, bitte, BITTE im Erdboden versinken? Jetzt gleich! Das ist doch so ein Schwachsinn, den ich da von mir gebe. Ich kann das nicht. Ich will das auch gar nicht!

»Wie heißt du?« Das kleine Mädchen guckt mich neugierig an. Unter ihrem wachsamen Blick fühle ich mich unwohl.

»Miriam. Und du?«

»Alisa. Deine Haarfarbe ist aber komisch.« Sie steckt sich den Finger in den Mund.

»Ach ja?«, frage ich belustigt. Die Kleine ist ja echt niedlich. »Deine Haare sind auf jeden Fall wunderschön, findest du nicht?« Dann wende ich mich wieder Stephen zu. »Ist das deine Schwester?«

Er nickt. »Meine Halbschwester. Ich hab auch noch einen kleinen Halbbruder. Und eine große Schwester, die schon ausgezogen ist.«

Drei Geschwister! Vier Kinder! Oh mein Gott. Laut sage ich: »Das ist aber eine Menge.«

Stephen zuckt mit den Schultern. »So ist wenigstens immer was los bei uns. Vor allem mit den zwei Kleinen.«

»Ich bin nicht klein! Ich bin schon vier!«, protestiert Alisa beleidigt und strampelt, bis Stephen sie runterlässt.

»Du hast recht, da bist du ja schon richtig groß. Hör einfach nicht auf deinen dummen Bruder«, sage ich.

Alisa lacht auf. Ein süßes Lachen. Frei und ungezwungen.

»Würdest du meiner Schwester bitte keinen Unsinn einreden?« Stephen klingt nicht wirklich sauer. Er spielt nur mit.

»Wieso? Stimmt doch.« Ich klimpere mit den Wimpern.

Alisa lacht wieder. Dann ruft eine Frauenstimme nach ihr, und Alisa verschwindet.

Ich fühle mich wieder unwohl. Fehl am Platz. Es war nicht gut, zu kommen. Bestimmt hat Stephen gar keine Zeit.

»Ähm, tut mir leid. Ich glaub, ich störe nur. Es ist besser, wenn ich wieder verschwinde.«

Ich will mich schon umdrehen, aber Stephen hält mich zurück. »Du störst überhaupt nicht.«

Zweifelnd sehe ich ihn an. Aber er lächelt so unsicher, dass ich mich etwas beruhige. Er weiß genauso wenig wie ich, was das hier werden soll.

Also hebe ich meinen Korb, aus dem eine Decke hervorlugt. »Ich hatte gehofft, dass du mit mir in den Park gehst.«

Die Sonne wärmt mein Gesicht. Ich liege mit dem Rücken auf der Decke und rupfe ein paar Grashalme aus. Stephen sitzt neben mir, die Arme auf die angewinkelten Beine gestützt. Seit einer Stunde reden wir jetzt schon über alles Mögliche. Familie, Schule, Hobbys. Stephen mag Fußball (was für eine Überraschung, das ist ja so etwas Besonderes bei Männern!).

Er hat ziemlich schnell gemerkt, dass ich davon ungefähr so viel Ahnung habe wie eine Tomate.

»Wenn du einen Tag noch mal erleben könntest, welchen würdest du dann wählen?«

Stephen sieht mich überrascht an. Er überlegt eine Weile und sagt dann: »Den Tag, an dem ich mit meinen Geschwistern, meinem Vater und meiner Stiefmutter nach Dresden gefahren bin, zur goldenen Hochzeit meiner Großeltern.«

»Warum?«

»Zum ersten Mal hatte ich wieder das Gefühl, dass wir eine Familie sind. Als mein Vater nach der Scheidung Kathrin kennengelernt hat, habe ich lange Zeit gedacht, wir wären ein bunt zusammengemischter Haufen. An dem Tag waren wir alle das erste Mal richtig zusammen. Warum willst du das wissen?«

Ich schließe die Augen und wende mein Gesicht der Sonne zu. »Keine Ahnung. Ich will dich einfach besser kennenlernen.«

Vielleicht gehe ich mit meiner Antwort zu weit. Aber ein kurzes Blinzeln in seine Richtung zeigt mir, dass es nicht so ist. Stephen lächelt glücklich.

»Und was hast du schon über mich herausgefunden?«

»Ich glaube, du bist ein Familienmensch. Du liebst den Trubel um dich herum. Du brauchst Menschen um dich herum. Ich kann dich schon richtig vor mir sehen, wie du in zwanzig Jahren in einem Haus am Stadtrand wohnst. Und du hast mindestens drei Kinder.«

»Gruselig. Bist du Hellseherin?«

Ich kichere los. »Klar, die Kristallkugel ist ganz unten im Korb.«

»Also glaubst du eher nicht an das Schicksal.«

»Nö. Das Leben …«, ich suche nach den richtigen Worten, »… passiert einfach. Niemand kann das kontrollieren.«

Ich seufze. Ich werde schon wieder traurig. Obwohl ich mir selbst versprochen habe, heute einfach mal ein fünfzehnjähriges Mädchen zu sein.

»Du musst dich dafür nicht schämen, Miriam.«

Ich öffne die Augen und drehe mich zur Seite, um ihn besser sehen zu können. »Was meinst du?«

Stephen lächelt und streicht mir eine meiner losen Haarsträhnen hinters Ohr. Diese Berührung überrumpelt mich so, dass es mir die Sprache verschlägt.

»Vanessa hat das auch. In der einen Sekunde ist sie glücklich, und plötzlich trifft es sie wie der Schlag. Es gehört eben zu euch. Aber anscheinend wollt ihr das vor allen verstecken.«

Wir sehen uns jetzt direkt in die Augen. Ohne wegzusehen, ohne Scham. Das ist einer von diesen Momenten, in denen man einfach nur ehrlich zu dem anderen ist.

»Es hat nichts mit Scham zu tun. Es macht die Sache nur einfacher, wenn man ein paar Stunden so tut, als wäre der Amoklauf nie passiert.«

»Vanessa spricht nicht darüber.«

»Es ist einfach schwer, mit Außenstehenden darüber zu sprechen.« Ich drehe mich wieder auf den Rücken, lasse mir die Nachmittagssonne ins Gesicht scheinen.

»Ich bin für sie kein Außenstehender.«

»In dieser Hinsicht schon. So ziemlich alle sind das für uns.«

Niemand von uns sagt mehr was. Aber es ist kein peinliches Schweigen. Es gibt nur nicht mehr zu sagen. Nicht für den Augenblick.

Langsam wird es kühler, die Sonne wird bald untergehen.

Ich mag diese Zeit. Alles kommt zur Ruhe, auf der Straße fahren weniger Autos, die Vögel zwitschern, die meisten Leute verschwinden aus dem Park. Irgendwo miaut eine Katze, und von weit her dringen gedämpfte Stimmen zu uns. Um diese Tageszeit kommt es mir so vor, als wäre alles wieder gut. Ich fühle mich leichter. Ich habe das Gefühl, die Welt würde sich ein bisschen langsamer drehen. *Ruhe*, scheint alles zu sagen. *Ruhe, atme tief durch.*

»Woran denkst du?« Stephen sieht mich neugierig an.

»Wie schön es ist, einmal nur da zu sein und nichts zu machen.«

»Du bist also nicht der Trubel-Typ?«

Ich zucke mit den Schultern. »Früher war ich das mal. Was ich jetzt bin – ich hab keine Ahnung.«

»Irgendwann wirst du es wissen.«

»Schon möglich. Aber falls nicht, ist das auch nicht schlimm. Ich bin, wer ich bin. Das reicht.«

»Überlebenskünstlerin.«

»Was?«, frage ich verwirrt. Ich kann mit dem Wort nichts anfangen.

»Das erste Wort, das mir einfällt, um dich zu beschreiben, ist *Überlebenskünstlerin*. Du nimmst das Leben so hin, wie es eben ist. Du bist eine Überlebenskünstlerin. Du passt dich der Situation an.«

»Hm. Das Gefühl habe ich gar nicht«, sage ich.

»So wirkt es aber auf mich.«

»Dann bin ich eine gute Schauspielerin.« Jetzt flüstere ich. Wir sind bei einem Thema angekommen, über das ich eigentlich nicht so gerne sprechen möchte.

Stephen zuckt mit den Schultern. »Man sieht sich selber immer anders.«

»Man sieht sich selber so, wie man ist«, widerspreche ich ihm.

»Man ist so, wie man sich verhält. Und das kann ein anderer besser beurteilen als man selbst. Jemand wie ich zum Beispiel.« Stephen grinst mich herausfordernd an. Er versucht, mich aufzuheitern. Und es klappt auch.

»Du bist süß.« Ich beuge mich vor und küsse ihn auf die Wange. Sofort wird er knallrot. Plötzlich denke ich an Tobi.

»Ich sollte jetzt gehen, es ist spät.« Ich stehe auf. Was für eine miese Ausrede. Ich will Stephen und Tobi nicht durcheinanderbringen, das ist Stephen gegenüber nicht fair. Aber genau das wird passieren, ich werde die beiden immer wieder vergleichen.

Stephen sieht mich verwirrt an, doch ich kann es ihm jetzt nicht erklären. Um ihm aber nicht das Gefühl zu geben, er habe etwas falsch gemacht, sage ich noch: »Das war der schönste Tag seit Langem. Wenn ich einen Tag seit dem Amoklauf wählen sollte, den ich noch einmal erleben will, wäre es dieser hier mit dir.« Und es stimmt.

Hinter mir atmet Tobi. An meinem Rücken kann ich spüren, wie sich seine Brust hebt und senkt. Wenn wir in dem Wohnmobil seiner Eltern übernachten, bleibe ich manchmal noch wach, einfach nur, um ihn zu spüren. Ich denke nicht mehr viel nach. Ich fühle einfach. Bis ich wegdämmere.

Am Anfang konnte ich nicht schlafen, weil es ein neues und irgendwie auch seltsames Gefühl war, nackt mit einem Typen im Bett zu liegen. Inzwischen kann ich so schlafen. In den

Nächten, die ich mit Tobi zusammen verbringe, schlafe ich sogar am besten.

Noch schöner als das Einschlafen ist allerdings das Aufwachen. In diesen Momenten komme ich mir wunderschön und unverwundbar vor. Heute werde ich davon wach, dass sich die Matratze bewegt und die Wärme an meinem Rücken fehlt. Tobi steht auf.

Schnell drehe ich mich um und ziehe ihn zurück ins Bett. Ich lege meinen Kopf auf seine Brust und lächele ihn breit an. »Wo wollen wir denn hin?«

Tobi zieht meinen Kopf sanft an zwei langen Haarsträhnen zu sich, um mich kurz zu küssen. »Frühstück machen für meine Freundin.«

Ich kichere böse. »Ich hab dich wirklich gut erzogen.«

Tobi packt mich an meinen Handgelenken und drückt mich auf die Matratze, sodass er halb auf mir liegt. »Scheint so.« Er gibt mir noch einen Kuss. Dieses Mal heißer und hungriger. Von mir aus könnten wir das noch ein bisschen fortführen. Aber Tobi löst sich sofort wieder von mir und ist dieses Mal so schnell, dass ich ihn nicht aufhalten kann. Er schnappt sich seine Boxershorts und zieht sie an.

Ich lege meinen Kopf schief. »Und was machst du *jetzt*?«

»Brötchen aufbacken.«

»Scheint so, als hätte ich dich zu gut erzogen!«

Ich erinnere mich noch so genau an dieses Wochenende. Es war zwei Wochen vor dem Amoklauf. Alles war so perfekt. Niemals hätte ich gedacht, dass es so schnell mit uns vorbei sein würde.

Es tut immer noch so weh, an ihn zu denken. Ich kann mir nicht vorstellen, dass es jemals aufhören wird. Nicht ganz. Manche Leute behaupten, dass man die erste Liebe nie vergisst.

In den nächsten Tagen versucht Stephen dreimal, mich zu erreichen. Ich gehe nicht dran. Ich schicke ihm eine SMS, in der ich schreibe, dass ich gerade keine Zeit habe. An einem dieser Tage habe ich auch ein Treffen mit Dr. Frei. Ich bin verschlossener als sonst, und das entgeht ihr natürlich nicht. Sie lässt mich noch eine Weile in Frieden, bevor sie mich danach fragt.

»Ich habe da einen Jungen kennengelernt. Aber wenn ich ihn sehe, muss ich an Tobi denken.« Vor einigen Monaten hätte ich mir noch gut überlegt, ob ich ihr so etwas erzählen sollte.

»Weil die beiden sich so ähnlich sind?« Dr. Freis Stimme ist sanft und gleichzeitig fest. Ich hab mich schon oft gefragt, wie sie das macht. Sie hat nie einen schlechten Tag und sieht immer ausgeschlafen aus.

»Eigentlich nicht. Ich mag Stephen. Bei ihm bin ich wieder ich. Für ihn gehört der Amoklauf zu meinem Leben. Er drängt mich nicht, etwas zu sagen, aber wenn ich darüber spreche, zuckt er auch nicht gleich zusammen. Nur fange ich immer wieder an, ihn mit meinem toten Freund zu vergleichen. Und das ist nicht fair.« Es gibt da noch einen anderen Grund. Ich überlege kurz, ob ich es wirklich ansprechen soll. Doch Dr. Frei hat natürlich längst bemerkt, dass da noch etwas ist, und nickt mir aufmunternd zu. »Tobi wäre immer meine erste Wahl. Früher hätte ich mich für Stephen gar nicht interessiert. Stephen ist irgendein Junge, der es vielleicht schafft, dass ich mich in ihn verliebe. Tobi ist *der* Junge.« Es war eine ganz blöde Idee, Stephen zu treffen. Tobi ist *der* Junge. Und wenn er das irgendwann nicht mehr ist, ist er nur noch tot. Weg.

»Das könnte sich ändern. Ein anderer Junge könnte *der* Junge werden.«

»Und was ist Tobi dann? Mein Ex? Oder einfach nur niemand?«

Wir leben doch weiter durch die Menschen, die immer noch an uns denken. Ich glaube nicht an Auferstehung und ein Leben nach dem Tod. Für mich leben die Menschen weiter, weil an sie gedacht wird. Das ist auch eine Art von Unsterblichkeit.

Wenn ich nicht an Tobi denke, wer tut es dann? Wer erinnert sich an die schönen Zeiten und liebt ihn weiterhin? Wie kann man jemanden, den man so sehr geliebt hat, einfach durch einen anderen Menschen ersetzen? Einmal im Jahr lassen die indischen Frauen, die ihre Männer verloren haben, Kerzen auf dem Ganges fahren, um an ihre Männer zu denken. Das ist ein schönes Ritual. So werden sie nie ganz vergessen. Aber wie kann ich verhindern, dass Tobi vergessen wird?

Wenn man klein ist, kann man es nicht erwarten, erwachsen zu werden. Wenn ich auf dem Spielplatz war, blickte ich bewundernd zu den Mädchencliquen auf, die dort in ihren coolen Klamotten abhingen, lachten, rauchten und Bier tranken. Sie waren immer so selbstsicher.

Als ich zehn, zwölf war, freute ich mich noch. Ich freute mich so sehr darauf, endlich auch so ein Mädchen zu werden. Aber mit der Zeit merkte ich, dass mehr dazugehört als Klamotten und coole Sprüche. Ziemlich schnell merkte ich, dass Rauchen eklig ist und die meisten Typen nur das eine wollen. Ich bekam Probleme mit meinem Vater, Freundinnen, Jungs. Die Partys waren auch nicht so toll, wie ich sie mir vorgestellt hatte. Es geht eh nur ums Saufen. Der eine verwandelt sich dann in einen Idioten, der andere wird einfach nur peinlich, und am Ende kotzen alle.

Von da an wollte ich eines mehr als alles andere: mich noch einmal wie ein Kind fühlen, und sei es nur für ein paar Stunden. Frei, ungezwungen, naiv. Einfach sein, ohne Verantwortung, ohne komplizierte Gedanken.

Dann lernte ich Tobi kennen, und ich entdeckte etwas wirklich Schönes am Erwachsenwerden. Tobi hat mir gezeigt, dass man auch etwas bekommt, wenn alles Vertraute verschwindet.

Jetzt ist Tobi tot. Damit ist wieder etwas Vertrautes verschwunden. Und das hat verdammt wehgetan. Tut's immer noch. Wenn ich mit Stephen etwas anfangen würde, wie lange würde es dauern, bis er verschwindet und das auch wieder wehtut?

Irgendwann würde einer von uns beiden die Beziehung wieder beenden. Ich meine, wie groß ist die Wahrscheinlichkeit, mit fünfzehn die große Liebe zu finden? Sehr, sehr klein.

»Wovor hast du wirklich Angst, Miriam?«

»Wie meinen Sie das?«

»Denk einmal über Folgendes nach: Sind diese Probleme tatsächlich vorhanden, oder schaffst du sie dir selbst, um der Wahrheit nicht ins Auge blicken zu müssen?«

Vor einigen Monaten wäre ich wegen so einer Aussage an die Decke gegangen.

Was will ich?

Und was will ich nicht?

Vielleicht sollte ich langsam anfangen, wieder an die Zukunft zu denken, wieder Pläne zu schmieden. Und eine Frage, die mich nicht mehr loslässt, ist: Möchte ich, dass Stephen zu diesen Plänen dazugehört?

Ja oder nein.

Wir müssen Entscheidungen treffen. Wir dürfen uns nicht immer verstecken. Wir sollten leben. Denn dafür sind wir da. Das ist der einzig wahre Grund.

25

»Hey, Maik, gib mir auch eins!«

Sofort kommt eine Bierflasche angeflogen, und ich fange sie gerade noch so auf.

»Du solltest ihr lieber nichts zuwerfen, sie ist eine kleine Grobmotorikerin. Nur mit mir hat sie einen ziemlich guten Fang gemacht«, sagt Stephen und grinst.

»Ich glaub, *du* fängst dir gleich eine!« Ich drohe ihm mit der Bierflasche, während Vanessa mit einer Schüssel Salat aus dem Haus kommt.

»Du hättest ihm doch den Laufpass geben sollen! Seitdem ihr zusammen seid, ist er absolut unausstehlich und selbstgefällig«, meint sie zwinkernd. Ich verdrehe die Augen. »Und da dachte ich am Anfang ernsthaft, er wäre friedlich und schweigsam.«

Maik lacht. Vanessa schüttelt den Kopf. Und Stephen grinst nur von einem Ohr zum anderen.

»Alle Kinder stellen jetzt sofort das Bier weg!« Meine Mom kommt ausgehfertig aus dem Haus gestöckelt. In der weißen Jeans, dem halblangen türkisfarbenen Oberteil und den rosa Pumps sieht sie echt toll aus.

Ich lache und verdrehe die Augen. »Du warst doch schon mit dreizehn jedes Wochenende besoffen.«

»Leider kann ich mich daran nicht mehr erinnern.« Sie küsst mich auf die Stirn. »Ich geh jetzt. Fackelt das Haus nicht ab, solange ich weg bin. Dein Vater würde mich dafür glatt auf die Straße setzen.«

»Haha, wie lustig, Mom!«, rufe ich ihr noch hinterher.

Es ist September. Morgen fängt die Schule wieder an. Maik, Vanessa, Stephen und ich wollen den letzten Tag noch mal so richtig genießen und im Garten grillen.

Die Sommerferien waren toll. Ich habe viel Zeit mit Stephen verbracht. Aber auch Maik konnte ich kennenlernen. Er ist wirklich nett, und ich freue mich für Vanessa.

»Sturmfrei!«, brüllt Vanessa.

Ich sehe Vanessa an. »Als könnten wir nicht machen, was wir wollen, wenn Mom da ist. Solange ich nicht total high nach Hause komme und keine Probleme mit der Polizei kriege, ist sie voll locker.«

»Weil wir ja auch so viel verbotenes Zeug machen und ständig von der Polizei verfolgt werden.« Maik zieht Vanessa an sich und küsst sie. Vanessa kichert. »Ich nicht, bei dir bin ich mir da nicht sicher.«

Sie sind so süß zusammen. Maik himmelt Vanessa an. Und Vanessa tut es gut, Maik zu haben. Ihr geht es durch ihn viel besser.

Stephen steht zufrieden am Grill und brutzelt Würstchen und Hähnchenkeulen. Maik springt auf, um ihm zu helfen. Als wäre es so schwer, ein bisschen Fleisch zu braten.

»Na, habt ihr einen guten Vorsatz fürs nächste Schuljahr?« Vanessa sieht uns alle herausfordernd an.

Maik stellt den ersten Teller mit Grillfleisch auf den Tisch, während er sich gleichzeitig schon mal raufschaufelt. »Meine Biolehrerin endgültig in den Wahnsinn treiben. Stephen?«

»Herausfinden, warum seit Monaten im Physikraum eine Gabel in der Decke steckt. Rotkäppchen?«

»Auf den Namen reagier ich nicht mehr.« Mein superlieber Freund hat ihn mir verpasst, nachdem ich mir die Haare neu gefärbt habe. Sie sind jetzt noch knalliger. Niemand hat mir geglaubt, dass das überhaupt noch möglich ist.

»Komm schon, Süße.« Stephen beugt sich über den Tisch und küsst mich kurz. »Das ist ein netter Name.«

»Ganz sicher«, murmele ich, antworte dann aber trotzdem. »Den Fünfer in Latein rauskriegen.«

»Das schaffst du nie«, nuschelt Vanessa mit vollem Mund.

»Ach ja? Was hast du dir denn vorgenommen?«

»So gut bleiben wie letztes Jahr.« Sie sieht mich herausfordernd an. Stephen lacht, und ich sage in dem Moment »Angeber«, in dem Maik »Streber« ruft. Vanessa hebt gespielt hochnäsig den Kopf. »Ihr seid ja alle nur neidisch!«

So sieht mein Leben inzwischen aus. Das Leben einer ganz normalen Jugendlichen. Abende mit den besten Freunden, ab und zu mal eine Party, romantische Abende zu zweit.

Ich will gar nicht sagen, dass alles perfekt ist. Das ist es nämlich nicht. Es ist fehlerhaft. Und somit menschlich. Es ist okay. Und auf seine Art und Weise schön.

Es gibt Augenblicke, in denen das Traurige doch noch überschwappt und ich um Tobi und Joanne weine und um all die anderen, die an dem Tag sterben mussten. Aber dann fange ich mich wieder, und mir fällt ein, dass es auch so viel Gutes im Leben gibt.

Manchmal kann ich morgens nicht aufstehen, weil mir alles so traurig erscheint. Aber dann gibt es immer jemanden – Mom, Dad, Stephen, Vanessa –, der mich aus dem Bett scheucht und mich ins Leben zieht.

Es tut gut, wieder richtig zu atmen. Was passiert ist, ist passiert. Ich kann es nicht ändern. Und es gibt auch keine

Garantie, dass mir so etwas nicht noch einmal passiert. Oder noch Schlimmeres. Aber man kann nicht sein ganzes Leben deswegen in Angst verbringen.

»Woran denkst du?«, fragt Stephen und streicht mir übers Haar.

»Daran, dass es ein wirklich schöner Tag war.« Es ist schön, ihm das zu sagen. Man kann in seinen Augen sehen, wie sehr er sich darüber freut.

»War?« Stephen grinst verschmitzt und zieht mich zu sich ran.

Ich lege meine Hand auf seine Wange und schaue ihm in die Augen. Ich beuge mich vor, bis sich meine Lippen auf seine legen. Es ist wieder da, dieses sanfte Kribbeln, die kleinen Explosionen, wenn meine Haut seine berührt, wie schon einmal zuvor in meinem Leben. Mein Herz klopft gegen meine Rippen, und ich kann mein Glück kaum fassen. Stephen streichelt meine Haare und meinen Nacken, und diese federleichten Berührungen reichen, um mich erbeben zu lassen.

»Ist dir kalt?«, fragt Stephen besorgt.

Ich schüttele den Kopf. »Nein«, hauche ich und kann es kaum erwarten, dass Vanessa und Maik in ein paar Stunden verschwinden und Stephen und ich alleine sind.

Für den Moment reicht es mir, mich auf seinen Schoß zu setzen. Ich verberge meinen Kopf an seiner Schulter und atme seinen Geruch ein. Ich fühle mich sicher. Auch wenn ich weiß, dass er mich nicht vor allem beschützen kann, für den Moment reicht es mir.

Ich bin wieder auf dem Friedhof. In meiner Hand sind drei Blumensträuße. Einer für Tobi, einer für Joanne – und einer für jemand anderen.

Langsam schlendere ich durch die Grabreihen. Ich habe es nicht eilig. Vor einem schwarzen Grabstein bleibe ich stehen. Ich betrachte jede Einzelheit genau. Die Blumen, die Inschrift. Er hat genauso Angehörige wie wir, die ihn nun vermissen. Und ich könnte mir vorstellen, dass es für sie sogar noch schlimmer ist als für uns.

Langsam beuge ich mich hinunter, streiche über den Namen *Matias Staudt.*

»Wir wussten nicht, was wir dir angetan haben. Wir haben nie wirklich darüber nachgedacht. Es tut mir sehr, sehr leid.«

Ich blicke zum Himmel hoch, wo langsam ein paar Wolken aufziehen. Die Sonne scheint kräftig zwischen ihnen hervor. Es wird langsam Herbst. Und der Herbst wird sich in Winter wandeln und der Winter in Frühling, der Frühling in Sommer und der Sommer wieder in Herbst.

Als es am Nachmittag endlich zum Ende der neunten Stunde klingelt, stürme ich erleichtert aus der Schule. Zwei Unterstufenschüler laufen lachend zum Bus. Und Matias Staudt kämpft mit seinem Fahrradschloss, das anscheinend klemmt. Ich spüre in mir wieder das schlechte Gewissen aufsteigen, dicht gefolgt von der Wut auf mich selbst, weil ich mir ausgerechnet wegen Matias Vorwürfe mache.

Einen Moment lang überlege ich, die Nase in die Luft zu recken und einfach davonzustolzieren. Doch dann gehe ich langsam auf ihn zu. Er sieht mich nicht, weil er mit dem Rücken zu mir steht.

»Hi«, sage ich vorsichtig. Es kommt keine Reaktion, also frage ich: »Matias?«

Verwirrt dreht er sich um, offensichtlich ist er es nicht gewohnt, angesprochen zu werden. Seine Augen werden ganz groß vor Überraschung, als er mich erkennt.

»Ich wollte mich nur wegen gestern entschuldigen. Ich war 'ne blöde Kuh. Tut mir wirklich leid.«

Skeptisch sieht er mich an. Er hält das Ganze wohl für einen Scherz.

»Und nimm's nicht so schwer, wenn Tobi und seine Kumpels dich so runtermachen. Die brauchen das einfach, um sich cool zu fühlen. Typisch Jungs.« Ich zwinkere ihm zu und lache. »Also dann, bis morgen.«

Ich kann Matias' verwunderten Blick auf mir spüren, während ich der Schule den Rücken zukehre und zu meiner Bushaltestelle laufe.

So einfach. Es wäre so einfach gewesen, mal etwas Nettes zu ihm zu sagen. Aber in Wahrheit hat es diesen Augenblick nie gegeben. In Wirklichkeit bin ich nämlich davonstolziert. Ich habe mir verboten, mich seinetwegen schlecht zu fühlen.

Unser Verhalten war nicht richtig. Und deshalb werde ich jeden Morgen versuchen, Matias Staudt nicht ganz so sehr zu hassen wie am Tag zuvor.

Aber niemand hat das Recht, dir dein Leben so zu nehmen. Niemand hat das Recht; Müttern und Vätern, Schwestern und Brüdern, Großmüttern und Großvätern, Freundinnen und Freunden zu nehmen, was ihnen das Wichtigste ist.

Das Leben ist eine zerbrechliche, kurze Sache. Jeder lebt nur ein einziges Mal. Jeder ist etwas Besonderes. Und deshalb zerstört man nicht nur einen Menschen, sondern eine ganze Welt. Deshalb hat niemand das Recht, eine Waffe auf dich zu richten. Niemals.

Tja, jetzt ist es so weit. Wir stehen vor der Sicherheitskontrolle. Mom hat ihre paar Sachen gepackt, die Koffer stehen neben ihr.

Mom fliegt wieder. Hier und heute muss ich Abschied nehmen. Von einer Zeit, die zwar schrecklich, doch am Ende auch schön war. Ich umarme sie fest.

»Danke, dass du da warst.« Ich schniefe und dränge die Tränen zurück.

Mom umfasst meinen Kopf. »Nicht weinen, okay? Das hier ist kein Abschied für immer. Nur für eine Weile.«

»Du heulst ja selbst fast«, flüstere ich und will sie nicht loslassen. Sie hat mir so sehr geholfen. War so sehr wieder da. Aber das Wichtigste ist, dass ich wieder eine Mom habe. Auch wenn ich versucht habe, mir einzureden, dass sie nur eine Freundin ist, ist sie doch meine Mutter.

An mir ziehen die Reisenden mit ihren Koffern vorbei. Familien, Singles, Geschäftsreisende, Angestellte. Ein kleines Mädchen weint, weil sein Vater wegfliegt. Es kreischt wütend, klammert sich an ihn und wirft sich auf den Boden.

Genau so habe ich mich auch aufgeführt, wenn Dad wieder auf Geschäftsreise musste. Und meine Mom hat ihm immer nur hinterhergesehen und ihn darum beneidet, dass er reisen durfte.

Ich verstehe, warum sie wieder fortmuss. Die Welt ruft nach ihr. Fordert sie auf, an all diese Orte zu fliegen, an denen sie noch nicht war. Das ist ihre Art von Glück. Und jeder muss das tun, was ihn glücklich macht. Es bringt nichts, Dinge nur für die Familie, Freunde oder für wen auch immer zu machen, wenn man selbst dadurch unglücklich ist. Wir können nicht ausschließlich für andere leben. Wir müssen auch an uns selbst denken.

»Ich schreib dir Karten, ja? Und E-Mails. Und Weihnachten werde ich da sein, okay?«

Ich küsse sie auf die Stirn. »Gib mir keine Versprechen. Nicht einmal du selbst weißt, wann wir uns das nächste Mal sehen werden. Und das ist okay.«

Wir drücken uns noch einmal, dann wird ihr Flug aufgerufen. Ganz langsam gleitet ihre Hand aus meiner, dann verschwindet sie durch das Gate.

Sie ist wie der Wind. Sie kommt, wenn es sie zu mir treibt.

Ich bleibe noch eine Weile stehen, schaue ihr nach, auch wenn sie längst verschwunden ist. Danach drehe ich mich um und gehe. Ob ihr es mir glaubt oder nicht, dabei lächele ich ein bisschen. Nicht viel, doch ein ganz kleines bisschen.

Alles hat damit begonnen, dass ich verschlafen habe. Wenn mein Freund mir keine SMS geschrieben hätte, wäre ich nicht pünktlich in der Schule angekommen.

Aber am Ende saß ich doch noch rechtzeitig da. Ich saß da, als es passierte. Und ich habe mich an einen anderen Ort gewünscht, so weit weg, wie es nur möglich gewesen wäre. Bis zu diesem Augenblick dachte ich, dass die Lateinschulaufgabe das Schlimmste wäre.

Dann änderte sich alles.

Danksagung

Um ein Buch zu veröffentlichen, ist viel mehr zu erledigen, als es nur zu schreiben. Deshalb geht der erste Dank an meine Lektorin Christiane Schultz, die sich durch die Erstfassung gekämpft und all meine Fragen ertragen hat. Danke an den gesamten Oetinger Verlag, der all dies ermöglicht hat.

Ursula Schwind und ihrem Team aus der schönsten Buchhandlung der Welt möchte ich dafür danken, dass sie mich unterstützt und immer wieder ermutigt haben, das Manuskript an Verlage zu schicken. Wer weiß, ob *Es wird keine Helden geben* seinen Weg zum Oetinger Verlag gefunden hätte, wenn sie nicht gewesen wären.

Danke an meine Geschwister und meine restliche Familie, dass sie immer so großes Interesse gezeigt und an mich geglaubt haben. Dasselbe gilt meinen Freundinnen, weil sie sich mein Gerede über Miriam und ihre Geschichte stundenlang angehört haben. Und hier noch ein ganz besonderes, großes Dankeschön an Anna Maria Oelkers, die mein Geschreibe immer mitverfolgte und mir stets weiterhalf, wenn ich selbst nicht weiterkam.

Mein letzter, riesiger, nicht in Worte zu fassender Dank geht an meine Eltern. Ich weiß nicht, wie die Reaktion bei den meisten Eltern gewesen wäre, wenn ein zehnjähriges Mädchen von sich behauptet hätte, sie werde Autorin. Ihr habt mich dazu ermutigt, zu schreiben, was immer mir in den Sinn kam. Ihr habt mich zu dem Menschen gemacht, der ich heute bin. Danke.